इंडियन इकोनॉमी
की
विश्व में बढ़ती पहचान

इंडियन इकोनॉमी की विश्व में बढ़ती पहचान

डॉ. वंदना डांगी

प्रभात प्रकाशन

पुस्तक में दिए गए आँकड़े विश्वस्त स्रोतों से प्राप्त किए गए हैं और उनके विश्लेषण द्वारा की गई विवेचना लेखिका की व्यक्तिगत राय है। लेखिका अपने सभी पाठकों को सचेत करती है कि वे किसी भी प्रकार के वित्तीय कारोबार या निवेश आदि से संबंधित निर्णय लेने से पूर्व सभी जरूरी तथ्यों, आँकड़ों और अन्य जानकारी को स्वयं जाँच-परख लें तथा अपने विवेक का इस्तेमाल करते हुए अपनी जिम्मेदारी पर कार्य करें। इस पुस्तक में प्रकाशित सभी लेख एक समय-बिंदु या काल में समसामयिक परिस्थितियों, घोषणाओं, तथ्यों और विवेचनाओं आदि के परिप्रेक्ष्य में लिखे गए हैं, जो वक्त के साथ बदल सकते हैं।

प्रकाशक • **प्रभात प्रकाशन प्रा. लि.**
4/19 आसफ अली रोड,
नई दिल्ली-110002

संस्करण • प्रथम, 2021
मूल्य • पाँच सौ रुपए
मुद्रक • आर-टेक ऑफसेट प्रिंटर्स, दिल्ली

INDIAN ECONOMY KI VISHWA MEIN BADHATI PAHACHAN
by Dr. Vandna Dangi ₹ 500.00
Published by Prabhat Prakashan Pvt. Ltd., 4/19 Asaf Ali Road, New Delhi-2
e-mail: prabhatbooks@gmail.com ISBN 978-93-90366-04-0

चौथी पुस्तक के लिए बधाई

दस साल एक लंबा अंतराल होता है। किसी अखबार में इतने लंबे समय तक साप्ताहिक स्तंभ और वह भी तात्कालिक मुद्दों व नीतियों पर, एक दुरूह कार्य है तथा आर्थिक मुद्दों पर लिखना और भी चुनौतीपूर्ण है। श्रीमती वंदना डांगी ने न सिर्फ इस चुनौती को स्वीकार किया, बल्कि पूरी लगन और शिद्दत के साथ पूरा किया। 'हमारा महानगर' की उनकी इस यात्रा का प्रतिफल चार पुस्तकें हैं, जो स्तंभ में प्रकाशित उनके लेखों का संग्रह है। अन्य तीनों की तरह यह पुस्तक भी उम्दा और भारतीय अर्थव्यवस्था को समझने की कोशिश करनेवाले छात्रों और आर्थिक विशेषज्ञों दोनों के लिए उपयोगी होगी। कारण, इसमें हो रहे आर्थिक बदलावों का, मुद्दों का सरल भाषा में सूक्ष्म विश्लेषण है और जहाँ जरूरी है, वहाँ देश व काल की आवश्यकतानुसार उसके सुधार के उपाय भी सुझाने का प्रयास श्रीमती डांगी ने किया है। लगभग दस साल की उनकी इस यात्रा पर कुछ व्यक्तिगत कारणों के चलते उन्होंने विराम लगा दिया है। उम्मीद करता हूँ कि यह पूर्ण विराम नहीं साबित होगी। उनकी यह यात्रा ऐसे ही चलती रहेगी और भारतीय अर्थव्यवस्था का सूक्ष्म विश्लेषण करते हुए उसकी कमियाँ इस हेतु से उजागर करती रहेंगी, जिससे सही सुधार होता रहे और भारत देश एवं जनमानस का भला होता रहे।

असीम शुभकामनाओं सहित

—आर.एन. सिंह

संपादक, 'हमारा महानगर'

विधायक : भाजपा

अध्यक्ष : उत्तर भारतीय संघ, मुंबई

एक शानदार यात्रा...

अगस्त 2010 में जब वंदना डांगी का पहला स्तंभ 'हमारा महानगर' में प्रकाशित हुआ और उसको मिले प्रतिसाद के बाद साप्ताहिक स्तंभ का यह सिलसिला लगभग एक दशक चला। कुछ व्यक्तिगत कारणों से उन्होंने विराम लिया, तब तक ये लेख, यानी सितंबर 2019 तक चार पुस्तकों का स्वरूप ग्रहण कर चुके थे। यह गर्व का विषय है कि मैं इन लेखों का बतौर कार्यकारी संपादक प्रथम पाठक रहा, जिसे बारीकी से उन्होंने जटिल आर्थिक मुद्दों का सरल-सुग्राह्य शैली में विश्लेषण किया है। सरकार की नीतियों की जहाँ जरूरत हुई, वहाँ सकारात्मक आलोचना की है। साथ ही अपनी दृष्टि से सुधार के उपाय सुझाए हैं। वह अपने आप में अनूठा है। कारण, यही वह काल है (2010 से 2019 का), जब हमारी अर्थव्यवस्था में बाद में आमूलचूल बदलाव आए। नोटबंदी, जी.एस.टी., कई बैंकों के घोटाले, किसानों की दुर्दशा, मंदी की मार आदि, जिन सबका सुंदर व सटीक विश्लेषण और कैसे इन सबसे बचते हुए अर्थव्यवस्था के हर पहलू को इस तरह आगे बढ़ाया जाए कि समाज का हर वर्ग उसका लाभ प्राप्त करे, यह श्रीमती डांगी की पहली चिंता रही है। इससे यह पुस्तक अर्थशास्त्रियों और विशेषकर अर्थशास्त्र के छात्रों के लिए एक अच्छा संदर्भ हो सकती है। विशेषकर हिंदीभाषी छात्रों के लिए यह वरदान हो सकती है। वंदनाजी को हिंदी और अंग्रेजी दोनों भाषाओं और अर्थशास्त्र की बारीकियों की अच्छी समझ और पकड़ है। कारण, वे इसके लिए पूर्णत: प्रशिक्षित हैं, जो इन लेखों को और गहराई प्रदान करते हैं। उनके इस उपक्रम को मेरी हार्दिक बधाई और आशा करता हूँ कि हिंदी में उनका लेखन, जो इस चौथी पुस्तक के साथ अल्प विराम ले रहा है, पूर्ण विराम नहीं लेगा तथा लेख एवं पुस्तकों के रूप में हमारे सामने आता रहेगा।

अनंत शुभकामनाओं सहित

—राघवेंद्रनाथ द्विवेदी

कार्यकारी संपादक 'हमारा महानगर'

आमुख

पिछले करीब एक दशक में भारतीय अर्थव्यवस्था में अनेक संरचनात्मक परिवर्तन हुए। कहीं नोटबंदी जैसे अप्रत्याशित एवं चौंका देनेवाले फैसले तो कहीं जी.एस.टी. जैसी बहुचर्चित और बहु-प्रतीक्षित नीतियों को लागू कर देने की कवायद। हर क्षेत्र में आर्थिक सुधारों को जितनी तत्परता और तेजी से लागू किया गया, मानो 21वीं सदी के नए भारत के निर्माण की रूपरेखा ही बदल डाली गई। आज भारत विश्व की पाँचवीं सबसे बड़ी अर्थव्यवस्था है और इसका आकार 2.9 ट्रिलियन डॉलर तक बढ़ चुका है। आर्थिक सर्वेक्षण 2020 के अनुसार, अब भारत की अर्थव्यवस्था 5 ट्रिलियन डॉलर के लक्ष्य का पीछा कर रही है तथा यह अंदाजा ही लगाया जा सकता है कि आनेवाले वक्त में कितने और आधारभूत एवं संरचनात्मक सुधार भारत के अर्थतंत्र में किए जाएँगे। आजादी के वक्त एक निष्प्राण, अविकसित और अत्यधिक गरीबी के जंजाल में फँसी भारतीय अर्थव्यवस्था को 21वीं सदी में एक जीवंत, विकसित और गरीबी के कुचक्र से मुक्त अर्थव्यवस्था बनाने का विजन लेकर चल रही मौजूदा अर्थनीति के विभिन्न आयाम न सिर्फ महत्त्वाकांक्षी हैं, बल्कि वे जमीनी तौर पर भी आर्थिक सुधार करने का माद्दा रखते हैं।

उदाहरण के लिए, आई.बी.सी. कोड 2016 ने जिस प्रकार खराब ऋणों के निवारण का समयबद्ध तरीका अपनाया, उससे बीमार कंपनियों से संबंधित समस्याओं का त्वरित निवारण संभव हुआ। लंबे समय से खराब ऋणों के बढ़ते आकार से त्रस्त बैंकों में सकल एन.पी.ए. का आकार कम हो रहा है। बैंकों के विलय और पुन: पूँजीकरण के प्रयास इसी कड़ी में लिये गए फैसले हैं, जिससे न सिर्फ संबंधित बैंकों की कार्यकुशलता और बैलेंस शीट की संरचना में सुधार अपेक्षित है, बल्कि यह समूची अर्थव्यवस्था के वित्तीय सिस्टम को बल प्रदान करने की कोशिश भी है।

इसके अलावा भारत में डिजिटलाइजेशन की रफ्तार इतनी जबरदस्त है कि आज घर-घर में मोबाइल फोन और इंटरनेट सेवाएँ पहुँच रही हैं तथा डिजिटल पेमेंट सुविधाएँ बढ़ रही हैं। जनधन खातों के माध्यम से अनेक लोग बैंकिंग सिस्टम से रूबरू हुए हैं। भारत

सरकार की डायरेक्ट कैश ट्रांसफर नीति से सब्सिडी वितरण प्रक्रिया में न सिर्फ पारदर्शिता आई, बल्कि इसकी लागत और बेजा इस्तेमाल की संभावना भी कम हुई।

आज 'मेक इन इंडिया', 'स्किल इंडिया', 'ईज ऑफ डूइंग बिजनेस', 'स्वच्छ भारत', 'बेटी बचाओ, बेटी पढ़ाओ', जैसे अनेक कैंपेन न सिर्फ उद्योगपतियों को, बल्कि जन-जन को आर्थिक विकास के प्रयोजन से जोड़ रहे हैं, हालाँकि अनेक बार जी.एस.टी. या नोटबंदी जैसे निर्णयों की वजह से भारत की आर्थिक विकास दर शिथिल पड़ने की शंका भी व्यक्त की गई है। वित्तीय वर्ष 2019-20 में आर्थिक विकास दर कमजोर भी पड़ी है और इसका नकारात्मक प्रभाव निवेश सेंटीमेंट पर तो पड़ा ही है, साथ ही शेयर बाजार भी इससे प्रभावित हुआ है।

जाहिर है, विकास एक प्राथमिकता है, लेकिन यह विकास चिरस्थायी हो, इसके लिए पर्यावरण सुरक्षा, सामाजिक कल्याण और आर्थिक नीतियों में तालमेल होना जरूरी है। दरअसल हम जिन लक्ष्यों का पीछा कर रहे हैं, वे महत्त्वाकांक्षी हैं और इसलिए अर्थ-नीतियाँ या फैसले दीर्घकालीन विजन को ध्यान में रखते हुए बनाना आवश्यक है।

वस्तुत: वैश्वीकरण के इस युग में सभी अर्थव्यवस्थाएँ परस्पर काफी जटिलता से जुड़ी हैं, फिर अमेरिका-चीन के बीच व्यावसायिक हितों को लेकर चल रही तनातनी हो, भू-राजनीतिक संकट की प्रखरता, ब्रेक्सिट की प्रक्रिया या फिर विश्व में कोरोना का प्रहार, सभी ने भारतीय अर्थव्यवस्था पर प्रतिकूल असर डाला है।

इन सबके बीच सकारात्मक पहलू यह है कि भारत में आर्थिक विकास की दर कमजोर भले ही हो गई हो, पर यह अभी भी पाँच प्रतिशत के करीब बनी हुई है और कठिन वैश्विक परिस्थितियों के मद्‌देनजर यह प्रदर्शन इतना भी बुरा नहीं समझा जाना चाहिए। अनेक रेटिंग एजेंसियों को आज भी भारत की ग्रोथ-स्टोरी में दम नजर आ रहा है।

दरअसल आर्थिक सुधार एक सतत प्रक्रिया है। जहाँ तक वैश्विक अर्थव्यवस्था के कमजोर पड़ने से भारत की आर्थिक विकास दर आहत हुई है, वहाँ भले ही सुधारात्मक उपाय एक सीमा तक ही किए जा सकते हैं, लेकिन जहाँ तक घरेलू अर्थ-नीतियों का प्रश्न है, वहाँ निरंतर उसकी उपादेयता और जटिलताओं की समीक्षा करते रहना होगा। वस्तुत: अर्थ-नीतियों को जितना सहज, सरल और पारदर्शी बनाया जा सके, उतना ही उनका क्रियान्वयन सफलतापूर्वक और प्रभावी ढंग से किया जा सकेगा।

पिछले कुछ अरसे से भारत की अर्थव्यवस्था विश्व में तीव्रतम गति से विकास करनेवाली अर्थव्यवस्था के रूप में अपनी विशिष्ट पहचान बना चुकी है। अंतरराष्ट्रीय मुद्रा कोष द्वारा प्रकाशित वर्ल्ड आउटलुक (अक्तूबर 2019) में अपेक्षाकृत कमजोर वैश्विक वातावरण के सापेक्ष भारत की आर्थिक विकास दर बेहतर समझी गई है। यह कहना अतिशयोक्ति न होगा कि आज वैश्विक पटल पर भारत एक चमकता सितारा है। अनेक

अंतरराष्ट्रीय संस्थानों और रेटिंग एजेंसियों के अनुसार, भारत की ग्रोथ-स्टोरी में अब भी काफी दम है।

हिंदी में प्रकाशित मेरे लेखों की शृंखला में जब 'भारतीय अर्थव्यवस्था : बदलते स्वरूप' प्रकाशित हुई, तब भारत के अर्थ-तंत्र में बदलाव की सुगबुगाहट चहुँओर महसूस की जा रही थी। इस पुस्तक में 3 अगस्त, 2010 से 2 नवंबर, 2012 तक के अंतराल में लिखे गए 111 लेखों में भारतीय अर्थव्यवस्था के बदलते स्वरूप की व्याख्या तो की ही गई है, साथ ही वैश्वीकरण के समकालीन युग में यूरोप, चीन, जापान, अमेरिका सहित समूची वैश्विक अर्थव्यवस्था में आ रहे बदलाव और उसके परिणामस्वरूप भारतीय अर्थव्यवस्था पर पड़नेवाले प्रभावों की चर्चा भी की गई।

इसी कड़ी में प्रकाशित दूसरी पुस्तक 'आर्थिक वातावरण : बदलते आयाम' में 9 नवंबर, 2012 से लेकर 2 जनवरी, 2015 के मध्य लिखे गए 113 लेखों का समावेश है। इस पुस्तक में भारतीय अर्थव्यवस्था के बदलते आयाम पर चर्चा की गई है।

यह सिलसिला भारतीय और वैश्विक अर्थव्यवस्था में बदलाव की धारा एवं निवेशकों से लेकर आम लोगों पर पड़ रहे सकारात्मक तथा नकारात्मक प्रभावों को अभिव्यक्त करती मेरी तीसरी पुस्तक 'वैश्विक युग का भारत : आर्थिक सुधार और समावेशी विकास का आधार' में भी जारी रहा। इस पुस्तक में 9 जनवरी, 2015 से लेकर 29 दिसंबर, 2017 तक लिखे गए 156 लेखों को शामिल किया गया।

आर्थिक सुधारों की शृंखला में 21वीं सदी के भारत को नई दिशा और ऊँचाइयों तक पहुँचाने की जद्दोजहद में भारत की अर्थव्यवस्था में आ रहे उतार-चढ़ाव का स्पंदन महसूस करती मेरी इस चतुर्थ पुस्तक में 5 जनवरी, 2018 से लेकर 20 सितंबर, 2019 के अंतराल में लिखे गए 90 लेखों का समावेश है।

प्रस्तुत पुस्तक में मैंने भारत की आर्थिक अर्थव्यवस्था के समक्ष प्रस्तुत अवसरों और चुनौतियों का विश्लेषण किया है और घरेलू तथा वैश्विक अर्थव्यवस्था में निरंतर हो रहे बदलावों की समीक्षा भी की है। मैंने जटिल आर्थिक, राजनीतिक और सामाजिक समीकरणों को साधारण भाषा में व्यक्त करने की एक कोशिश की है ताकि सामान्य हितधारकों तक भी मेरी बात पहुँचे। कहीं-कहीं मैंने अपने लेखों में अंग्रेजी या उर्दू लफ्जों का इस्तेमाल भी किया है, क्योंकि वे शायद मेरी लेखन-शैली का हिस्सा बन चुके हैं।

उम्मीद है, मेरी यह पुस्तक पाठकों से लेकर नीति-निर्धारकों तक मेरे विचारों को संप्रेषित करने का माध्यम बन सकेगी।

—डॉ. वंदना डांगी

धन्यवाद

अपने स्नेहिल जीवनसाथी श्री ललितजी डांगी का तहे दिल से शुक्रिया अदा करना चाहती हूँ, जिन्होंने इस प्रयोजन में मुझे सतत सहयोग प्रदान किया। साथ ही मैं प्रिय उपासना, विक्रमादित्य और श्रद्धा के प्रति आभार व्यक्त करती हूँ, जिन्होंने हमेशा मेरी हौसला-अफजाई की और मेरे जीवन में सकारात्मक भूमिका निभाई। अपने माता-पिता और गुरुजनों का भी सादर नमन करती हूँ, जिनकी कृपा सदैव मुझ पर रही और जिनके आशीर्वाद से मैंने जीवन में यह मुकाम हासिल किया।

मैं 'हमारा महानगर' समाचार-पत्र के संपादक श्री आर.एन. सिंह और कार्यकारी संपादक श्री राघवेंद्रनाथ द्विवेदी को धन्यवाद देना चाहती हूँ, जिन्होंने पिछले करीब एक दशक से मेरे लेखों को अपने समाचार-पत्र में प्रकाशित किया और यह सिलसिला निरंतर जारी रखने के प्रति कटिबद्धता भी जताई। हालाँकि कुछ अन्य प्रोजेक्ट्स पर काम बढ़ जाने और कुछ अपने विचारों को एक वृहद् प्लेटफॉर्म पर प्रस्तुत करने की ललक की वजह से मैंने फिलहाल हिंदी लेखन पर कुछ समय के लिए विराम लिया है, लेकिन उन्होंने मुझसे अपनी लेखनी को विराम न देने का अनुग्रह किया, जिसके लिए भी मैं उनकी शुक्रगुजार हूँ। मैं उप-संपादक श्री ब्रजेश मेहर सहित समग्र 'हमारा महानगर' परिवार के सदस्यों को उनके द्वारा प्रदत्त सहयोग के लिए धन्यवाद देती हूँ।

अनुक्रम

1

आर्थिक विकास दर में सुधार की बढ़ी संभावनाएँ

सन् 2017 के आरंभ ही में नोटबंदी जैसे महत्त्वपूर्ण फैसले ने मानो देश में काम-काज के तरीकों और रफ्तार में एक जबरदस्त हलचल फैला दी और फिर इसी वर्ष के मध्य में जी.एस.टी. जैसे ऐतिहासिक कदम से न सिर्फ देश में लागू अप्रत्यक्ष करों के ढाँचे में बदलाव आया, बल्कि इसे देश में एक बड़े आर्थिक सुधार के मसले की तरह भी देखा गया। एक ओर खराब ऋणों (एन.पी.ए.) के भारी बोझ तले भारतीय बैंकों के पुन: पूँजीकरण हेतु किए गए फैसले तो दूसरी ओर खराब ऋणों की वजह से लड़खड़ा रही कंपनियों के लिए बैंकरप्टसी कानून के तहत दिवालिएपन से निकलने के लिए आवश्यक प्रावधान बनाने की जद्दोजहद, जिस प्रकार धीमी पड़ रही आर्थिक विकास दर को पटरी पर लाने के लिए प्रयासरत केंद्र सरकार ने हर संभव कोशिश की, उससे तो यह अंदाजा लगाया ही जाना चाहिए कि आने वाला नव वर्ष 2018 पिछले वर्ष 2017 से कुछ बेहतर ही रहेगा।

कुछ ऐसा ही संकेत दिया है निकेई इंडिया मैन्युफैक्चरिंग मैनेजर्स सूचकांक (पी.एम.आई.) ने, जो दिसंबर 2017 में पिछले पाँच वर्षों के अधिकतम स्तर पर पहुँच गया है। गौरतलब है कि नवंबर 2017 में यह सूचकांक 52.6 के स्तर पर था, जो दिसंबर माह में बढ़कर 54.7 हो गया। वस्तुत: यह सूचकांक विनिर्माण क्षेत्र में कार्यरत परचेजिंग मैनेजर्स के मासिक सर्वेक्षण पर आधारित होता है और जिस प्रकार इसका गठन किया गया है, आमतौर पर 50 या उससे अधिक का स्कोर यह बताता है कि अर्थव्यवस्था में आर्थिक विस्तार की संभावनाएँ देखी जा रही हैं।

निकेई के अनुसार, इस दौरान उपभोक्ता, मध्यवर्ती विनिर्माण और निवेश इन तीनों ही वर्गों में विकास की सकारात्मक गति महसूस की गई है। उधर, भारत सरकार के वाणिज्यिक मंत्रालय द्वारा जारी आँकड़ों के अनुसार नवंबर 2017 में प्रमुख आठ आधारभूत उद्योगों में 6.8 प्रतिशत की विकास दर दर्ज की गई, जो कि अक्तूबर माह के पाँच प्रतिशत के स्तर से कहीं ज्यादा है।

गौरतलब है कि कोयला, कच्चा तेल, प्राकृतिक गैस, रिफाइनरी उत्पाद, खाद (फर्टिलाइजर), स्टील, सीमेंट और विद्युत् उत्पादन—ये वो आठ आधारभूत उद्योग हैं, जिनकी विकास दर यदि बढ़े तो इसे देश की आर्थिक विकास दर में सुधार की संभावना के रूप में भी देखा जाता है। विशेष रूप से स्टील और सीमेंट क्षेत्र में क्रमशः 16.6 प्रतिशत और 17.3 प्रतिशत की विकास दर काफी आकर्षक है। उम्मीद की जा रही है कि नोटबंदी के बाद आर्थिक विकास दर में जो शिथिलता आई थी, वो अब धीरे-धीरे दूर होगी और औद्योगिक उत्पादन सूचकांक पर इसका सकारात्मक असर भी पड़ेगा।

जिस प्रकार नवंबर माह में भारत के निर्यात यूएस डॉलर के संदर्भ में 30.55 प्रतिशत से बढ़े हैं, उसे भी भारतीय अर्थव्यवस्था के लिहाज से एक अच्छा संकेत समझा जा सकता है। इस दौरान वर्ष 2018 के आरंभ में ही भारतीय मुद्रा रुपए की डॉलर के सापेक्ष विनिमय दर भी पिछले पाँच महीनों के उच्चतम स्तर पर पहुँच गई, जिससे भी यह संकेत मिलता है कि आनेवाले वर्ष में भारत में विदेशी प्रत्यक्ष निवेश बढ़ने की संभावना बनती दिखाई पड़ रही है। उधर, भारत का विदेशी मुद्रा भंडार भी 22 दिसंबर, 2017 को 404.92 बिलियन डॉलर के रिकॉर्ड स्तर पर पहुँच गया।

भारत के पूँजी बाजार में जो विदेशी निवेश बढ़ा है, उससे सन् 2017 में डॉलर के सापेक्ष रुपए का मूल्य करीब छह प्रतिशत बढ़ा है। इस प्रकार घरेलू अर्थव्यवस्था में अनेक क्षेत्रों में आर्थिक विकास दर में सुधार देखा जा रहा है। उधर, वैश्विक अर्थव्यवस्था में भी सन् 2017 को एक अच्छे वर्ष की तरह देखा जा रहा है। अंतरराष्ट्रीय मुद्राकोष के अनुसार, वर्ष 2017 में वैश्विक विकास दर करीब 3.7 प्रतिशत रही, जो काफी उत्साहजनक समझी जा सकती है।

हालाँकि इन सबके बीच वैश्विक स्तर पर बढ़ रही आर्थिक असमानता, पेट्रोल की कीमतों में वृद्धि की आशंका और महँगाई बढ़ने की संभावना आदि कुछ ऐसे संकेत भी हैं, जिनके प्रति न सिर्फ सचेत रहने की आवश्यकता है, बल्कि इस दिशा में उचित कदम उठाने की जरूरत भी है। घरेलू अर्थव्यवस्था में राजकोषीय घाटा अपने बजट प्रस्तावित स्तर को पार कर चुका है। ऐसे में मौजूदा वित्तीय वर्ष के अंत तक राजकोषीय घाटे को नियंत्रण में लाना एक बड़ी चुनौती भी साबित हो सकता है।

कुल मिलाकर यदि चुनौतियों का सामना ठीक से कर पाए तो निश्चित तौर पर सन् 2018 भारतीय अर्थव्यवस्था के लिए एक बेहतर वर्ष साबित होगा।

05-01-2018, 'हमारा महानगर'

□

2

क्या हैं रुपए की मजबूती बढ़ने के मायने?

हाल ही में भारतीय मुद्रा रुपए का मूल्य अमेरिकी डॉलर के सापेक्ष 63.37 प्रति डॉलर जा पहुँचा, जो कि पिछले 32 महीनों का उच्चतम स्तर रहा। उल्लेखनीय है कि 29 अप्रैल, 2015 को रुपए की डॉलर के सापेक्ष विनिमय दर 63.42 प्रति डॉलर थी, जो कि 5 जनवरी, 2018 को 63.37 प्रति डॉलर रही, जबकि सन् 2017 के जनवरी माह में यह 68.40 व 67.45 रुपए के बीच रही थी। हालाँकि डॉलर के सापेक्ष रुपए के मूल्य में पिछले एक वर्ष से मजबूती का एक रुख लगभग निरंतर दिखाई दिया है और इसे कई मायनों में एक सकारात्मक रुख की तरह देखा जा सकता है।

एक तरफ डॉलर के मूल्य में आई कमजोरी तो दूसरी ओर घरेलू स्टॉक मार्केट में आया उछाल, विदेशी मुद्रा ट्रेडिंग में रुपए के पक्ष में रुझान बढ़ा। इसके अलावा भारतीय अर्थव्यवस्था में आर्थिक क्रियाओं का स्तर बढ़ने का संकेत देते कुछ अन्य रुझानों और आनेवाले नए वित्तीय वर्ष 2019 को लेकर आशावादी दृष्टिकोण पनपने से भी रुपए की विनिमय दर में सुधार आया।

उधर, वैश्विक स्तर पर भी अनेक उत्साहजनक संकेतों की वजह से डॉव जोन्स सूचकांक ने 25,000 के जादुई स्तर को क्या पार किया, अनेक एशियाई स्टॉक एक्सचेंज भी मानो इसकी हवा के बहाव में बढ़ते चले गए। भारतीय स्टॉक मार्केट्स में तो लगभग नए साल की पार्टी समान माहौल बना और सेंसेक्स और निफ्टी जैसे प्रमुख स्टॉक सूचकांकों ने ऊँची छलाँग लगाई।

जिस प्रकार भारत का विदेशी मुद्रा भंडार 29 दिसंबर, 2017 के 409.366 बिलियन डॉलर के रिकॉर्ड स्तर पर पहुँचा, इसे भी एक प्रकार से एक सकारात्मक संकेत समझा जा सकता है। उल्लेखनीय है कि दिसंबर माह में फैक्टरी उत्पादन दर में वृद्धि दर्ज की गई और पी.एम.आई. सूचकांक ने भी औद्योगिक उत्पादन बढ़ने के

संकेत दिए हैं, जिससे भी रुपए के मूल्य में मजबूती आई है। इन सबके बीच एक महत्त्वपूर्ण सवाल उठता है कि रुपए के मूल्य में देखी जा रही मजबूती का आखिर भारत की अर्थव्यवस्था पर क्या प्रभाव पड़ेगा।

सबसे पहले तो रुपए के मजबूत होने से भारत जैसे शुद्ध आयातक देश में महँगाई कम होने के आसार बढ़ेंगे। रुपए का मूल्य बढ़ने से विशेष रूप से कच्चे तेल का आयात बिल कम होगा, जिससे थोक और खुदरा मूल्यों पर कम-से-कम अल्प काल में नियंत्रण रखा जा सकेगा, लेकिन दूसरी ओर हमारे निर्यातक (एक्सपोर्ट्र्स) कंपनियों के उत्पाद अंतरराष्ट्रीय बाजारों में कुछ महँगे हो सकते हैं, जिसकी वजह से उनकी प्रतिस्पर्धात्मक क्षमता में कुछ ह्रास हो सकता है और यदि ऐसा हुआ तो अनेक कंपनियाँ जिनकी आय का प्रमुख स्रोत विदेशी व्यापार या व्यवसाय है, उनके लाभाशों पर प्रतिकूल प्रभाव पड़ सकता है, लेकिन यदि महँगाई कम रही तो एक ओर नीतिगत दरों में कटौती की संभावना बढ़ सकती है तो दूसरी ओर अनेक वस्तुओं की निर्माण-लागत भी कम हो सकती है, जिसका भारत के निर्यातकों (एक्सपोर्टर्स) को लाभ भी मिल सकता है।

हालाँकि श्रम-गहन एक्सपोर्ट इकाइयों को कुछ परेशानी का सामना अवश्य करना पड़ सकता है, लेकिन जिन कंपनियों ने डॉलर के रूप में ऋण लिये हैं, उनके लिए ब्याज का भार कम होगा। इस प्रकार रुपए की मजबूती से भले ही कुछ निर्यात आधारित कंपनियों के लाभांशों पर प्रतिकूल प्रभाव पड़े, पर ज्यादातर मामलों में इसे भारतीय अर्थव्यवस्था में बढ़ते निवेश सेंटीमेंट और इक्विटी मार्केट्स में बढ़ते विदेशी निवेश के संदर्भ में सकारात्मकता से देखा जा सकता है।

उल्लेखनीय है कि अप्रैल 2017 से सितंबर 2017 के दरमियान भारत में इक्विटी प्रत्यक्ष विदेशी निवेश अंतरवाह की मात्रा 1,63,028 करोड़ रुपए रही, जो कि पिछले वर्ष के अंतराल में 1,44,674 करोड़ रुपए थी, अर्थात् इसमें 13 प्रतिशत का इजाफा हुआ। इस लिहाज से यदि भारतीय अर्थव्यवस्था में आर्थिक विकास दर ने कुछ और रफ्तार पकड़ी तो वर्ष की अंतिम तिमाही में यह प्रदर्शन और भी सुधरने की संभावना है। कुल मिलाकर भारत की ग्रोथ-स्टोरी को यदि यूँ ही सपोर्ट मिलता रहा तो रुपए के मूल्य में सुधार का रुख फिलहाल कायम रहने की संभावना है।

उधर, रिजर्व बैंक ऑफ इंडिया द्वारा जारी आँकड़ों के अनुसार 22 दिसंबर, 2017 को समाप्त हुए पखवाड़े में क्रेडिट ग्रोथ 10.83 प्रतिशत रही, जो पिछले एक वर्ष का उच्चतम स्तर रहा। ऐसे में यदि सरकार द्वारा इंफ्रास्ट्रक्चर व अन्य आधारभूत क्षेत्रों में निवेश बढ़ाया जा सका तो इससे भारतीय अर्थव्यवस्था में निवेश सेंटीमेंट

को बल ही मिलेगा, हालाँकि इन सबके बीच राजकोषीय घाटे को नियंत्रण में रखना खासा चुनौतीपूर्ण साबित हो सकता है। कुल मिलाकर, भारतीय अर्थव्यवस्था में फिलहाल जो सकारात्मक रुझान पनप रहे हैं, उससे वित्तीय वर्ष 2018-19 के उत्तरार्ध तक आर्थिक विकास दर में सुधार की अच्छी संभावना देखी जा रही है।

12-01-2018, 'हमारा महानगर'

□

3

तेजी से विकसित हो रही हैं भारत की विनिर्माण क्षमताएँ

हाल ही में विश्व आर्थिक मंच (डब्ल्यू.ई.एफ.) द्वारा जारी ग्लोबल मैन्युफैक्चरिंग इंडेक्स (वैश्विक विनिर्माण सूचकांक) में भारत को 30वीं वरीयता दी गई है, हालाँकि इस स्थान पर भारत अपने पारंपरिक प्रतिस्पर्धी देश चीन से अभी भी काफी पीछे है, लेकिन फिर भी इस फेहरिस्त में उसने अन्य प्रमुख ब्रिक्स राष्ट्रों जैसे कि ब्राजील, रूस और अफ्रीका को पीछे छोड़ दिया है। गौरतलब है कि इस सूचकांक में भारत की 30वीं वरीयता के सापेक्ष चीन की वरीयता 5वीं है, जबकि अन्य ब्रिक्स देशों में रूस की वरीयता 35वीं, ब्राजील की 41वीं तथा दक्षिण अफ्रीका की रैंक 45वीं है।

इसके अलावा यदि पड़ोसी देशों के साथ तुलना की जाए तो भारत का स्थान काफी ऊँचा है, क्योंकि यहाँ श्रीलंका को 66वें स्थान पर, पाकिस्तान को 74वें तथा बांग्लादेश को 80वें स्थान पर रखा गया है। साथ ही भारत ने टर्की, कनाडा, इंडोनेशिया, न्यूजीलैंड, ऑस्ट्रेलिया, हांगकांग, मॉरीशस और संयुक्त अरब अमीरात (यू.ए.ई.) जैसे अपेक्षाकृत विकसित समझे जानेवाले अनेक दिग्गज राष्ट्रों को इस सूचकांक में पछाड़ा है।

दरअसल विश्व आर्थिक मंच की इस रिपोर्ट के अनुसार, विश्व भर में चतुर्थ आर्थिक क्रांति के तहत जिस तेजी से तकनीकी क्षेत्र में विकास हो रहा है, उससे अनेक प्राइवेट और सार्वजनिक क्षेत्रों में भविष्य में होनेवाले विनिर्माण के स्वरूप को लेकर विनिर्माताओं के समक्ष कई चुनौतियाँ हैं। आज जिस प्रकार विभिन्न गणन पद्धतियों के माध्यम से जो डिजिटल क्रांति आई है, उसने रोबोटिक्स और नवीन उत्पादन तकनीक से समूचे विश्व को प्रभावित किया है। इसने न सिर्फ लोगों के रहन-सहन और मानसिक क्षमताओं पर अपना प्रभाव डाला है, बल्कि उनके काम-काज और व्यवसाय के तौर-तरीकों को भी प्रभावित किया है।

आज इंटरनेट, कृत्रिम बुद्धिमत्ता, रोबोटिक्स और संसाधनों के बेहतर इस्तेमाल

के तौर-तरीकों ने मानो समूचे विश्व को कहीं-न-कहीं आपस में जोड़ दिया है और इसका प्रभाव विनिर्माण की तकनीक पर पड़ना भी लाजिमी है। यही कारण है कि विश्व आर्थिक मंच द्वारा जारी इस रिपोर्ट का फोकस इस प्रकार रखा गया कि भविष्य में आर्थिक उत्पादन के साथ समावेशी बदलाव और विकास के लिए कौन सा देश किस हद तक तैयार है। इस प्रोजेक्ट में दुनिया भर के प्रमुख 100 देशों को शामिल किया गया और 59 संकेतकों के आधार पर उनकी समीक्षा की गई। भविष्य की उत्पादन क्षमताओं को संरचनात्मक और गतिमान बनानेवाले तत्त्वों के आधार पर इन देशों को जाँचा-परखा गया। रिपोर्ट के अनुसार, चुने गए 100 देशों में से यूरोप, उत्तरी अमेरिका और पूर्वी एशिया के कुल 25 राष्ट्र ऐसे हैं, जिन्हें मौजूदा तकनीकी क्रांति से आए बदलावों से लाभ पहुँचने की संभावना अधिक है।

गौरतलब है कि इन देशों का वैश्विक स्तर पर कुल उत्पादन (विनिर्माण) में पहले ही 75 प्रतिशत तक का योगदान है और ये मौजूदा दौर में भी विनिर्माण तकनीक के लिहाज से काफी हद तक विकसित हो चुके हैं, हालाँकि हर राष्ट्र आधुनिक तकनीक को अपनाने और विकास करने में रुचि दिखाए, ऐसा जरूरी नहीं। पर यहाँ यह भी देखना है कि तकनीकी क्रांति को अपनाने के लिए कौन से देश सक्षम हैं और क्या वे इस दिशा में आगे बढ़ने के लिए तैयार हैं?

बहरहाल इस रिपोर्ट में जापान को सबसे मजबूत उत्पादन संरचना के लिए प्रथम स्थान दिया गया है, लेकिन एक महत्त्वपूर्ण बात यह भी है कि तकनीकी क्रांति से जुड़े पहलुओं ने सभी देशों के समक्ष लगभग एक सरीखी (कॉमन) चुनौतियाँ प्रस्तुत की हैं। विश्व आर्थिक मंच द्वारा इस विषय पर पहली बार किए गए शोध से यह स्पष्ट है कि तेजी से बदलते इस औद्योगिक युग में विभिन्न देशों को इन चुनौतियों का सामना करने के लिए सजगता और तत्परता दिखानी होगी और अपने-अपने तरीके से अपनी विशिष्ट आवश्यकताओं के बीच तालमेल भी बैठाना होगा।

19-01-2018, 'हमारा महानगर'

□

4

बढ़ते संरक्षणवाद से आहत होगा वैश्विक बाजार

हाल ही में स्विट्ज़रलैंड के दावोस शहर में आयोजित विश्व आर्थिक मंच की सालाना बैठक में भारत के प्रधानमंत्री ने वैश्विक व्यापार में बढ़ते संरक्षणवाद और अंतर्मुखी आर्थिक नीतियों के संभावित खतरों से आगाह तो किया ही, साथ ही विभिन्न देशों के बीच बढ़ते तनाव और टकराव की स्थिति से उत्पन्न चुनौतियों को गंभीरता से लिये जाने की सलाह भी दी।

गौरतलब है कि सन् 1971 में स्थापित विश्व आर्थिक मंच एक अंतरराष्ट्रीय स्तर की संस्था है, जिसका उद्देश्य विश्व भर के टॉप व्यवसायियों, राजनेताओं, शिक्षाविदों और अन्य बुद्धिजीवियों को एक मंच पर लाना है, ताकि वैश्विक, क्षेत्रीय और औद्योगिक मसलों के बारे में चर्चा के जरिए वैश्विक स्तर पर सुधार किया जा सके। हर वर्ष जनवरी के महीने में दावोस नामक स्थान पर आयोजित होनेवाली इस मीटिंग में चुनिंदा उद्योगपति, वैश्विक स्तर पर सक्रिय राष्ट्रों के नेता, अर्थशास्त्री और पत्रकारों सहित अनेक जाने-माने लोग इस मंच को साझा करते हैं और वैचारिक आदान-प्रदान के जरिए वैश्विक अर्थव्यवस्था से जुड़े महत्त्वपूर्ण तथ्यों, नीतियों और चुनौतियों का विश्लेषण करते हैं।

इस बार विश्व आर्थिक मंच की सालाना मीटिंग का विषय है—'एक खंडित दुनिया में एक साझा भविष्य बनाना। एक ऐसे समय में जब विश्व के कुछ प्रमुख देश अपने राष्ट्रीय हितों को सर्वोपरि रखते हुए अपनी-अपनी आर्थिक एवं राजनीतिक नीतियों का गठन कर रहे हैं, वाकई इससे वैश्वीकरण की उस मूल अवधारणा को ठेस पहुँची है, जिसे लेकर 90 के दशक में विश्व व्यापार संगठन की स्थापना की गई थी।'

वैश्वीकरण की मूल भावना यह है कि सभी सदस्य देशों में भेदभाव रहित पारस्परिक हितों को ध्यान में रखते हुए पारदर्शी तरीके से व्यापार-नीतियाँ बनें और उनमें

भी सार्वजनिक स्वास्थ्य, पशुधन और पेड़-पौधों की सुरक्षा जैसे मसलों को तरजीह दी जाए, लेकिन अफसोस, आज विश्व भर में सुपर पावर समझे जानेवाले अमेरिका जैसे प्रभावशाली देश तक में 'अमेरिका फर्स्ट' का एजेंडा इस कदर हावी है कि वे अपने सहयोगी देशों के साथ ही अधिक निष्पक्ष पारस्परिक व्यापार तो अधिक बढ़ाना चाहते हैं, पर दूसरी ओर उनमें से अनेक देशों के साथ चलते आ रहे व्यापार घाटे को घटाना भी चाहते हैं।

ऐसे में जहन में एक सवाल सहज ही उठ खड़ा होता है कि यदि वैश्विक व्यापार के मामले में सभी देश पहले अपना हित देखने लगे तो इससे तो वैश्वीकरण की मूल भावना खंडित ही हो जाएगी और ऐसी परिस्थिति में भारत जैसे विकासशील देशों के समक्ष तो वैश्विक स्तर पर व्यापार या व्यवसाय करना बहुत मुश्किल होता जाएगा।

भारत के प्रधानमंत्री ने जिस प्रकार आज विश्व के समक्ष संरक्षणवाद को आतंकवाद की तरह ही खतरनाक करार दिया, उससे तो इस मसले की गंभीरता का अंदाजा लगाया ही जा सकता है, पर जिस प्रकार भारत के पारंपरिक प्रतिस्पर्धी देश चीन ने भी इन विचारों की सराहना की है, उससे लगता है कि कई अन्य देश भी वैश्वीकरण के पक्ष में भारत के साथ आगे आना पसंद करेंगे। लेकिन जिस प्रकार अमेरिकी राष्ट्रपति ट्रंप ने अपनी दावोस यात्रा के लिए रवाना होने से पूर्व एक ट्विटर संदेश (इंटरनेट पर उपलब्ध सूक्ष्म संदेश सेवा) देकर कहा है कि वे जल्द ही दावोस पहुँचकर पूरे विश्व को बताना चाहेंगे कि अमेरिका कितना महान् देश है और यह भी कि जिस प्रकार उनकी अर्थव्यवस्था बहुत अच्छा प्रदर्शन कर रही है, उससे तो लग रहा है कि मानो उनका देश फिर से जीतने लगा है।

इस प्रकार के वक्तव्य वाकई उस सोच के प्रतिकूल जान पड़ते हैं, जिसको सामने रखकर दावोस में आर्थिक और व्यावसायिक नीतियों के धुरंधर चर्चामग्न हैं, हालाँकि अमेरिका के एक वरिष्ठ आर्थिक सलाहकार की मानें तो 'अमेरिका फर्स्ट' का मतलब सिर्फ अमेरिका फर्स्ट ही नहीं, बल्कि एक ऐसी भावना है कि जब अमेरिका उन्नत होगा तो पूरा विश्व इससे लाभान्वित होगा और अमेरिकी राष्ट्रपति की बात को शायद इसी परिप्रेक्ष्य में देखना चाहिए।

यहाँ यह समझना आवश्यक है कि वैश्विक व्यापार पर छिड़ी चर्चा तभी सार्थक समझी जा सकती है, जब जमीनी तौर पर सभी देश अपनी पूरी ईमानदारी से वैश्वीकरण के मूल सिद्धांतों पर चलते हुए पारस्परिक हितों का संरक्षण करते हुए आपसी व्यापार के नियम और शर्तें तय करेंगे। उदाहरण के लिए, एक ओर यदि अमेरिका 'उसके हित में सबका हित निहित है', ऐसी अवधारणा प्रस्तुत करे और दूसरी ओर अपने यहाँ आयातित

और सौर ऊर्जा पैनल्स पर 30 प्रतिशत का एकतरफा शुल्क (टैरिफ) लगा दे तो क्या कहा जा सकता है?

जाहिर तौर पर अमेरिका को भले ही 'अपने हित में सबका हित' निहित जान पड़ता हो, पर सही बात तो यह है कि वैश्वीकरण का फायदा सही मायनों में तभी उपलब्ध होगा, जबकि हरेक देश 'सबके हित में अपना हित' देखे और इसी भावना से अपनी व्यावसायिक, आर्थिक और कूटनीतिक नीतियाँ तय करे।

26-01-2018, 'हमारा महानगर'

□

5

बजट 2018 : एक संतुलित बजट

सरकार का बजट : 2018 प्रस्तुत कर रहे वित्त मंत्री ने अपने भाषण की शुरुआत में ही केंद्र सरकार द्वारा पिछले चुनावों में किए गए वादों और समकालीन विषम परिस्थितियों में भी सरकार द्वारा लिये गए उन निर्णयों, कार्यक्रमों और प्रयासों की चर्चा की, जिससे भारत की कमजोर अर्थव्यवस्था को कुछ मजबूती मिले और देश के किसानों, गरीब वर्ग एवं समाज के अन्य कमजोर तबकों तक भी देश की अर्थव्यवस्था में किए जा रहे संरचनात्मक सुधारों और आर्थिक विकास में वृद्धि का लाभ पहुँचे। विशेष रूप से सरकार द्वारा अनेक बुनियादी संरचनात्मक सुधार हेतु उठाए गए कदम से देश में भ्रष्टाचार कम हुआ, नीतिगत ठहराव की स्थिति दूर हुई और प्रत्यक्ष लाभ अंतरण (डायरेक्ट कैश ट्रांसफर) तंत्र के माध्यम से विकास का लाभ जन-जन तक पहुँचा।

जिस प्रकार मौजूदा सरकार के कार्यकाल का यह पाँचवाँ वर्ष है। जाहिर सी बात है कि इस बजट में महज सरकार के खर्च और आमदनी का लेखा-जोखा ही नहीं, बल्कि सरकार के पिछले चार वर्षों के कामकाज की समीक्षा, उपलब्धियाँ और अगले पाँच वर्षों के विजन तक का हिसाब-किताब भी है। वित्त मंत्री के अनुसार, पिछले चार वर्षों में सरकार द्वारा किए गए अनेक उपायों के फलस्वरूप देश में प्रत्यक्ष विदेश निवेश में वृद्धि हुई है। प्राकृतिक संसाधनों के आवंटन में पारदर्शिता और ईमानदारी बरती गई है और जी.एस.टी. के माध्यम से अप्रत्यक्ष कर प्रणाली अधिक आसान हो चली है।

इसके अलावा डिजिटल प्रौद्योगिकी को प्रयोग में लाने से गरीबों को अधिक प्रभावी रूप से लक्षित करते हुए उन्हें लाभ पहुँचाया जाने लगा है। नोटबंदी के बाद कालाधन का आधार व्यापक हुआ है। बजट के अनुसार, करीब 85.51 लाख नए करदाताओं ने इस वर्ष अपनी आयकर रिटर्न भरी है। इसके अलावा प्रत्यक्ष करों से प्राप्त होनेवाले राजस्व में जनवरी 2018 तक 18.7 प्रतिशत की वृद्धि हुई है।

इस बजट में 250 करोड़ रुपए तक का कारोबार करनेवाली कंपनियों पर लागू

कॉरपोरेट टैक्स रेट को घटाकर 25 प्रतिशत कर दिया गया है, लेकिन दूसरी ओर 1 लाख रुपए से अधिक के दीर्घकालीन कैपिटल गेन्स (पूँजीगत लाभ) पर 10 प्रतिशत का टैक्स लगा दिया गया है। जाहिर है, शेयर बाजार पर इन प्रस्तावों के मिश्र परिणाम हुए और दिन भर वहाँ उथल-पुथल मचती रही। जहाँ एक ओर करीब 372 विशिष्ट व्यावसायिक सुधारों को मूर्त रूप देने की प्रस्तावना की गई, वहीं सार्वजनिक क्षेत्रों के बैंकों के पुनः पूँजीकरण की प्रक्रिया द्वारा उनकी ऋण देने की अतिरिक्त क्षमता को पाँच लाख करोड़ रुपए से बढ़ाने की घोषणा भी की गई।

इंफ्रास्ट्रक्चर और वित्तीय क्षेत्र को वैश्विक स्वरूप में ढालने के लिए पहली बार एक अनुमान लगाया गया कि करीब 50 लाख करोड़ रुपए की जरूरत पड़ेगी। इसी कड़ी में स्मार्ट सिटी प्रोग्राम के तहत 99 शहरों के आधुनिकीकरण के निमित्त 2.09 लाख करोड़ रुपए का आवंटन किया गया है। इसके अलावा अमृत कार्यक्रम के तहत 500 शहरों तक पेयजल की आपूर्ति सुनिश्चित करने का भी प्रस्ताव है। उधर, आम लोगों के लिए यातायात सुगम हो, इसके लिए रेलवे व हवाई सेवाओं में विस्तार की बात की गई है।

जाहिर है कि सन् 2019 में होनेवाले आम चुनावों से पहले यह वो फाइनल बजट है, जिसमें आम लोगों की रोजमर्रा की जिंदगी से संबंधित सभी अहम समस्याओं, चिंताओं और अपेक्षाओं से जुड़े मसलों को बखूबी शामिल किया गया है। एक ऐसी ही समस्या है कि रोजगार कैसे बढ़े? यहाँ जी.एस.टी. की वजह से औपचारिक क्षेत्र से जुड़े मध्यम, छोटे व लघु उद्योगों को शीघ्र ऑनलाइन बैंक लोन की मंजूरी दिलाने, मुद्रा योजना का आकार बढ़ाने और कौशल-विकास के लिए 306 प्रधानमंत्री कौशल केंद्र स्थापित करने जैसे उपाय बताए गए हैं।

दूसरी चिंता है स्वास्थ्य और शिक्षा को लेकर और बजट में इसे काफी तरजीह भी दी गई है। यहाँ एक व्यापक सामाजिक सुरक्षा योजना लागू करने का प्रस्ताव है। साथ ही स्कूलों के विकास के लिए भी उचित प्रयास किए जाएँगे। इसके अलावा 24 नए सरकारी मेडिकल कॉलेज खोलने का भी प्रस्ताव है।

कहा जाता है कि भारत गाँवों में बसता है। चार वर्षों से कृषि और ग्रामीण भारत के विकास हेतु प्रतिबद्ध मोदी सरकार ने जाहिर तौर पर इस बजट में अनेक प्रस्ताव किए हैं। इस लिहाज से इसे यदि किसान-केंद्रित बजट भी कहें तो अतिशयोक्ति नहीं होगी। सन् 2016-17 में खाद्यान्नों का उत्पादन 275 मिलियन टन रहा, जो कि एक रिकॉर्ड स्तर है। कृषि को निश्चित तौर पर एक लाभदायक व्यवसाय बनाने, कृषि उत्पाद के लिए देय न्यूनतम समर्थन मूल्य बढ़ाने, किसान कार्ड सुविधा बढ़ाने और निर्यात प्रोत्साहन जैसे प्रस्ताव भी पेश किए गए हैं।

कुल मिलाकर एक संतुलिन बजट पेश करने की पुरजोर कोशिश हमारे वित्त मंत्री ने की है। अच्छी बात यह है कि बजटीय घाटे को सकल राष्ट्रीय आय के 3.3 प्रतिशत पर सीमित रखने की पेशकश की गई है और यह बजट भारतीय अर्थव्यवस्था के दीर्घकालीन हितों को ध्यान में रखते हुए बनाया गया है, हालाँकि निवेश दर को बढ़ाना और महँगाई पर नियंत्रण रखना चुनौतीपूर्ण साबित हो सकता है।

02-02-2018, 'हमारा महानगर'

□

6

रिजर्व बैंक को है महँगाई बढ़ने का अंदेशा

हाल ही में रिजर्व बैंक द्वारा घोषित छठी द्विमासिक मौद्रिक नीति में देश में महँगाई बढ़ने की संभावना को ध्यान में रखते हुए प्रमुख नीतिगत दरों को यथावत् रखा गया है। दरअसल रिजर्व बैंक ने एक बार, फिर महँगाई की दर को 4 प्रतिशत (या फिर दो प्रतिशत तक कम या ज्यादा) के लक्षित स्तर पर बनाए रखने को प्राथमिकता दी है। रिजर्व बैंक के अनुसार, ऐसे अनेक कारण हैं, जिनकी वजह से मध्यकाल (मीडियम टर्म) में महँगाई बढ़ने की संभावना स्पष्ट रूप से दिखाई दे रही है।

सबसे पहले घरेलू तत्त्वों की बात करें तो केंद्रीय सांख्यिकी विभाग द्वारा जारी आँकड़ों के आधार पर सकल राष्ट्रीय मूल्य संवर्धन (जी.वी.ए.) की विकास दर सन् 2016-17 के 7.1 प्रतिशत के मुकाबले सन् 2017-18 में महज 6.1 प्रतिशत रही है। इसके प्रमुख कारण हैं, कृषि तथा कृषि आधारित उद्योगों, खनन, विनिर्माण और सार्वजनिक प्रशासनिक सेवाओं आदि सभी प्रमुख क्षेत्रों में विकास दर का कमजोर पड़ना, हालाँकि नवंबर 2017 में औद्योगिक उत्पादन सूचकांक में उल्लेखनीय सुधार आता दिखाई दिया है।

वस्तुतः विनिर्माण क्षेत्र में 10.9 प्रतिशत की डबल डिजिटल विकास दर से औद्योगिक उत्पादन सूचकांक में 8.4 प्रतिशत की विकास दर दर्ज की गई। यही नहीं, मैन्युफैक्चरिंग परचेंजिंग मैनेजर्स (पी.एम.आई.) सूचकांक में जनवरी 2018 में लगातार छह महीनों से वृद्धि का रुख बरकरार रहा है, लेकिन रिजर्व बैंक ने आठ आधारभूत उद्योगों के क्षेत्र में दिसंबर 2017 में विकास दर कमजोर पड़ने और प्रमुख खाद्यान्नों के उत्पादन हेतु जोती जानेवाली भूमि के क्षेत्रफल में आई कमी को अधिक तवज्जो दी है।

उधर सर्विसेज सेक्टर में भी नवंबर 2017 में अच्छे प्रदर्शन के बाद दिसंबर 2017 में कुछ क्षेत्रों में प्रदर्शन फीका भी पड़ा है। हालाँकि मौद्रिक नीति घोषित होने के दो दिन पूर्व निक्केई सर्विसेज बिजनेस एक्टिविटी सूचकांक में जनवरी 2018 में दिसंबर 2017 के 50.9 के सापेक्ष 51.7 का स्तर दर्ज किया गया, जो इस क्षेत्र में विकास दर बढ़ने का

रुख दिखा रहा है, लेकिन लगता है, रिजर्व बैंक ने नवंबर और दिसंबर माह में खुदरा महँगाई की दर में आई वृद्धि को ज्यादा गंभीरता से लिया है। जाहिर है, महँगाई की दर को लक्षित निर्धारित दर पर बनाए रखना रिजर्व बैंक की प्राथमिकता भी रही है। इनके अलावा आनेवाले समय में लोगों में महँगाई बढ़ने का अंदेशा है, ऐसा भी रिजर्व बैंक ने अनुमान लगाया है।

इसके अलावा यद्यपि नवंबर और दिसंबर माह में भारत से किए जानेवाले निर्यातों में खासी वृद्धि देखी गई है और चालू खाता घाटा भी कम हुआ है, लेकिन फिर भी यह पिछले वर्ष के मुकाबले कुछ अधिक ही है।

दूसरी ओर वैश्विक स्तर पर आर्थिक क्रियाओं के स्तर में सुधार आने का रुख साफ नजर आ रहा है और वैश्विक व्यापार में भी विकास दर मजबूत हुई है, लेकिन यहाँ भी रिजर्व बैंक ने वैश्विक वित्तीय बाजारों में आ रहे भारी उतार-चढ़ाव को काफी गंभीरता से लिया है, क्योंकि इससे वित्तीय बाजारों में अनिश्चितता की स्थिति पनप रही है।

इन्हीं सब कारणों से रिजर्व बैंक ने मौजूदा वित्तीय वर्ष की अंतिम तिमाही (क्यू-4) में महँगाई दर के पूर्वानुमान को बढ़ाकर 5.1 प्रतिशत कर दिया है। गौरतलब है कि पिछली मौद्रिक समीक्षा में महँगाई दर के पूर्वानुमान को 4.3 से 4.7 प्रतिशत के दरमियान रखा गया था। साथ ही अगले वित्तीय वर्ष 2018-19 के प्रथम छह महीनों के लिए भी बढ़ाकर इसे 5.1 से 5.6 प्रतिशत कर दिया है।

हालाँकि जी.एस.टी. के क्रियान्वयन में जो स्थिरता आई है, उससे आर्थिक क्रियाओं के बढ़ने की संभावना भी रिजर्व बैंक को दिखाई पड़ रही है। इसके अलावा निवेश सेंटीमेंट में सुधार, पूँजी बाजार के माध्यम से अतिरिक्त संसाधन जुटाए जाने और ऋण दर में सुधार आदि कुछ ऐसे सकारात्मक संकेत हैं, जिससे आगामी वित्तीय वर्ष 2018-19 में आर्थिक विकास दर बेहतर बनने के आसार भी नजर आ रहे हैं।

कुल मिलाकर रिजर्व बैंक को भारतीय और वैश्विक अर्थव्यवस्था में अनेक सकारात्मक संकेत तो नजर आ रहे हैं, पर फिर भी उसने मौद्रिक नीति में एक तटस्थ रुख अपनाकर एक बार फिर महँगाई के स्तर को नियंत्रण में रखने को प्राथमिकता दी है।

09-02-2018, 'हमारा महानगर'

□

7

एन.पी.ए. से त्रस्त बैंकों की बढ़ी मुसीबतें

हाल ही में भारतीय रिजर्व बैंक ने सभी अनुसूचित बैंकों में दबाव झेल रहे असेट्स (एन.पी.ए.) के त्वरित निवारण हेतु एक नया ढाँचा बनाया है, जिससे पहले से ही बढ़ते एन.पी.ए. के बोझ तले दबे बैंकों पर दबाव और भी बढ़ जाएगा। नई गाइडलाइन के तहत अब बैंकों को किसी भी अकाउंट में डिफाल्ट होते ही उसे विशेष उल्लेख खातों (स्पेशल मेंशन अकाउंट) के तहत वर्गीकृत कर देना पड़ेगा।

पहले उपवर्ग (एस.एम.ए.-0) में उन खातों को वर्गीकृत करना होगा, जहाँ ब्याज या मूलधन की अदायगी 1-30 दिनों तक बकाया है। दूसरे उपवर्ग (एस.एम.ए.-1) में उन खातों का उल्लेख करना होगा, जहाँ 31-60 दिनों से ब्याज या मूलधन का भुगतान बकाया है। तीसरे वर्ग (एस.एम.ए.-2) में वे खाते वर्गीकृत किए जाएँगे, जहाँ इस तरह का डिफाल्ट 61-90 दिनों तक चला आ रहा है।

इस प्रकार नए ढाँचे के तहत बैंकों को कुल 50 मिलियन रुपए से अधिक बकाया राशिवाले खातों का वर्गीकरण और सभी प्रकार की क्रेडिट जानकारी सेंट्रल रिपॉजटरी ऑफ इंफॉरमेशन को देनी होगी। यही नहीं, आगामी 1 अप्रैल, 2018 के बाद से यह सब जानकारी हर महीने एक रिपोर्ट के माध्यम से देनी होगी और 50 मिलियन (5 करोड़) रुपए से अधिक की बकाया राशि के संदर्भ में तो साप्ताहिक रिपोर्ट पेश करनी होगी।

इसके अलावा सभी बैंकों को किसी भी ऋण खाते में डिफाल्ट होने पर तुरंत उसके निवारण हेतु उचित कदम उठाने की सलाह दी गई है। गौरतलब है कि दिवाला और दिवालियापन कोड (आई.बी.सी.) 2016 के लागू होने के बाद, बैंकों के तनावग्रस्त अथवा दबाव झेल रहे खातों के निवारण हेतु एक सामंजस्यपूर्ण और सरलीकृत सामान्य फ्रेमवर्क की आवश्यकता महसूस की जा रही थी और शायद इसी उद्देश्य से नई गाइडलाइन जारी की गई है।

आज बैंकों के समक्ष एन.पी.ए. की समस्या कितनी विकट हो चली है, इसका

अंदाजा तो इसी से लगाया जा सकता है कि एस.एम.ए.-2 कैटेगरी (60-90 दिन) में करीब 2.8 ट्रिलियन रुपए के मूल्य के ऋण हैं, जिनके एन.पी.ए. में परिवर्तित होने की काफी संभावना है। उल्लेखनीय है कि रिजर्व बैंक की वित्तीय स्थिरता रिपोर्ट के अनुसार, सितंबर 2017 तक एस.एम.ए.-2 वर्ग के ऋणों की मात्रा बैंकों के कुल ऋणों का 3.5 प्रतिशत थी। अब जब 29 सितंबर, 2017 को बैंकों के कुल बकाया ऋणों का मूल्य 80 ट्रिलियन रुपए था तो इस लिहाज से 60-90 दिनों बकाया रहनेवाले ऋणों की मात्रा 2.8 ट्रिलियन रुपए के करीब होने का अनुमान लगा है और ये वे ऋण हैं, जिनके खराब ऋणों में तब्दील होने की संभावना काफी प्रबल है। रिजर्व बैंक ने तो 20 बिलियन रुपए से अधिक के बकाया ऋणों के निवारण हेतु 1 मार्च, 2018 के बाद से एक टाइमलाइन लागू की है, जो कि 180 दिन रखी गई है। इसमें वे ऋण भी शामिल किए जाएँगे, जो इस संदर्भ-दिनांक (रेफरेंस डेट) तक 180 दिन या अधिक से बकाया हैं। ऐसे बड़े ऋण खातों में संरचनात्मक परिवर्तन या प्रमोटर बदल डालने की प्रक्रिया के संदर्भ में भी कई प्रावधान बताए गए हैं।

जाहिर तौर पर रिजर्व बैंक खराब ऋणों की समस्या से जूझ रहे बैंकों की बैलेंसशीट पर बढ़ते दबाव को कम करने की दिशा में ऐसे सख्त नियम लागू कर रहा है, जिससे कि वक्त रहते दबाव झेल रहे ऋणों की पहचान की जा सके, ताकि उनके लिए उचित कदम उठाए जा सकें। वस्तुतः बैंकों के खराब ऋणों की संख्या और मात्रा लगातार बढ़ती जा रही है। एक अनुमान के अनुसार, सितंबर 2018 तक बैंकों के खराब ऋणों का आकार सभी कमर्शियल बैंकों द्वारा जारी किए गए ऋणों के 11 प्रतिशत तक बढ़ सकता है। ज्यादातर सरकारी क्षेत्र के बैंकों में एन.पी.ए. की समस्या अधिक प्रबल है। अब नई गाइडलाइन आने पर बैंकों की बैलेंसशीट पर दबाव कुछ और बढ़ेगा, हालाँकि दबाव उन प्रमोटरों पर भी पड़ेगा, जिन्हें अब निर्धारित समय में अपने बकाया ऋणों के निवारण हेतु त्वरित कदम उठाने होंगे।

16-02-2018, 'हमारा महानगर'

□

8

क्या हैं पी.एन.बी. घोटाले के मायने?

यूँ तो भारत में बैंक घोटाले पहले भी होते रहे हैं, लेकिन जिस प्रकार देश-विदेश में अपनी विशिष्ट पहचान बना चुके डायमंड कारोबारी नीरव मोदी द्वारा मुंबई स्थित पंजाब नेशनल बैंक की एक शाखा में 11,400 करोड़ रुपए की धोखाधड़ी का मामला उजागर हुआ, किसी के लिए भी सहज नहीं था कि यह विश्वास करे कि वाकई ऐसा वाकया घटित हो चुका है। उल्लेखनीय है कि डायमंड क्षेत्र में नीरव मोदी एक जाना-पहचाना ब्रांड है और इस प्रकार से इतने बड़े बैंक घोटाले के सामने आने पर हर कोई दंग रह गया।

गौरतलब है कि पंजाब नेशनल बैंक भारत का एक प्रमुख और पुराना बैंक है। स्वतंत्रता पूर्व 19 मई, 1894 को स्थापित हुआ यह बैंक आज भारत का दूसरा सबसे बड़ा वाणिज्यिक बैंक है और भारत भर में इसका 6,940 घरेलू ब्रांचों और 9,750 से अधिक ए.टी.एम. का नेटवर्क पसरा है। साथ ही पिछले 122 वर्षों से लगातार यह बैंक अनेक विशिष्ट और आम नागरिकों की पहली पसंद है और इसके ग्राहकों की संख्या 10 करोड़ से कहीं अधिक ही है।

हालाँकि पी.एन.बी. लगातार बढ़ते एन.पी.ए. (नॉन परफॉर्मिंग असेटस) की समस्या से ग्रसित रहा है। सितंबर 2017 में इसके सकल एन.पी.ए. 57,630 करोड़ रुपए थे, जिनका अनुपात बढ़कर 13.31 प्रतिशत तक पहुँच गया था। यही नहीं, पी.एन.बी. द्वारा जारी आँकड़ों के अनुसार, पिछले करीब आठ महीनों में बैंक के 25 लाख रुपए से अधिक की बकाया राशि रखनेवाले विलफुल डिफाल्टर्स (जान-बूझकर डिफाल्ड करनेवाले उधारकर्ताओं) की सम्मिलित देनदारियों में 23 प्रतिशत का इजाफा हुआ है और इस लिहाज से 11,400 करोड़ रुपए का नीरव मोदी घोटाला न सिर्फ एक बहुत बड़ा वाकया है, बल्कि कहीं-न-कहीं इस बैंक में मौजूदा उन कमजोर व्यवस्थाओं या प्रबंधन का भी द्योतक है, जिनका फायदा उठाकर ऐसे बड़े व्यापारी और उद्यमी बैंकों में जमा पब्लिक की गाढ़ी कमाई को एक तरह से लूटने का काम करते हैं।

जाहिर है, समस्या सिर्फ एक उद्यमी या ऋण खाते के डिफाल्ट की नहीं है, बल्कि उस सिस्टम के चरमरा जाने का संकेत है, जिसकी वजह से विजय माल्या (किंगफिशर एयरलाइंस), जतिन मेहता (विनसम डायमंड्स), नीलेश पारेख (श्रीगणेश ज्वैलरी हाउस), नीरव मोदी और विक्रम कोठारी (रोटोमेक पेंस) जैसे सफल उद्यमी न सिर्फ अपनी प्रतिष्ठा, उद्यम और कारोबार खो बैठते हैं, बल्कि साथ ही उन बैंकों की बैलेंसशीट भी बिगाड़ देते हैं, जो इन्हें अपना कारोबार या व्यवसाय बढ़ाने के लिए तमाम सुविधाएँ उपलब्ध कराते हैं।

उदाहरण के लिए, नीरव मोदी के मामले में पी.एन.बी. के चुनिंदा कर्मचारियों की मिली-भगत से नीरव मोदी से जुड़ी कुछ कंपनियों को फर्जी लेटर्स ऑफ अंडरटेकिंग जारी किए गए, जिनके माध्यम से नीरव मोदी ग्रुप ने अन्य बैंकों की विदेशी ब्रांचों में क्रेडिट सुविधाएँ प्राप्त की। यह सब घोटाला बैंक द्वारा इस्तेमाल किए जा रहे स्विफ्ट (सोसायटी फॉर वर्ल्ड वाइड इंटर बैंक फाइनेंशियल टेलीकम्यूनिकेशन) संचार नेटवर्क सेवा के दुरुपयोग से किया गया और इनमें से कोई भुगतान बैंक के मुख्य बैंकिंग समाधान अर्थात् सी.बी.एस. सिस्टम के माध्यम से नहीं हुआ, जिस वजह से किसी को इसकी भनक तक नहीं लगी।

उल्लेखनीय है कि आमतौर पर लेटर ऑफ अंडरटेकिंग विदेशों में आयातित माल भुगतान हेतु जारी किए जाते हैं। संबंधित बैंक द्वारा जनवरी 2018 में अकस्मात् यह अनियमितता सामने आने पर इस मामले में काफी तत्परता से कार्यवाही की गई है। जहाँ एक ओर नीरव मोदी और अन्य संबंधित कंपनियों की परिसंपत्ति जब्त कर ली गई, वहीं अनेक बैंक कर्मचारियों को पूछताछ के लिए हिरासत में लिया गया है। मामला इतना संगीन है कि रिजर्व बैंक ने इस प्रकार के धोखाधड़ी के मामलों व इससे जुड़े मसलों की जाँच हेतु एक विशेषज्ञ समिति का गठन कर दिया है।

गौरतलब है कि पिछले करीब पाँच वर्षों में हजारों की तादाद में बैंक घोटालों का पर्दाफाश हुआ है और अनेक बार तथाकथित तौर पर बैंक कर्मचारियों की संलिप्तता भी इनमें उजागर हुई है। वक्त आ गया है कि धोखाधड़ी करनेवाले जान-बूझकर बैंक ऋण न चुकानेवाले व्यवसायियों पर कठोर कार्यवाही की जाए, ताकि भविष्य में ऐसे मामलों की पुनरावृत्ति न हो।

23-02-2018, 'हमारा महानगर'

□

9

आर्थिक विकास दर में उछाल उत्साहजनक

हाल ही में केंद्रीय सांख्यिकी दफ्तर (सी.एस.ओ.) द्वारा जारी आँकड़ों के अनुसार, दिसंबर 2017 में समाप्त हुई तृतीय तिमाही में भारत की आर्थिक विकास दर 7.2 प्रतिशत रही। गौरतलब है कि नोटबंदी और जी.एस.टी. जैसे बड़े आर्थिक सुधारों के बाद भारतीय अर्थव्यवस्था में आर्थिक विकास दर शिथिल पड़ते जाने की सभी आशंकाओं को निर्मूल सिद्ध करते हुए भारतीय अर्थव्यवस्था ने अपने पारंपरिक प्रतिद्वंद्वी देश चीन द्वारा इसी अंतराल में हासिल 6.8 प्रतिशत की विकास दर को पीछे छोड़ते हुए विश्व में सबसे तेज गति से विकास करने का गौरव प्राप्त किया है।

हाल ही में प्रतिष्ठित न्यूज एजेंसी रयूटर्स द्वारा कराए गए एक सर्वेक्षण में कई विश्लेषकों द्वारा 6.4 प्रतिशत की आर्थिक विकास दर का पूर्वानुमान लगाया गया था। इस लिहाज से भारत की विकास दर का 7 प्रतिशत के बेंचमार्क को क्रॉस करना वाकई एक शुभ संकेत के रूप में देखा जा सकता है। औद्योगिक उत्पादन और निवेश सेंटीमेंट में जबरदस्त सुधार ने जाहिर तौर पर भारत की आर्थिक विकास दर को बल प्रदान किया है और कहीं-न-कहीं इसे पिछले कुछ वर्षों से लगातार केंद्र सरकार द्वारा किए जा रहे आर्थिक सुधार के प्रयासों के सकारात्मक प्रभावों से भी जोड़कर देखा जा रहा है।

मौजूदा वित्तीय वर्ष की प्रथम व द्वितीय तिमाही में जिस प्रकार भारत की विकास दर क्रमशः 5.7 व 6.5 प्रतिशत रही, उसके सापेक्ष भी तृतीय तिमाही में भारतीय अर्थव्यवस्था का प्रदर्शन बेहतर रहा है। विशेष रूप से विनिर्माण क्षेत्र में 8.1 प्रतिशत की विकास दर और सकल अचल पूँजी निर्माण (ग्रॉस फिक्सड कैपिटल फॉरमेशन) दर में 12 प्रतिशत के उछाल ने भारत की आर्थिक विकास दर को गति प्रदान की है। साथ ही कृषि और कंस्ट्रक्शन क्षेत्र में भी प्रदर्शन बेहतर रहा है।

हालाँकि पिछले वर्ष के मुकाबले मौजूदा वित्तीय वर्ष (2017-18) की तृतीय

तिमाही में सार्वजनिक क्षेत्र में पूँजीगत खर्च काफी बढ़े हैं, जिससे भी सकल पूँजी निर्माण दर को बल मिला है, लेकिन दूसरी ओर भारत का राजकोषीय घाटा अपने बजटीय लक्ष्य के 113.7 प्रतिशत तक पहुँच चुका है। उल्लेखनीय है कि बजट 2017 में राजकोषीय घाटे के 5.33 लाख करोड़ रुपए तक सीमित रहने का अनुमान लगाया गया था, लेकिन यह जनवरी 2018 के अंत तक 6.77 लाख करोड़ रुपए तक पहुँच चुका है।

वित्तीय वर्ष 2018 के केंद्रीय बजट में मौजूदा वित्तीय वर्ष के लिए राजकोषीय घाटे का पूर्वानुमान संशोधित करके 5.95 लाख करोड़ रुपए रखा गया था, परंतु शायद अब यह इस आँकड़े से कहीं ज्यादा ही रहने की संभावना है, हालाँकि यदि भारत की सकल राष्ट्रीय आय वर्ष की अंतिम तिमाही में कुछ और तेजी से बढ़ी तो जी.डी.पी. के प्रतिशत के रूप में निर्धारित राजकोषीय घाटे को अपने लक्षित स्तर पर सीमित रखने की संभावना बन सकती है।

दूसरा, यद्यपि सकल पूँजी निर्माण दर में उल्लेखनीय सुधार से देश के निवेश सेंटीमेंट सुधरने का आभास मिलता है, लेकिन फिर भी जिस प्रकार अनेक बैंकों में खराब होते ऋणों का दबाव बढ़ रहा है, उससे उनकी नए ऋण देने की क्षमताओं पर प्रभाव पड़ सकता है, हालाँकि बैंकों के पुन: पूँजीकरण की प्रक्रिया से फिलहाल उन्हें कुछ राहत मिलने की संभावना भी बनी हुई है, जिसकी वजह से अगले वित्तीय वर्ष में हालात और बेहतर हो सकेंगे।

तीसरा, आर्थिक क्रियाओं का स्तर बढ़ने के संकेत आठ प्रमुख उद्योगों के ताजा प्रदर्शन से भी नजर आ रहे हैं, जो दिसंबर 2017 के 4.2 प्रतिशत के मुकाबले जनवरी 2018 में 6.7 प्रतिशत की दर से विकास कर रहे हैं। इसके अलावा, औद्योगिक उत्पादन की गतिविधियों को भाँपनेवाला निक्केई पी.एम.आई. सूचकांक पिछले सात महीनों से लगातार 50 के उस जादुई आँकड़े से ऊपर चल रहा है, जो भारतीय अर्थव्यवस्था में आर्थिक क्रियाओं का स्तर बढ़ने का संकेत देता रहा है।

मौजूदा वित्तीय वर्ष की तीसरी तिमाही में निजी उपभोग खर्च भी 10.1 प्रतिशत से बढ़ा है, जो कि दूसरी तिमाही में महज 5.1 प्रतिशत से बढ़ा था, उधर कृषि क्षेत्र में भी तीसरी तिमाही में 4.1 प्रतिशत की विकास दर रही, जो कि दूसरी तिमाही में महज 2.7 प्रतिशत थी। साथ ही सर्विसेज सेक्टर में भी इस दौरान प्रदर्शन 6.4 प्रतिशत से कुछ बेहतर 6.7 प्रतिशत रहा।

कुल मिलाकर जिस प्रकार सभी प्रमुख क्षेत्रों में भारतीय अर्थव्यवस्था का प्रदर्शन

सुधरा है, अब उम्मीद की जा रही है कि भारत की आर्थिक विकास दर अक्तूबर 2017 में अंतरराष्ट्रीय मुद्रा कोष द्वारा संशोधित 6.7 प्रतिशत के पूर्वानुमान से कुछ बेहतर भी रह सकती है। बहरहाल तेल की कीमतों में वृद्धि की संभावना, राजकोषीय घाटे का बढ़ता आकार, खराब ऋणों की समस्या तथा महँगाई की दर पर नियंत्रण आदि भारत की विकास यात्रा को चुनौतीपूर्ण भी बना सकते हैं।

03-03-2018, 'हमारा महानगर'

□

10

क्या है अमेरिकी संरक्षणवाद के साइड इफेक्ट?

हाल ही में अमेरिका के राष्ट्रपति डोनाल्ड ट्रंप ने स्टील और ऐल्यूमीनियम के आयात पर लागू शुल्क को क्रमश: 25 प्रतिशत व 10 प्रतिशत बढ़ाने की मंशा क्या जाहिर की, समूचे विश्व में और यहाँ तक कि अमेरिका में भी, इस पर तीखी प्रतिक्रिया और प्रतिरोध के स्वर प्रखर हुए।

हालाँकि इस संदर्भ में आधिकारिक आदेश जारी होने पर ही पता चलेगा कि इन वस्तुओं के आयात पर आखिरकार कितना शुल्क लगाया जाएगा, पर जो बात आज साफ तौर पर दिख रही है, वह यह है कि अमेरिका द्वारा बढ़ते संरक्षणवाद की प्रवृत्ति से वैश्वीकरण की उस मूल अवधारणा को गहरा आघात लगा है, जिसके बैनर तले अनेक राष्ट्र परस्पर व्यापार करते वक्त अपनी सीमाओं के आर-पार स्वतंत्र व्यापार (शुल्क-रहित व्यापार) को प्रोत्साहन देने में जुटे हुए हैं।

लेकिन पहले ब्रेक्सिट के जरिए ब्रिटेन ने यूरोपियन यूनियन, जो कि विश्व का सबसे बड़ा स्वतंत्र व्यापार गुट समझा जाता है, से नाता तोड़ने के पक्ष में मतदान किया और फिर अमेरिका में डोनाल्ड ट्रंप की अप्रत्याशित जीत के बाद, जिन्होंने विश्व के सबसे धनवान देश अमेरिका को सभी प्रमुख स्वतंत्र व्यापार सौदों से पृथक् होने की कसम तक ली थी, आज विश्व में वैश्वीकरण की नींव चरमराती-सी प्रतीत होती है।

अगर अमेरिकी राष्ट्रपति की मानें तो वैश्विक व्यापार के मौजूदा फ्रेमवर्क में उसके व्यापारिक पार्टनर्स ने ही अधिक फायदा उठाया है, मुख्यत: चीन ने, जो वैश्वीकरण के इस युग में काफी तेजी से विकसित हुआ है, लेकिन हैरानी की बात यह है कि अमेरिका के घरेलू उपभोग में चीनी स्टील या एल्यूमीनियम का हिस्सा इतना भी अधिक नहीं है, बल्कि यहाँ जापान, दक्षिण कोरिया, यूरोपियन संघ और कनाडा जैसे देश अधिकांशत:

इस प्रस्तावित शुल्क-वृद्धि से आहत होंगे। जब ये सभी अधिकतर अमेरिका के सहयोगी देश हैं तो सवाल उठना वाजिब है कि आखिर वैश्वीकरण की अवधारणा किस प्रकार अमेरिकी हितों को आहत कर रही है?

दरअसल अमेरिका फर्स्ट का नारा बुलंद करते हुए ट्रंप ने जिस प्रकार वहाँ पर नौकरियों के अवसर कमजोर पड़ने और मजदूरों की औसत आय कम होने के लिए वैश्वीकरण और स्वतंत्र व्यापार सौदों की प्रक्रिया को जिम्मेदार ठहराते हुए आम चुनावों में जीत हासिल की, उससे तो यही निष्कर्ष निकाला जा सकता है कि अब वे संरक्षणवाद का सहारा लेते हुए उन खोए हुए नौकरियों के अवसरों और अपने ट्रेडिंग पार्टनर्स के साथ किए गए व्यापार समझौतों में अमेरिकी हितों को बढ़ाने का प्रयास कर रहे हैं।

जैसा कि उन्होंने कहा भी है कि अपने सहयोगी देशों कनाडा और मेक्सिको के साथ हुए उत्तरी अमेरिका स्वतंत्र व्यापार समझौते (नाफ्ता) के तहत मौजूदा शर्तों को, जो कि उनके अनुसार, अमेरिकी कंपनियों और नौकरियों के लिहाज से काफी प्रतिकूल हैं, उसे बेहतर बनाए जाने के बाद ही स्टील और एल्यूमीनियम पर शुल्क (टैरिफ) बढ़ाने पर विचार किया जा सकता है, जाहिर तौर पर अमेरिका संरक्षणवाद के बैनर तले अपने हित साधने की कोशिश अवश्य कर रहा है।

इन सबके बीच दो बातें विशेष तौर पर महत्त्वपूर्ण समझी जा सकती हैं। एक तो यह कि क्या अमेरिका द्वारा आयात शुल्क बढ़ाने पर वहाँ की घरेलू अर्थव्यवस्था में उत्पादन और रोजगार में सुधार होगा और दूसरा, क्या अमेरिकी संरक्षणवाद एक नए व्यापार युद्ध को जन्म देगा, जिसके चलते प्रभावित देश अपने-अपने हितों को संरक्षित करने के प्रयोजन से अमेरिकी सामानों और सेवाओं के आयात पर पलटवार करते हुए अपने यहाँ लागू आयात शुल्क (टैरिफ) बढ़ा देंगे।

दरअसल बारीकी से विश्लेषण करें तो ये दोनों मसले एक ही सिक्के के दो पहलुओं के समान समझे जा सकते हैं। कारण है कि आज वैश्वीकरण इतना आगे बढ़ चुका है कि विभिन्न देश सीमा-रहित स्वंतत्र व्यापार की दिशा में आगे बढ़ते हुए एक-दूसरे से काफी जटिलता और बारीकी से जुड़े हैं। उदाहरण के लिए, जर्मनी के अनेक कार निर्माताओं का अमेरिका में विनिर्माण आधार है। एक अनुमान के अनुसार, पिछले वर्ष करीब 8,04,000 जर्मन गाड़ियों का उत्पादन अमेरिका में हुआ, जिनमें से 4,30,000 का तो वहाँ से विश्व के अन्य देशों को निर्यात किया गया है।

इसके अलावा यूरोपियन यूनियन के अनेक देश भारी मात्रा में अमेरिकी उत्पाद, कृषि व स्टील से निर्मित सामान आदि का आयात करते हैं, अगर कहीं यूरोपियन व अन्य देशों ने जैसे को तैसा जवाब देते हुए अमेरिकी साजो-सामान पर आयात शुल्क बढ़ा दिया

तो क्या अमेरिकी हित आहत नहीं होंगे? यह तो सभी के लिए नुकसान की बात होगी।

एक ऐसे समय में, जबकि अंतरराष्ट्रीय मुद्रा कोष (आई.एम.एफ.) ने वैश्विक आर्थिक आउटलुक रिपोर्ट में वैश्विक अर्थव्यवस्था में मजबूती आने और सन् 2018 में वैश्विक व्यापार 4.6 प्रतिशत की दर से बढ़ने का अनुमान लगाया है, यदि विभिन्न देशों में परस्पर व्यापार युद्ध छिड़ गया तो यह समूची वैश्विक अर्थव्यवस्था के लिए नुकसानदेह सिद्ध हो सकता है।

अगर भारतीय अर्थव्यवस्था की बात करें तो जाहिर तौर पर वैश्विक अर्थव्यवस्था के सुस्त पड़ने की स्थिति में भारतीय निर्यातों की विकास दर कमजोर पड़ सकती है, जिससे कि भारत का चालू खाता घाटा और भी बड़ा हो सकता है, हालाँकि जहाँ तक स्टील और अल्यूमीनियम का प्रश्न है, भारत के निर्यात इस क्षेत्र में तेजी से बढ़े जरूर हैं, पर फिर भी उनका कुल निर्यात में हिस्सा काफी कम है, लेकिन जिन देशों के उत्पाद अमेरिका ने ब्लॉक किए, वो अगर भारत में लाकर पटक दिए गए तो फिर हमारे घरेलू स्टील व एल्यूमीनियम उद्योग पर इसका बुरा असर भी पड़ सकता है।

उधर, कई विश्लेषकों का यह भी मानना है कि अमेरिका में लागू आयात शुल्क बढ़ाने की मंशा जाहिर करके अमेरिका फिलहाल मेक्सिको और कनाडा जैसे सहयोगी देशों के साथ लागू व्यापार समझौते (एन.ए.एफ.टी.ए.) में अमेरिकी हितों के संदर्भ में बेहतर सौदों के अवसर तलाश रहा है और मुमकिन है कि यदि ऐसा करने में उसे सफलता मिली तो फिर स्टील व एल्यूमीनियम या फिर अन्य वस्तुओं पर लागू आयात शुल्क न भी बढ़ाया जाए।

जो भी हो, अगर अमेरिका अपने हितों का संरक्षण करते समय पूरी वैश्विक अर्थव्यवस्था के हितों को ध्यान में रखे तो वह अमेरिका सहित अन्य सभी प्रभावित देशों के वृहद् हितों को भी संरक्षित रख पाने में सक्षम होगा।

09-03-2018, 'हमारा महानगर'

□

11

भारतीय अर्थव्यवस्था में नजर आ रहे हैं सकारात्मक संकेत

हाल ही में जारी आधिकारिक आँकड़ों के अनुसार, एक ओर जनवरी माह में औद्योगिक उत्पादन सूचकांक में 7.5 प्रतिशत की वृद्धि दर्ज की गई तो दूसरी ओर फरवरी माह में उपभोक्ता मूल्य सूचकांक की वृद्धि दर में गिरावट दर्ज की गई। उल्लेखनीय है कि जहाँ औद्योगिक उत्पादन सूचकांक दिसंबर 2017 में 7.1 प्रतिशत से बढ़ा था, वहाँ जनवरी 2018 में यह आम अपेक्षाओं से कहीं अधिक 7.5 प्रतिशत की दर से बढ़ा, जबकि खुदरा महँगाई दर, जो जनवरी माह में 5.1 प्रतिशत से बढ़ी थी, वो फरवरी में महज 4.4 प्रतिशत की दर से बढ़ी। उधर फरवरी माह ही में थोक मूल्य सूचकांक महज 2.48 प्रतिशत की दर से बढ़ा, जो कि पिछले सात महीनों का न्यूनतम स्तर है।

विशेष रूप से खाद्य पदार्थों के थोक मूल्य 0.88 प्रतिशत की मामूली दर से बढ़े हैं, जबकि जनवरी माह में इनके मूल्य 3 प्रतिशत बढ़े थे। भारत की अर्थव्यवस्था के संदर्भ में इन आँकड़ों को एक सकारात्मक रुख के तौर पर देखा जा सकता है। केंद्रीय सांख्यिकी विभाग द्वारा विभिन्न स्रोतों से जुटाए गए आँकड़ों के अनुसार खनन, विनिर्माण और विद्युत् उत्पादन के क्षेत्र में क्रमशः 0.1 प्रतिशत, 8.7 प्रतिशत व 7.6 प्रतिशत की दर से उत्पादन बढ़ा है, जो काफी उत्साहजनक है। यह प्रदर्शन कितना दमदार है, इसका अंदाजा इसी बात से लगाया जा सकता है कि 23 उद्योग समूहों में से 16 उद्योग समूहों में सकारात्मक विकास दर दर्ज की गई है। इसके अलावा यदि उपयोग पर आधारित विश्लेषण करें तो जहाँ प्राथमिक वस्तुओं में 5.8 प्रतिशत की विकास दर रही, वहीं पूँजीगत उत्पाद 14.6 प्रतिशत की दर से बढ़े, जिससे यह भी संकेत मिला है कि निवेश सेंटीमेंट में उत्तरोत्तर सुधार हो रहा है।

यदि सन् 2017 के जनवरी माह के औद्योगिक उत्पादन के प्रदर्शन से तुलना करें तो विशेष रूप से यातायात के क्षेत्र में काम आनेवाले उपकरण व सामानों के उत्पादन में उल्लेखनीय सुधार (267.5 प्रतिशत) हुआ है। साथ ही दोपहिया वाहनों का उत्पादन भी तेजी से बढ़ा है। इन सबसे तो यही अहसास हो रहा है कि देश में औद्योगिक उत्पादन के साथ-साथ लोगों की औसत आय में भी काफी सुधार आ रहा है। इसी प्रकार खुदरा महँगाई की वृद्धि दर में भी कुछ शिथिलता आई है।

केंद्रीय सांख्यिकी विभाग द्वारा विभिन्न स्रोतों से जुटाए गए आँकड़ों के अनुसार, विशेष रूप से खाद्य पदार्थों की कीमतें सामान्य तौर पर औसत से कम गति से बढ़ी हैं, हालाँकि सब्जियों के खुदरा मूल्यों में महँगाई दर कुछ अधिक ही रही है, लेकिन दालों, शक्कर और मसालों आदि के दाम पहले से कम ही हुए हैं। अन्य खाद्य वस्तुओं में भी महँगाई दर कमजोर पड़ी है।

इसका अभिप्राय यह हुआ कि निवेश सेंटीमेंट बढ़ने पर औद्योगिक उत्पादन तेजी से बढ़ने की संभावना बढ़ी है, हालाँकि जिस प्रकार विनिर्मित वस्तुओं की थोक कीमतों में अपेक्षाकृत अधिक उछाल आया है, उससे आनेवाले समय में महँगाई दर पर दबाव अवश्य पनप सकता है। इन सबके बीच फिलहाल विश्व बैंक (वर्ल्ड बैंक) द्वारा हाल ही में प्रकाशित एक रिपोर्ट में सन् 2018-19 में भारत की आर्थिक विकास दर के पूर्वानुमान को 6.7 प्रतिशत से बढ़ाकर 7.3 प्रतिशत कर दिया है, जबकि सन् 2019-20 के लिए उसने 7.5 प्रतिशत की विकास दर का पूर्वानुमान लगाया है।

भारत की आर्थिक विकास दर में आए उछाल का श्रेय विश्व बैंक ने जी.एस.टी. और नोटबंदी के सकारात्मक योगदान को दिया है। यहाँ खास बात तो यह है कि विश्व बैंक ने, बल्कि भारत सरकार के आधिकारिक 6.6 प्रतिशत के प्रोजेक्शन के मुकाबले कहीं अधिक आशावादी रुख अपनाया है, लेकिन उसने यह भी स्पष्ट किया है कि यदि भारत को मध्यम स्तर की अर्थव्यवस्था का दरजा पाना है तो उसे 8 प्रतिशत की आर्थिक विकास दर अर्जित करनी होगी।

विश्व बैंक की मानें तो अब भी भारत में निवेश सेंटीमेंट सुधारने, आर्थिक विकास को बल प्रदान करने हेतु बैंक क्रेडिट की उपलब्धता बढ़ाने और निर्यात की जानेवाली वस्तुओं की प्रतिस्पर्धात्मक क्षमता बढ़ाने के लिए अनेक आर्थिक सुधारों को लागू करने की गुंजाइश है। विशेष रूप से तब, जबकि अंतरराष्ट्रीय बाजारों में तेल की कीमतें बढ़ने और अमेरिकी मौद्रिक नीति के सामान्य प्रारूप में लौटने जैसे रुख हाल ही में देखे जा रहे हैं।

कुल मिलाकर भारत की आर्थिक विकास दर में सुधार आने की संभावना फिलहाल बढ़ती हुई दिखाई दे रही है। ऐसे में यदि मानसून अच्छे रहे, आर्थिक सुधारों की शृंखला चालू रही, जी.एस.टी. के क्रियान्वयन संबंधी प्रक्रियाओं में सरलीकरण और सुधार किया जा सका और महँगाई की दर सामान्य रही तो निश्चित तौर पर वर्ष 2018–19 का प्रदर्शन पिछले वित्तीय वर्ष की तुलना में कुछ बेहतर रहने की काफी अच्छी संभावना है।

16-03-2018, 'हमारा महानगर'

□

12

वैश्विक अर्थव्यवस्था में बढ़ते आर्थिक विकास के साथ बढ़ रहा है जोखिम

अंतरराष्ट्रीय मुद्रा कोष (आई.एम.एफ.) द्वारा हाल ही में जी-20 के सदस्य देशों के वित्त मंत्रियों तथा केंद्रीय बैंक के गवर्नर्स के सम्मेलन हेतु तैयार की गई एक रिपोर्ट में वैश्विक अर्थव्यवस्था में विकास की संभावनाएँ और उसके समक्ष उपस्थित नीतिगत चुनौतियों के संदर्भ में विस्तृत चर्चा की गई है।

सबसे पहले तो आई.एम.एफ. ने माना है कि वर्ष 2017 के उत्तरार्ध में बढ़िया निवेश और व्यापार सेंटीमेंट की वजह से न सिर्फ औसत वैश्विक विकास दर में सुधार आया, बल्कि सामान्यतया बड़े पैमाने पर इसका असर अनेक प्रमुख देशों की अर्थव्यवस्थाओं पर पड़ा, जिसकी वजह से वहाँ विकास की संभावनाएँ बढ़ी हैं। यही नहीं, जापान, यूरोपियन यूनियन और अमेरिका जैसी दिग्गज अर्थव्यवस्थाओं में तो उम्मीद से कहीं बेहतर प्रदर्शन देखने में आया।

वैश्विक आर्थिक वातावरण में सकारात्मक रुख इतना प्रबल है कि हाल ही में शेयर बाजारों में मची भारी उठा-पटक (हलचल) के बावजूद कई देशों में वित्तीय परिस्थितियाँ मजबूत बनी रहीं। यही कारण है कि आई.एम.एफ. ने सन् 2018 व 2019 के लिए वैश्विक अर्थव्यवस्था में दिखाई पड़ रहे सकारात्मक संकेतकों के मद्देनजर वैश्विक विकास दर के पूर्वानुमान को सुधारते हुए 3.9 प्रतिशत कर दिया है।

विशेष रूप से अमेरिका में आर्थिक विकास दर में तेजी आने के आसार नजर आ रहे हैं। साथ ही वहाँ एक्सपोर्टर्स के लिए डिमांड बेहतर रहने, राजकोषीय खर्च बढ़ने तथा टैक्स की दरों में सुधार आने से अंतरराष्ट्रीय बाजारों में उसकी प्रतिस्पर्धात्मक क्षमता बढ़ने और व्यापार बढ़ने की काफी अच्छी संभावनाएँ हैं। यही नहीं, वहाँ निजी निवेश सेंटीमेंट में भी सुधार आता दिखाई पड़ रहा है।

इसी प्रकार वैश्विक अर्थव्यवस्था में महत्त्वपूर्ण स्थान रखनेवाले यूरोपियन क्षेत्र में भी आर्थिक विकास दर बेहतर बनने की संभावनाएँ पनप रही हैं। पिछले पाँच वर्षों से निरंतर यहाँ की अर्थव्यवस्था में सुधार का रुख नजर आ रहा है और अब वहाँ की आर्थिक विकास दर 2.1 प्रतिशत तक पहुँच चुकी है, उधर जापान में भी बेहतर आर्थिक विकास दर के साथ-साथ प्रोत्साहन-केंद्रित राजकोषीय नीतियों के मद्‍देनजर आर्थिक विकास दर बेहतर बनने के अच्छे आसार हैं।

हालाँकि उदयीमान अर्थव्यवस्थाओं में मिश्र रुख नजर आ रहे हैं। जहाँ चीन जैसे बाहुबली देश में राजकोषीय प्रोत्साहन समाप्त होने की स्थिति में निवेश सेंटीमेंट आहत हो सकता है, वहीं दूसरी ओर, भारत में नोटबंदी और जी.एस.टी. सरीखे साहसपूर्ण आर्थिक सुधार लागू करने से यहाँ की आर्थिक विकास दर में उल्लेखनीय सुधार आने की संभावना बढ़ गई है। साथ ही ब्राजील और रूस सहित अनेक उदयीमान देशों की अर्थव्यवस्थाओं में आर्थिक विकास दर सुधरने के अच्छे आसार आई.एम.एफ. को नजर आ रहे हैं।

ऐसे में प्रश्न यह उठता है कि आखिर कौन सी नीतिगत चुनौतियाँ ऐसी हैं, जिनकी वजह से निरंतर बढ़ रही वैश्विक विकास की गति शिथिल पड़ सकती है। दरअसल आई.एम.एफ. को लगता है कि आनेवाले वर्षों में जहाँ एक ओर महँगाई बढ़ने से मौद्रिक नीतियाँ अपने सामान्य स्वरूप को धारण कर सकती हैं, वहीं चीन और अमेरिका जैसे बड़े देशों में राजकोषीय प्रोत्साहन नीति का रुख पलटने पर आर्थिक विकास की मौजूदा विकास दर कुछ कम भी पड़ सकती है।

हालाँकि आई.एम.एफ. को लगता है कि ज्यादातर जी-20 देशों के सापेक्ष अनेक उदयीमान अर्थव्यवस्थाओं का प्रदर्शन अच्छा रहेगा। इसका प्रमुख कारण है, विकसित देशों के समक्ष प्रस्तुत अनेक चुनौतियाँ, जिनकी वजह से वहाँ आर्थिक विकास दर कमजोर पड़ सकती है। मुश्किल यह भी है कि इन चुनौतियों के चलते वहाँ संभावित उत्पादन और उत्पादकता दोनों ही दरें काफी कमजोर पड़ सकती हैं। दरअसल आई.एम.एफ. के अनुसार, कुछ प्रबल विपरीत परिस्थितियाँ ऐसी हैं, जिनकी वजह से जी-20 देशों की अर्थव्यवस्थाओं में आर्थिक विकास दर पर दबाव बढ़ सकता है।

उदाहरण के लिए, वहाँ की जनसंख्या में औसत उम्र बढ़ने, आर्थिक सुधारों के नाकाफी रहने, मानव-पूँजी की संचय दर कमजोर पड़ने से उत्पादन, उत्पादकता और निवेश दर सभी आहत हो सकते हैं। समस्या सिर्फ इतनी ही नहीं, विकसित देशों के सामने आज पेटेंट व्यवस्था के चलते नए आविष्कार और नूतन तकनीक के विकास की गति उतनी तेज नहीं रह गई, जैसी कि 90 के दशक में सूचना एवं प्रौद्योगिकी (आई.सी.टी.)

के क्षेत्र में हुआ करती थी। आज आई.सी.टी. तकनीक का विस्तार विकासशील देशों तक भी पहुँच रहा है, जिसकी वजह से वहाँ उच्च तकनीक की सहायता से उत्पादन व उत्पादकता दोनों में उल्लेखनीय सुधार आया है।

उधर, वित्तीय बाजारों में भी जोखिम कुछ बढ़ चला है। हाल ही में शेयर बाजारों में आए भारी उथल-पुथल से यह साफतौर पर नजर आ रहा है कि वित्तीय बाजारों में स्थिरता का अभाव है। इसके अलावा कमजोर ब्याज दरों के चलते अनेक कंपनियाँ भारी कर्ज के तले दबी हैं, जिससे संबंधित कंपनियों और उन्हें कर्ज देनेवाले बैंक दोनों की ही बैलेंस शीट पर दबाव बढ़ा है, उधर विकसित हो या विकासशील, सभी देशों में सार्वजनिक ऋण की मात्रा बढ़ रही है। जी 20 देशों में तो सार्वजनिक ऋणों का भार वहाँ की सकल राष्ट्रीय आय के 114 प्रतिशत तक पहुँच चुका है।

चिंता की बात तो यह भी है कि मध्यवर्तीय काल में इसके और अधिक बढ़ जाने की संभावना है। कुल मिलाकर यद्यपि विश्व के प्रमुख देशों में आर्थिक आउटलुक लगातार सुधर रही है, लेकिन फिर भी उन्हें आर्थिक, सामाजिक व वित्तीय क्षेत्रों में प्रस्तुत जोखिम के प्रति सजग और सावधान रहना होगा।

23-03-2018, 'हमारा महानगर'

□

13

सेबी ने सुझाए कंपनी प्रशासन के नए मानदंड

हाल ही में भारतीय शेयर बाजार की नियामक सिक्योरिटीज एक्सचेंज बोर्ड ऑफ इंडिया (सेबी) ने भारत के स्टॉक एक्सचेंजों पर लिस्टेड कंपनियों पर लागू कंपनी प्रशासन मानदंडों को बेहतर तथा और अधिक पारदर्शी बनाने के लिए सुझाव देने हेतु जून 2017 में गठित कोटक कमिटी की अधिकांश सिफारिशों को शब्दशः या फिर कुछ फेरबदल के साथ मान लेने की बात कही है, जबकि कुछ अन्य सिफारिशों को संबंधित सरकारी विभागों या फिर अन्य नियामकों के पास विचार हेतु प्रेषित भी किया गया है।

गौरतलब है कि इस कमिटी के गठन में कंपनी प्रशासन ने मसलों से जुड़े सभी हितधारकों को शामिल किया था, साथ ही सरकार तथा स्टॉक एक्सचेंजों के प्रतिनिधि, एक्सपर्ट्स, प्रोफेशनल्स और शिक्षाविदों सहित कानून के जानकार लोग भी इसके सदस्य रहे थे। इस कमिटी ने पिछले ही वर्ष 5 अक्तूबर को अपनी रिपोर्ट पेश की थी, जिसमें कॉरपोरेट गवर्नेंस अर्थात् कंपनी प्रशासन से जुड़े अनेक मानदंडों में और भी सुधार करने की सिफारिश की गई थी, ताकि इस क्षेत्र को और अधिक पारदर्शी बनाया जा सके।

प्रश्न उठता है कि आखिर कंपनी प्रशासन से संबंधित मसले क्या हैं और किस प्रकार सेबी सहित अन्य हितधारकों के हित इससे जुड़े हैं, जिस वजह से मौजूदा मानदंडों में सुधार की आवश्यकता महसूस की गई? दरअसल कंपनी प्रशासन उन संरचनाओं और सिद्धांतों से जुड़ा वो ढाँचा है, जिसके तहत किसी भी कंपनी के विभिन्न हितधारकों के अधिकार और दायित्वों का वितरण किया जाता है और वे नियम और कायदे निर्धारित किए जाते हैं, जिनके तहत कंपनी से जुड़े मामलों में निर्णय लिये जाते हैं।

विशेषकर बड़ी कंपनियों में काफी मात्रा में शेयर होल्डर्स के अलावा बैंकों या सार्वजनिक क्षेत्र के वित्तीय संस्थानों आदि के माध्यम से भी संसाधन जुटाए जाते हैं। इस प्रकार से शेयर होल्डर्स, ऋणदाताओं, निवेशकों तथा इन कंपनियों में काम करनेवाले

कर्मचारियों सहित अनेक लोगों के हित उन निर्णयों से प्रभावित होते हैं, जो कंपनी के निदेशक मंडल या उनके द्वारा नियुक्त अधिकारियों द्वारा लिये जाते हैं।

वस्तुत: 21वीं सदी की शुरुआत में ही अमेरिका और अन्य देशों में जिस प्रकार एक के बाद एक अनेक हाई प्रोफाइल कंपनियों का पतन हुआ, तब वहाँ कंपनी प्रशासन को विनियमन के दायरे में लाते हुए विशिष्ट कानून बनाया गया, जो सर्बेंस ऑक्सले एक्ट 2002 के नाम से विख्यात हुआ और लगभग उसी तर्ज पर भारत सहित अनेक विकसित और उदयीमान देशों में भी कंपनी प्रशासन के तौर-तरीके को विनियमन के दायरे में लाया गया। कहीं मौजूदा कंपनी कानूनों में संशोधन हुआ तो कहीं स्टॉक एक्सचेजों पर लिस्टेड कंपनियों पर लागू लिस्टिंग एग्रीमेंट में नए अध्याय या प्रावधान भी जोड़े गए।

दरअसल वैश्वीकरण के इस युग में जहाँ कंपनियाँ अपने देश से दूर बाहर निकलकर अन्य देशों में कामकाज का दायरा बढ़ा रही हैं, वहाँ विभिन्न देशों में लागू कंपनी प्रशासन के मानदंडों को अंतरराष्ट्रीय स्तर पर मान्य मानदंडों के समकक्ष लाना भी सेबी जैसे नियामकों के लिए एक बड़ा दायित्व है। इसी कड़ी में सेबी ने कंपनी प्रशासन के लिए लागू मानदंडों को और कड़ा करने या फिर उसकी अनुपालना और सख्त बनाने की दिशा में अनेक महत्त्वपूर्ण निर्णय लिये हैं।

सबसे पहले तो लिस्टेड कंपनियों की डायरेक्टरशिप पर लागू अधिकतम सीमा को 10 से घटाकर सन् 2019 तक 8 व सन् 2020 तक सात कर देने का निर्णय लिया गया है। साथ ही स्वतंत्र निदेशकों की पात्रता संबंधी नियमों को और भी कड़ा करते हुए टॉप 500 कंपनियों में 01 अप्रैल, 2019 तक तथा टॉप 1000 कंपनियों के निदेशक मंडल में 01 अप्रैल, 2020 तक कम-से-कम एक स्वतंत्र महिला डायरेक्टर की नियुक्ति करना अनिवार्य बनाने का फैसला किया गया है।

इसके अलावा कंपनियों के लिए रिलेटेड पार्टी (संबंधित इकाइयों) द्वारा लेन-देन के संदर्भ में लागू खुलासों का दायरा बढ़ाया गया है। वित्तीय वर्ष 2019-20 से उन कंपनियों के लिए, जिनकी एक या अधिक सहायक कंपनियाँ हैं, प्रत्येक तिमाही के कंसोलिडेटेड वित्तीय परिणाम घोषित करना अनिवार्य बनाया जाएगा। कंपनी निदेशक मंडल द्वारा गठित ऑडिट कमिटी नामांकन और पारिश्रमिक कमिटी (एन.आर.सी.) एवं जोखिम प्रबंधन कमिटी के कार्यक्षेत्र में विस्तार किया गया है। विशिष्ट योग्यता प्राप्त संस्थागत (क्यू.आई.पी.) या फिर प्रिफरेंशियल इश्यू के माध्यम से जुटाए गए संसाधनों के उपयोग का पूरा खुलासा करना होगा। कंपनी ऑडिटरों के बारे में भी पहले से अधिक जानकारी उपलब्ध करानी होगी।

अब सभी लिस्टेड कंपनियों की महत्त्वपूर्ण गैर-लिस्टेड सहायक कंपनियों के लिए

भी सेक्रेटेरियल ऑडिट कराना अनिवार्य बनाया जा सकता है। मार्केट कैपिटलाइजेशन के हिसाब से टॉप 500 कंपनियों में चेयरमैन और प्रबंध निदेशक की नियुक्ति अलग-अलग करनी होगी। यदि किसी कंपनी द्वारा उसकी संबंधित इकाई (रिलेटेड पार्टी) को कपंनी के कुल कारोबार (कन्सोलिडेटेड टर्नओवर) का दो प्रतिशत से अधिक भुगतान रॉयल्टी या ब्रांड के लिए किया जाता है तो इसके लिए कंपनी के शेयर होल्डर्स की अनुमति लेनी होगी।

कुल मिलाकर सेबी द्वारा तय किए गए नए मानदंड कंपनी प्रशासन से जुड़ी प्रक्रियाओं को और भी सख्त बनाने की एक समयोचित कोशिश समझी जा सकती है। विशेषकर उस वक्त, जबकि बड़े-बड़े कारोबार वाली कई कपंनियों में कॉरपोरेट फ्रॉड से जुड़े मसले आए दिन उजागर हो रहे हैं। इनमें से कुछ तो दिवालिएपन के कगार पर आ खड़ी हुई हैं। ऐसे में कंपनी प्रशासन के नए नियमों से हितधारकों के हितों का संरक्षण करने में अधिक पारदर्शिता लाई जा सकेगी।

31-03-2018, 'हमारा महानगर'

□

14

मौद्रिक नीति में यथावत् रही नीतिगत दरें

हाल ही में रिजर्व बैंक की मौद्रिक नीति समिति द्वारा घोषित मौजूदा वित्तीय वर्ष 2018–19 की प्रथम द्विमासिक मौद्रिक समीक्षा में नीतिगत दरों को यथावत् रखने का फैसला किया गया है। परिणामस्वरूप नीतिगत रेपो रेट 6 प्रतिशत और रिवर्स रेपो रेट 5.75 प्रतिशत के अपने पूर्व स्तर पर बने रहेंगे। गौरतलब है कि मौद्रिक नीति में तटस्थता के इस रुख को स्पष्ट तौर पर जताते हुए रिजर्व बैंक ने साफ किया है कि आर्थिक विकास को तवज्जो देने के साथ खुदरा महँगाई के स्तर को 4 प्रतिशत (प्लस–माइनस 2 के वर्ग) तक सीमित रखने के प्रति उसकी प्रतिबद्धता बनी हुई है।

दरअसल रिजर्व बैंक को लगता है कि वित्तीय वर्ष 2018–19 के पूर्वार्ध में खुदरा महँगाई का स्तर 4.7 से 5.1 प्रतिशत के बीच रहेगा, जो कि पिछले वर्ष की छठी मौद्रिक समीक्षा में मौजूदा तिमाही के लिए उसके द्वारा संशोधित पूर्वानुमान 5.1–5.6 प्रतिशत से भी कहीं कम ही है। इसके अलावा मौजूदा वित्तीय वर्ष 18–19 के उत्तरार्ध में खुदरा महँगाई की दर 4.4 प्रतिशत के करीब ही रहने की संभावना है।

रिजर्व बैंक ने फरवरी–मार्च 2018 में खाद्य वस्तुओं की कीमतों में आई तेज गिरावट का संज्ञान लिया है। इसके अलावा इस वर्ष मानसून का मिजाज भी अच्छा रहने की संभावना है और साथ ही सरकार द्वारा खाद्य आपूर्ति का मैनेजमेंट बेहतर रहने की उम्मीद भी रिजर्व बैंक को है, जिसके कारण खुदरा महँगाई पर, बल्कि दबाव कम होने के आसार फिलहाल नजर आ रहे हैं, लेकिन दूसरी ओर अंतरराष्ट्रीय बाजारों में तेल की कीमतें बढ़ने, घरेलू मार्केट्स में 7वें वित्तीय आयोग की सिफारिशें लागू होने व अन्य कारणों से भी उपभोक्ता माँग मजबूत होने की संभावना रिजर्व बैंक को नजर आ रही है।

उधर, वित्तीय वर्ष 2018–19 में आर्थिक विकास दर और भी बढ़ेगी, ऐसा अनुमान लगाया गया है। कारण है निवेश सेंटीमेंट में सुधार, आयातों में वृद्धि और पूँजीगत वस्तुओं के उत्पादन में जबरदस्त उछाल। इसके अलावा, वैश्विक बाजारों में सामान्य तौर पर उपभोक्ता

डिमांड में मजबूती आई है, जिसका सकारात्मक प्रभाव भारत के निर्यातों पर पड़ेगा।

इस प्रकार भारत की सकल राष्ट्रीय आय सन् 2017–18 के 6.6 प्रतिशत के मुकाबले सन् 2018–19 में 7.4 प्रतिशत रहने का अनुमान लगाया गया है। जाहिर तौर पर एक ओर रिजर्व बैंक वैश्विक और घरेलू स्तर पर आर्थिक आउटलुक सुधरने की बात कर रहा है तो दूसरी ओर उसे विभिन्न कारणों से महँगाई की दर रिजर्व बैंक द्वारा लक्षित टारगेट कहीं अधिक ही रहने के चांस (अवसर) अधिक नजर आ रहे हैं। शायद यही कारण है कि फिलहाल उसने तटस्थता का रुख अख्तियार करते हुए नीतिगत दरों को यथावत् रखा है।

हालाँकि यह समझना कठिन है कि जब फरवरी 2018 की मौद्रिक समीक्षा के बाद से वैश्विक स्तर पर आर्थिक क्रियाओं का स्तर बढ़ा है, अमेरिका की सुस्त पड़ रही अर्थव्यवस्था गतिमान हुई है, बेरोजगारी की दर कम हुई है और यहाँ तक कि यूरो एरिया में भी आर्थिक क्रियाओं का स्तर सुधरा है, जापान और चीन सहित अनेक विकासशील अर्थव्यवस्थाएँ बेहतर प्रदर्शन कर रही हैं, तब रिजर्व बैंक ने एक प्रोएक्टिव रुख न अपनाते हुए, बल्कि एक उदासीन दृष्टिकोण क्यों अपनाया है?

दरअसल पिछले दो महीनों में भारत सहित वैश्विक वित्तीय बाजारों में जो अनिश्चितता का माहौल रहा, उससे आर्थिक वातावरण में अस्थिरता का कुछ आभास, तो दूसरी ओर अमेरिका द्वारा चीन के उत्पादों पर नए शुल्क लगाए जाना और साथ ही चीन का प्रतिकार स्वरूप अमेरिकी उत्पादों पर आयात शुल्क बढ़ाना, ये सब वैश्विक उपभोक्ता बाजारों में उथल-पुथल मचाने का सबब बन सकते हैं।

उधर, घरेलू वित्तीय बाजारों में भी फरवरी और मार्च के महीनों में वित्तीय तरलता कभी जरूरत से ज्यादा तो कभी कम भी रही। इसके अलावा भारत के निर्यात भी जनवरी से फरवरी 2018 के दौरान कम हुए। न सिर्फ भारत का चालू खाता घाटा बढ़ा, बल्कि व्यापार घाटा भी इस दरमियान बढ़ा है। वस्तुत:, जहाँ कहीं कुछ अस्थिरता का माहौल वैश्विक या घरेलू बाजारों में दिखा, रिजर्व बैंक ने हमेशा विकास के सापेक्ष महँगाई पर नियंत्रण रखने के लक्ष्य को तरजीह दी है।

अब जिस प्रकार हाल ही में सांख्यिकी विभाग द्वारा जारी आँकड़ों के अनुसार 8 प्रमुख उद्योगों की विकास दर में खासा उछाल देखा गया है और इस बार मानसून के अच्छे रहने की संभावना भी है, उम्मीद की जानी चाहिए कि यदि महँगाई नियंत्रण में रही तो अगली मौद्रिक समीक्षा में नीतिगत दरों में कुछ कटौती की जा सकती है।

06-04-2018, 'हमारा महानगर'

□

15

ए.डी.बी. के अनुसार तेजी से विकसित होगी भारतीय अर्थव्यवस्था

हाल ही में एशियाई विकास बैंक (ए.डी.बी.) द्वारा जारी की गई एशियाई विकास आउटलुक 2018 रिपोर्ट में वित्तीय वर्ष 2018-19 में भारत की आर्थिक विकास दर 7.3 प्रतिशत रहने की संभावना व्यक्त की गई है, जो कि सन् 2019-20 में बढ़कर 7.6 प्रतिशत भी हो सकती है। उल्लेखनीय है कि रिजर्व बैंक ऑफ इंडिया और रेटिंग एजेंसी फिश द्वारा भी कुछ इसी प्रकार के कयास लगाए गए हैं।

जाहिर है एशियाई विकास बैंक को भी सन् 2016 में लागू की गई नोटबंदी और सन् 2017 में जारी की गई जी.एस.टी. कराधान प्रणाली के दूरगामी सकारात्मक परिणामों की अपेक्षाओं को देखते हुए भारत की अर्थव्यवस्था में विकास की प्रबल संभावनाएँ नजर आ रही हैं। इसके अलावा उसे ग्रामीण भारत में वस्तुओं और सेवाओं की प्रभावी माँग (उपभोग) का स्तर बढ़ने की भी उम्मीद है। साथ ही निजी निवेश के स्तर में मामूली सी ही सही, पर सकारात्मक विकास की संभावना भी उसे दिखाई पड़ रही है, उधर केंद्र सरकार द्वारा उठाए जा रहे विभिन्न आर्थिक सुधार उपायों और राजकोषीय समेकन के प्रयासों के अच्छे रिजल्ट मिलने की भी उम्मीद उसे है।

हालाँकि, फिर भी यदि राजकोषीय घाटे पर नियंत्रण रखने की कोशिशें विफल रहीं या फिर महँगाई की दर में इजाफा हुआ या अमेरिकी फेड द्वारा ब्याज दरें बढ़ाने का निर्णय लिया गया तो कुछ चुनौतियाँ भी पेश आ सकती हैं, लेकिन दूसरी ओर रिजर्व बैंक द्वारा मौद्रिक नीति के संदर्भ में फिलहाल तटस्थता का रुख आगे भी जारी रहने की संभावना एशियाई बैंक को नजर आ रही है। इसके अलावा सामान्य तौर पर विभिन्न एशियाई देशों द्वारा अपनाई जा रही नवीन तकनीकों से औद्योगिक क्षेत्रों में उत्पादकता बढ़ने, रोजगार के लाभप्रद अवसर बढ़ने और आर्थिक विकास दर बढ़ने के भी अच्छे

आसार हैं और भारत की अर्थव्यवस्था भी इसका अपवाद नहीं है।

दरअसल ए.डी.बी. के अनुसार यद्यपि नई तकनीकों से कहीं-कहीं मौजूदा रोजगार के अवसरों का ह्रास देखने में आता है, पर ज्यादातर मामलों में ये नई तकनीकें कई अन्य प्रकार से नए और अधिक लाभकारी रोजगारों का विकल्प भी पेश करती हैं, जिससे रोजगारों की उपलब्धता बढ़ती ही है। ऐसे में यह सुनिश्चित करना चाहिए कि नई तकनीक की वजह से जिन लोगों के रोजगार छिने, उन्हें किस प्रकार नए तकनीकी वातावरण में काम करने का प्रशिक्षण मिले या फिर उनके लिए रोजगार के वैकल्पिक अवसर उपलब्ध हों।

एशियाई विकास बैंक द्वारा जारी रिपोर्ट में अनेक ऐसे तत्त्वों की व्याख्या की गई है, जिससे कि आर्थिक विकास के आर्थिक अवसर मिलने की संभावना है। सबसे पहले तो जिस प्रकार एशियाई और प्रशांत क्षेत्र के देशों में पिछले कुछ वर्षों से आर्थिक विकास दर 6 प्रतिशत या उससे कुछ अधिक स्तर पर ही बनी हुई है, लगभग यही रुख आगे भी कायम रहने की संभावना है। कारण कि आज विश्व की लगभग सभी बड़ी औद्योगिक अर्थव्यवस्थाओं में, जिनमें अमेरिका, यूरो क्षेत्र और जापान सरीखे देश शामिल हैं, न सिर्फ आर्थिक क्रियाओं का स्तर बढ़ा है, बल्कि बेरोजगारी का स्तर वैश्विक मंदी (2008-09) के बाद के दौर में अपने न्यूनतम स्तर पर पहुँच गया है। साथ ही इन देशों में विकासोन्मुख राजकोषीय और मौद्रिक नीतियाँ भी अपनाए जाने की संभावना है, जिससे यहाँ पर आर्थिक क्रियाओं का स्तर और बेहतर ही होगा।

दूसरा, आज विश्व में तेजी से विकास करनेवाली अर्थव्यवस्थाओं में अग्रणी देश चीन में भी यद्यपि आर्थिक विकास की दर कुछ शिथिल अवश्य पड़ सकती है, पर जिस प्रकार वहाँ सेवा क्षेत्र और विनिर्माण में आर्थिक क्रियाओं के स्तर में जबरदस्त उछाल आया है, उससे कम-से-कम वहाँ की आर्थिक विकास दर के स्थिर बने रहने की अपेक्षा तो की ही जा सकती है।

उधर, दक्षिण-पूर्वी एशिया में वैश्विक स्तर पर कमोडिटिज बाजारों में कीमतें बढ़ने से वहाँ से कच्चा माल आदि प्राथमिक वस्तुओं के निर्यात को बल ही मिलेगा। साथ ही वहाँ निवेश सेंटीमेंट और उपभोग के स्तर के सुधरने की भी काफी संभावनाएँ हैं।

यद्यपि भारत सहित अनेक एशियाई अर्थव्यवस्थाओं में आर्थिक विकास दर में सुधार होगा, पर फिर भी ए.डी.बी. की इस रिपोर्ट के मुताबिक अमेरिका द्वारा अपनाई जा रही संरक्षणवादी व्यापार नीतियों और उसके प्रतिकार स्वरूप अन्य देशों द्वारा काउंटर आयात शुल्क लगाए जाने की वजह से वैश्विक स्तर पर व्यापार के प्रवाह को आघात

लग सकता है। इसके अलावा अनेक एशियाई देशों में निजी क्षेत्र में ऋणों का बढ़ता आकार भी चिंताजनक है।

इन सबके बीच यदि भारत में मानसून का मिजाज दुरुस्त रहा, आर्थिक सुधारों की श्रृंखला आगे बढ़ी और तेल की कीमतों में कोई बड़ा उछाल नहीं आया तो आनेवाले समय में एक बेहतर आर्थिक विकास दर हासिल करने की काफी अच्छी संभावना है।

13-04-2018, 'हमारा महानगर'

□

16

आई.एम.एफ. के अनुसार मजबूत बनी है वैश्विक अर्थव्यवस्था

हाल ही में प्रकाशित वैश्विक आर्थिक आउटलुक रिपोर्ट 2018 में अंतरराष्ट्रीय मुद्रा कोष ने स्पष्ट रूप से माना है कि वैश्विक अर्थव्यवस्था में सन् 2016 के बाद ही से जो आर्थिक विकास दर में सुधार का रुख पनपा है, वो लगातार और भी व्यापक और सुदृढ़ होता जा रहा है। खासतौर पर विकसित अर्थव्यवस्थाओं में आर्थिक विकास दर आनेवाले दो वर्षों में, बल्कि उनकी क्षमताओं से भी कहीं ऊँची रहेगी, जबकि विकासशील देशों में भी आर्थिक विकास दर में वृद्धि का रुख कायम रहेगा, हालाँकि आई.एम.एफ. के अनुसार, सन् 2020 के बाद जहाँ विकसित अर्थव्यवस्थाओं की आर्थिक विकास दर शिथिल पड़ सकती है, वहाँ विकासशील अर्थव्यवस्थाओं में यह स्थिर बनी रहेगी।

फिलहाल चीन, जापान और अमेरिका सरीखे देशों में पिछले वर्ष जिस प्रकार आर्थिक विकास दर उम्मीद से कुछ बेहतर रही और अनेक उदयीमान अर्थव्यवस्थाओं में भी काफी अच्छा प्रदर्शन रहा, उससे प्रभावित होकर आई.एम.एफ. ने एक आशावादी रुख अख्तियार किया है और उम्मीद जताई है कि कम-से-कम अगले दो वर्षों में वैश्विक आर्थिक विकास दर करीब 3.9 प्रतिशत के स्तर तक बनी रहेगी। वैश्विक मंदी (2008-09) के दौर के बाद जो यह स्थिरता का माहौल पनपा है, उससे न सिर्फ विकसित देशों में गैर-पारंपरिक मौद्रिक नीतियों का दौर खत्म होने की संभावना बढ़ी है, बल्कि अनेक देशों में निवेश सेंटीमेंट और श्रमिक बाजारों में रौनक लौट रही है।

लेकिन दूसरी ओर जिस प्रकार कई देशों में सार्वजनिक ऋणों का भार भी लगातार बढ़ रहा है, यदि आर्थिक सुधार और राजकोषीय अनुशासन के प्रयासों में शिथिलता या विफलता की स्थिति बनी तो दीर्घकाल में इसका खामियाजा भी भुगतना पड़ सकता है।

विशेष रूप से विकसित अर्थव्यवस्थाओं में और कमोडिटीज के निर्यात पर निर्भर देशों के समक्ष अनेक चुनौतियाँ हैं, जिनके समाधान उन्हें ढूँढ़ने होंगे।

अनेक विकसित अर्थव्यवस्थाओं में जो जनसंख्या प्रोफाइल है, उसमें वृद्ध लोगों का बाहुल्य रहने से श्रमिक उत्पादकता में कमी की संभावना हो सकती है, जिससे कि निम्न और मध्यम आय-वर्ग के लोगों की औसत आय कमजोर पड़ सकती है। ऐसे में आम लोगों के लिए नीतिगत सपोर्ट सिस्टम बनाए रखना खासा चुनौतीपूर्ण साबित हो सकता है, हालाँकि अगले दो वर्षों में आर्थिक विकास के ऊँचे स्तर पर बने रहने की वजह से मध्यम काल में उपभोक्ता डिमांड में वृद्धि आने पर मौद्रिक संकुचन के प्रयास भी किए जा सकते हैं और यदि ऐसा हुआ तो न सिर्फ विकसित देशों में, बल्कि अनेक उदयीमान देशों पर भी इसके नकारात्मक प्रभाव पड़ सकते हैं, जिनके प्रति भी सचेत रहने की आवश्यकता है।

आई.एम.एफ. ने कुछ सुझाव भी दिए हैं, जिनसे कि आर्थिक विकास दर में मजबूती और स्थिरता को बनाए रखा जा सके। सबसे पहले तो लगभग सभी देशों में समावेशी विकास (इंक्लुसिव ग्रोथ) की अवधारणा और उत्पादकता बढ़ाने पर जोर देने की आवश्यकता है। इसके लिए एक ओर जहाँ उपयुक्त तकनीकी विकास किए जाने की आवश्यकता है, वहीं दूसरी ओर इन संरचनात्मक परिवर्तनों से विस्थापित हुए श्रमिकों के लिए वैकल्पिक रोजगार उपलब्ध कराए जाने की भी आवश्यकता है।

दूसरा, जहाँ पर भी मुद्रा स्फीति की दर अभी भी कमजोर है, वहाँ तरल मौद्रिक नीति और उचित राजकोषीय नीति द्वारा डिमांड और सप्लाई में संतुलन बनाए रखने का प्रयास जारी रखना होगा। विकसित देशों में सार्वजनिक ऋण और चालू खाता घाटा पर नियंत्रण रखना होगा और साथ ही राजकोषीय अनुशासन बढ़ाना होगा। तीसरा, जिन देशों में कॉरपोरेट सेक्टर भारी ऋणों के बोझ से दबा है, वहाँ सुधारात्मक कदम उठाए जाने की आवश्यकता है, ताकि उनकी बैलेंस शीट कुछ तो बेहतर बने।

इसके अलावा अनेक देशों में विनियमन और वित्तीय क्षेत्रों में जारी आर्थिक सुधार प्रक्रिया को जहाँ एक ओर अधिक तेज बनाने की आवश्यकता है, वहीं दूसरी ओर वैश्विक स्तर पर विभिन्न देशों में संरक्षणवाद से परे एक ऐसे व्यापारिक रिश्ते को प्रोत्साहन दिए जाने की आवश्यकता है, जहाँ विभिन्न देशों की भौगोलिक सीमाओं के आर-पार न सिर्फ सामानों का आयात-निर्यात निर्बाध गति से बढ़े, बल्कि तकनीक, सूचना और अन्वेषण का भी आदान-प्रदान बढ़े, जिससे कि सभी देशों को उत्पादकता बढ़ाने का मौका मिले। यदि ऐसा हो सका तो निश्चित तौर पर वैश्विक अर्थव्यवस्था को इससे बल ही मिलेगा।

कुल मिलाकर आई.एम.एफ. के अनुसार, अंतरराष्ट्रीय स्तर पर विभिन्न देशों में इस प्रकार सहयोग बढ़ने पर दीर्घकाल में सभी देशों में लोगों के जीवन स्तर में सामान्य तौर पर सुधार तो आएगा ही, साथ ही अत्यधिक भुगतान असंतुलन, साइबर सिक्योरिटी और पर्यावरणीय बदलाव जैसी महत्त्वपूर्ण समस्याओं से निपटने में सहूलियत भी होगी।

20-04-2018, 'हमारा महानगर'

□

17

अमेरिकी ऋणों का बढ़ता स्तर चिंताजनक

हाल ही में जारी आँकड़ों के अनुसार, 15 मार्च, 2018 को अमेरिकी अर्थव्यवस्था में सार्वजनिक ऋणों का स्तर 21 ट्रिलियन डॉलर तक पहुँच गया। हालाँकि यह आँकड़ा बदलता रहता है, लेकिन 'डेट-टू-पैनी' एप्लीकेशन के जरिए किसी भी दिन इसकी मात्रा कितनी रही, इसका आँकड़ा जाना जा सकता है और आज भी यह 21 ट्रिलियन डॉलर से कुछ अधिक ही है।

इसके अलावा अमेरिका में एक ऐसी घड़ी भी है, जो प्रतिदिन राष्ट्रीय ऋणों का कुल स्तर बताती रहती है। यह घड़ी वर्तमान में न्यूयॉर्क शहर की 44वीं (पश्चिम) सड़क पर स्थित है। 20 फरवरी, 1989 से यह घड़ी लोगों को अमेरिकी अर्थव्यवस्था में सार्वजनिक ऋणों के बदलते समीकरणों के बारे में आगाह करने का कार्य कर रही है। यों तो किसी भी देश में ऋणों का बढ़ता भार चिंता का सबब है, लेकिन जब बात अमेरिका जैसे ताकतवर और आर्थिक दृष्टि से मजबूत देश की हो तो यह न सिर्फ अमेरिका, बल्कि समूची वैश्विक अर्थव्यवस्था के लिए एक चर्चा का विषय बन जाता है।

1989 में जब यह घड़ी लगाई गई थी, तब अमेरिका में ऋणों का स्तर महज 2.7 ट्रिलियन डॉलर था, लेकिन उस स्तर पर भी यह अमेरिकी सकल राष्ट्रीय आय के तत्कालीन स्तर का 50 प्रतिशत था और तब इस तथ्य को इस घड़ी के निर्माता ने चिंता का विषय बताते हुए कहा था कि अगर लोग इस पर चिंता करें तो माना जाए कि उसकी घड़ी अपना काम ठीक से कर रही है।

सन् 1991 में जब अमेरिकी अर्थव्यवस्था में ऋणों की मात्रा बढ़ी तो ऐसी आशंका बनी कि कहीं यह 100 प्रतिशत तक न बढ़ जाए और यह सिलसिला सन् 2000 तक जारी रहा। तब एक वक्त ऐसा भी आया, जब अमेरिकी ऋणों और बजटीय घाटे के स्तर में कुछ कमी आती नजर आई और ऐसा लगा मानो इस घड़ी का मकसद और उपयोगिता पूरी हुई और इसे बंद कर दिया गया।

मगर अफसोस! सन् 2001 में आर्थिक मंदी जैसे हालात और अन्य कारणों से भी सार्वजनिक खर्चों में बढ़त और आमदनी में कमी का दौर फिर से लौट आया। परिणामस्वरूप इस घड़ी के निर्माता ने जुलाई 2002 में इसे फिर से शुरू कर दिया। इसके बाद सन् 2008 में आर्थिक महामंदी का दौर शुरू हुआ और अमेरिकी ऋणों का आँकड़ा 10 ट्रिलियन डॉलर के पार हुआ तब इस घड़ी में एक डिजिट और जोड़ दी गई। इस प्रकार पिछले दस वर्षों में अमेरिकी ऋणों का स्तर दुगने से भी अधिक हो गया है। जाहिर तौर पर जब किसी देश में सार्वजनिक ऋणों का भार उसकी सकल राष्ट्रीय आय के बराबर या उससे भी अधिक हो चले तो उस देश में भविष्य में होनेवाले आर्थिक विकास के कमजोर होने की आशंका पनपती है।

अमेरिका में ऋणों के स्तर की एक अधिकतम सीमा है और यदि ऋणों का स्तर उस सीमा को क्रॉस कर जाए तो वहाँ एक बड़ा आर्थिक संकट भी उत्पन्न हो सकता है। पिछले करीब दस वर्षों में अमेरिकी संसद् द्वारा ऋणों की इस अधिकतम सीमा को 10 बार बढ़ाया जा चुका है। अभी हाल ही में फरवरी माह में अमेरिकी राष्ट्रपति डोनाल्ड ट्रंप ने इस ऋण सीमा को 1 मार्च, 2019 तक के लिए स्थगित करने के एक विधेयक पर हस्ताक्षर किए।

फिलहाल यह अधिकतम सीमा 20.456 ट्रिलियन डॉलर है और यह लिमिट तो 15 मार्च को ही क्रॉस हो चुकी है। अब तो यह अंदाजा लगाया जा रहा है कि 1 मार्च, 2019 तक कहीं इसे और भी बढ़ाकर 22 ट्रिलियन डॉलर तक न करना पड़ जाए। सवाल उठता है कि आखिर क्यों अमेरिकी ऋणों का आकार बढ़ता जा रहा है और इससे किस प्रकार की चुनौतियाँ अमेरिका सहित समूची वैश्विक अर्थव्यवस्था के समक्ष पेश आ सकती हैं?

दरअसल साल-दर-साल अमेरिका में एक ओर टैक्स भार (कराधान) कम करने तो दूसरी ओर सार्वजनिक खर्च बढ़ने का सिलसिला-सा चल रहा है। इस घाटे की वित्त व्यवस्था से अमेरिका और अमेरिकी मतदाता दोनों को ही लाभ मिलता रहा है, उधर चीन और जापान जैसे विदेशी ऋणदाताओं का समर्थन भी उसे हासिल है, जो शायद अमेरिका को एक बेहतरीन ट्रेड पार्टनर के तौर पर देखते हैं और दीर्घकालीन हितों को ध्यान में रखते हुए अमेरिका को एक ट्रिलियन से भी ज्यादा का ऋण दिए हुए हैं।

उल्लेखनीय है कि जनवरी 2018 में चीन द्वारा अमेरिका को दिए गए ऋणों का आकार 1.17 ट्रिलियन डॉलर और जापान का 1.07 ट्रिलियन डॉलर है। जाहिर तौर पर चीन जैसी निर्यात आधारित अर्थव्यवस्था में चीनी मुद्रा का डॉलर के सापेक्ष विनिमय मूल्य कम रखने पर उसके निर्यात आकर्षक बन पड़ते हैं और इस प्रकार यह देश आवश्यकता पड़ने पर अमेरिकी बॉण्ड्स की खरीदी करता रहता है।

लेकिन कभी इन देशों ने अपना ऋण कम करने का फैसला किया तो इससे डॉलर सहित समूची वैश्विक अर्थव्यवस्था डाँवाँडोल हो सकती है। दूसरी ओर किसी कारण से अमेरिकी ऋणों की मात्रा उसके निमित्त तय की गई अधिकतम सीमा के परे जा पहुँची तो अमेरिकी सरकार डिफाल्ट के कगार पर जा खड़ी होगी। कुल मिलाकर अमेरिकी सरकार को न सिर्फ घरेलू स्तर पर राजकोषीय घाटे को नियंत्रण में रखना होगा, बल्कि दूसरी ओर विश्व के अन्य पार्टनर देशों के साथ अपना व्यापार बढ़ाने और व्यापार युद्ध जैसी स्थितियों से बचने की कोशिशें करनी होंगी।

27-04-2018, 'हमारा महानगर'

□

18

नई टेलीकॉम नीति के तहत बढ़ेंगे रोजगार

हाल ही में भारत सरकार के दूरसंचार विभाग द्वारा एक नई राष्ट्रीय डिजिटल संचार नीति 2018 का मसौदा तैयार किया गया है। उल्लेखनीय है कि यह नीति भविष्य में भारतीय नागरिकों को बड़े पैमाने पर प्रभावित करेगी। शायद यही कारण है कि फिलहाल इसे विभिन्न हितधारकों जैसे कि केंद्र व राज्य सरकारें, टेलीकॉम तथा इंटरनेट सेवा प्रदान करनेवाली कंपनियों, टेलीफोन व संबंधित उपकरण बनाने वालों से लेकर बुद्धिजीवियों और अन्वेषकों आदि से विचार-विमर्श या यूँ कहें कि आम चर्चा के लिए जारी किया गया है।

प्रश्न उठता है कि आखिर डिजिटल इंफ्रास्ट्रक्चर (आधारभूत ढाँचा) विकसित करने की आवश्यकता क्यों महसूस हुई? दरअसल सरकार का मानना है कि आज देश में दूरसंचार तथा सॉफ्टवेयर दोनों ही क्षेत्रों में नई डिजिटल टेक्नोलॉजी के माध्यम से न सिर्फ उत्पादकता बढ़ी है, बल्कि मौजूदा और नए बाजारों में विस्तार की संभावनाएँ भी बढ़ी हैं और निश्चित तौर पर इससे देश में आर्थिक विकास की गति को बल तो मिला ही है, साथ ही नए जमाने के अनुरूप रोजगार के अनेक अवसरों का सृजन भी हुआ है।

अब भारत के नीति निर्धारकों के समक्ष एक ऐसी टेलीकॉम नीति बनाने की चुनौती है, जो नई डिजिटल टेक्नोलॉजी का लाभ भारत के हर प्रांत और हर तबके के लोगों तक पहुँचा सके। वाकई यह एक बड़ी चुनौती इसलिए भी है, क्योंकि भारत जैसे विशाल देश में न सिर्फ गाँव और शहर की दूरियाँ हैं, बल्कि लोगों में शैक्षणिक योग्यता और आर्थिक स्थिति के क्षेत्र में भी काफी विभिन्नताएँ हैं और ऐसे में देश के प्रत्येक नागरिक तक डिजिटल सेवाओं का लाभ पहुँचाना और वह भी इस प्रकार कि सभी को समान स्तर और कम कीमत पर इसका फायदा मिले, कुछ इसी परिप्रेक्ष्य में नई टेलीकॉम नीति की रूपरेखा तैयार की गई है।

आधिकारिक आँकड़ों के अनुसार, भारत में करीब एक बिलियन (100 करोड़)

लोगों के पास मोबाइल फोन और डिजिटल पहचान पत्र हैं। करीब 50 करोड़ लोग इंटरनेट सेवा से जुड़े हैं। इसके अलावा 200 मिलियन लोग नियमित रूप से सोशल नेटवर्क (फेसबुक आदि) से जुड़े हैं। पिछले वर्ष लाई गई नोटबंदी का असर कहें या फिर टेलीकॉम सेवाओं का विस्तार, आज 200 मिलियन से भी अधिक लोग मोबाइल बैंकिंग और डिजिटल पेमेंट सेवा से आ जुड़े हैं। अब तो यह अनुमान भी लगाया गया है कि सन् 2025 तक भारत की डिजिटल अर्थव्यवस्था का आकार बढ़कर एक ट्रिलियन अमेरिकी डॉलर तक का हो जाएगा।

जाहिर है, नई टेलीकॉम नीति का उद्देश्य एक ऐसा जीवंत और प्रतिस्पर्धात्मक टेलीकॉम मार्केट बनाना है कि जहाँ भारत की बढ़ती टेलीकॉम अपेक्षाओं को पूरा किया जा सके। टेलीकॉम मंत्रालय की मानें तो अगर टेलीकॉम क्षेत्र में ब्रॉडबैंड सेवा की उपलब्धता यदि 10 प्रतिशत बढ़ती है तो देश की सकल राष्ट्रीय आय में एक प्रतिशत तक की वृद्धि होना संभव है। इसके अलावा सामान्यतया उत्पादकता और कार्यकुशलता में वृद्धि के फायदे मिलने की पूरी संभावना है।

वर्तमान में भारत में 1.5 मिलियन किलोमीटर तक के ऑप्टिकल फाइबर के केबल बिछाए जा चुके हैं। अब नई टेक्नोलॉजी फाइव-जी और सेटेलाइट कम्युनिकेशन जैसी आधुनिक तकनीक पर काम किया जाना है। उल्लेखनीय है कि भारत-नेट प्रोजेक्ट के तहत देश के करीब छह लाख गाँवों को ब्रॉडबैंड सेवा से जोड़ने का काम पहले से चालू है, अब इसे भी नई टेक्नोलॉजी के हिसाब से उपयुक्त बनाना होगा।

नई नीति कुछ इन्हीं मसलों के इर्द-गिर्द बनाई गई है। सबको ब्रॉडबैंड सेवा उपलब्ध हो, टेलीकॉम क्षेत्र में 40 लाख नए रोजगारों का सृजन हो, भारत की सकल राष्ट्रीय आय में टेलीकॉम क्षेत्र का योगदान मौजूदा 6 प्रतिशत से बढ़कर 8 प्रतिशत हो, भारत का नाम दूरसंचार विकास सूचकांक (आई.सी.टी. इंडैक्स) में मौजूदा 134वीं वरीयता से कहीं ऊपर टॉप 50 देशों में शुमार हो और भारत को डिजिटल स्वायत्तता मिले, ऐसे महत्त्वाकांक्षी उद्देश्यों को नई नीति में शामिल किया गया है। अच्छी बात यह है कि इन उद्देश्यों को हासिल करने की समय-सीमा भी तय की गई है और इसे 2022 तक पूरा करने का संकल्प किया गया है।

नई टेलीकॉम नीति के तीन विशिष्ट स्तंभ हैं। सबसे पहला है कनेक्ट इंडिया। इसके तहत सभी नागरिकों को 50 एम.बी.पी.एस. की ब्रॉडबैंड सेवा प्रदान करने का प्रस्ताव है। सन् 2022 तक सभी ग्राम पंचायतों को 10 जी.बी.पी.एस. द्वारा कनेक्ट किया जाएगा। इसके अलावा पब्लिक वाई-फाई हॉट स्पॉट की संख्या को बढ़ाकर 10 मिलियन किए जाने का प्रस्ताव है। इन सबके क्रियान्वयन के लिए क्या रणनीति अपनाई जा सकती है,

इसका उल्लेख भी नई टेलीकाम नीति में किया गया है। दूसरा स्तंभ है—'प्रोपेल इंडिया' जिसके तहत नई जेनरेशन तकनीक और सेवाओं के विस्तार के लिए निवेश, नई खोज (इनोवेशन), घरेलू विनिर्माण और बौद्धिक संपदा अधिकार आदि के क्षेत्र में कार्ययोजना सुझाई गई है।

तीसरा स्तंभ है सिक्योर इंडिया, जिसके तहत डिजिटल संप्रभुता, बचाव व डिजिटल संचार की सुरक्षा के क्षेत्र में रणनीति बनाई गई है। कुल मिलाकर नई टेलीकॉम पॉलिसी कुछ महत्त्वाकांक्षी अवश्य प्रतीत होती है, पर यदि सभी हितधारकों के सहयोग और सहभागिता से इसकी रणनीति तय होगी तो निश्चित तौर पर इसका लाभ टेलीकॉम क्षेत्र सहित समूची भारतीय अर्थव्यवस्था को मिलेगा।

04-05-2018, 'हमारा महानगर'

□

19

क्या हैं ईरान पर अमेरिकी प्रतिबंध के मायने?

हाल ही में अमेरिकी राष्ट्रपति डोनाल्ड ट्रंप ने मिडिल ईस्ट राष्ट्र ईरान पर फिर से प्रतिबंध लगाने का फैसला क्या लिया, पूरे विश्व में इस फैसले के झटकों के असर के बारे में चर्चा गरम हो उठी है। दरअसल सन् 2015 में ईरान और विश्व के प्रमुख देशों के मध्य एक समझौता हुआ था कि ईरान अपने आणविक (न्यूक्लियर) उत्पादन क्षमताओं को नया स्वरूप देगा और इन्हें वैज्ञानिक अनुसंधान केंद्र के रूप में परिवर्तित कर देगा। साथ ही वह मौजूदा आणविक हथियारों की मात्रा और संख्या को कम करेगा।

इसके अलावा ईरान ने अंतरराष्ट्रीय अटॉमिक एनर्जी एजेंसी द्वारा अपने न्यूक्लियर संसाधनों के निरीक्षण की इजाजत भी दी, जो संदेह होने पर ईरान में कहीं भी आणविक विनिर्माण या खनन से ताल्लुक रखनेवाली गतिविधियों का निरीक्षण करने में सक्षम होगी।

गौरतलब है कि इस समझौते के तहत ईरान को आनेवाले 15 वर्षों तक में अपने मौजूदा संगृहीत यूरेनियम के भंडार को 98 प्रतिशत तक कम करने और न्यूक्लियर उत्पाद बनाने की क्षमताओं को, जिनमें शोध एवं अनुसंधान गतिविधियाँ भी शामिल हैं, सीमित करने जैसी शर्तें लगाई गई थीं।

जाहिर है कि इस समझौते की शर्तों को पूरा करने के बाद अमेरिका और यूरोपियन यूनियन के देशों ने ईरान पर लगाए गए तेल और वित्तीय प्रतिबंधों को हटा लिया और करीब 100 बिलियन डॉलर मूल्य की संपत्तियों को ईरान पर लगे प्रतिबंधों से मुक्त भी किया। इसके परिणामस्वरूप ईरान फिर से वैश्विक अर्थव्यवस्था की मुख्यधारा से जुड़ गया। तेल, पेट्रोकेमिकल्स, बैंकिंग, प्राकृतिक गैस और पोर्ट क्षेत्रों में प्रतिबंधों के हट जाने से ईरान में विकास तथा युवा और पढ़े-लिखे लोगों के लिए रोजगार के नए अवसरों के रास्ते खुले।

अनेक देशों ने ईरान में रणनीतिक क्षेत्रों में निवेश किया और भारत भी इसका अपवाद नहीं रहा, लेकिन जिस प्रकार अमेरिका में न सिर्फ नेतृत्व बदला, बल्कि वैचारिक बदलाव भी आया, ईरान के साथ हुए समझौते पर पुनर्विचार की प्रक्रिया शुरू हुई और अमेरिका ने यह धारणा बनाई कि ईरान आतंकवाद और उससे जुड़ी गतिविधियों को कहीं-न-कहीं बढ़ावा दे रहा है। विशेष रूप से, क्योंकि मुद्दा अमेरिकी सुरक्षा हितों से भी जुड़ा था, अब वहाँ के राष्ट्रपति ट्रंप ने ईरान पर से हटाए गए विभिन्न प्रतिबंधों को फिर से लगाए जाने की बात की है।

वस्तुत: इस फैसले से न सिर्फ ईरान, बल्कि समूची वैश्विक अर्थव्यवस्था प्रभावित होगी। सबसे पहला प्रभाव तेल की कीमतों पर पड़ेगा, जहाँ पहले से ही मूल्य वृद्धि का दबाव बना हुआ है। एक अनुमान के अनुसार, वैश्विक बाजारों में तेल की कीमतें 80 डॉलर प्रति बैरल तक बढ़ सकती हैं। जहाँ तक भारत का सवाल है, यद्यपि वित्तीय वर्ष 2017-18 में ईरान से भारत के आयात उसके कुल तेल आयातों का महज 10 प्रतिशत है, पर फिर भी ईरान से तेल की आपूर्ति (सप्लाई) बंद होने पर भारत के चालू खाता घाटे और राजकोषीय घाटे दोनों पर दबाव बढ़ेगा। कारण यह है कि ईरान से तेल आयात करने पर भारत को जो डिस्काउंट मिलता है, वह अब नहीं मिल पाएगा। इसके अलावा, जानकारों की मानें तो ईरान से आयातित तेल पर 90 दिनों की क्रेडिट सुविधा भी मिलती है, जो कि अन्य उत्पादक महज 30 दिनों तक के लिए ही देते हैं।

दूसरी ओर वैश्विक बाजारों में तेल की कीमतें बढ़ने पर भारत में तेल पर दी जानेवाली सब्सिडी का बिल 30 प्रतिशत तक बढ़ सकता है। भारत सरकार के बजट में एल.पी.जी. और केरोसिन पर दी जानेवाली सब्सिडी का पूर्वानुमान गड़बड़ा सकता है। हालाँकि, जिस प्रकार रुपए के विनिमय मूल्य में गिरावट का रुख है, हो सकता है कि आयातों का मूल्य इतना ज्यादा न भी बढ़े, लेकिन फिर भी तेल की कीमतों में वृद्धि से कई बजटीय समीकरण तो प्रभावित होंगे ही, साथ में खुदरा महँगाई के मौजूदा स्तर पर दबाव भी बढ़ सकता है।

आज जो वैश्वीकरण का युग है, उसमें कभी-कभी राजनीतिक समीकरणों को आर्थिक और वित्तीय बाजारों की जरूरतें और बाध्यताएँ भी प्रभावित करती हैं। भारत का ईरान में काफी निवेश है। ओ.एन.जी.सी.-विदेश जैसी प्रमुख भारतीय तेल की कंपनी ने वहाँ अनुमानित तौर पर 4 से 6 बिलियन डॉलर तक का निवेश किया है। इसके अलावा भारत ने बंदरगाह और रेलवे के क्षेत्र में भी काफी निवेश नियोजित किया हुआ है।

ईरान से तेल खरीदनेवाले देशों में भारत का स्थान चीन के बाद दूसरा है। पिछली बार जब प्रतिबंध लगे थे, तब इसका हल भारतीय मुद्रा रुपए को भुगतान का माध्यम बनाकर निकाला गया था। जिस प्रकार ईरान और भारत के व्यापारिक हित काफी

जटिलता से जुड़े हैं, लगता है, दोनों देश इस बार भी इस समस्या का कोई-न-कोई व्यावहारिक हल निकाल ही लेंगे।

उधर, कई अन्य देश, जिसमें चीन, रूस और टर्की शामिल हैं, ईरान से अपने व्यापारिक रिश्ते बरकरार रख सकते हैं। ऐसा माना जा रहा है। फिलहाल वित्तीय बाजारों पर भी कोई बड़ा असर अमेरिकी नीतियों में इस बदलाव की वजह से नहीं पड़ता दिख रहा है, लेकिन इन प्रतिबंधों के लागू होने पर वैश्विक अर्थव्यवस्था पर इसके दूरगामी प्रभाव अवश्य पड़ेंगे।

11-05-2018, 'हमारा महानगर'

□

20

औद्योगिक उत्पादन दर में गिरावट चिंताजनक

हाल ही में भारतीय सांख्यिकी विभाग द्वारा जारी आँकड़ों के अनुसार, मार्च 2018 में औद्योगिक उत्पादन विकास दर 4.4 प्रतिशत रही, जो कि फरवरी माह में 7 प्रतिशत रही थी। जाहिर है कि जब औद्योगिक उत्पादन दर में अच्छे प्रदर्शन के बाद उसका औसत प्रदर्शन काफी चिंताजनक है, लेकिन यदि औद्योगिक उत्पादन सूचकांक को बनानेवाले विभिन्न घटकों का अध्ययन करें तो तसवीर कुछ अलग भी नजर आती है।

सबसे पहले खनन क्षेत्र का विश्लेषण करें तो यहाँ पिछले वर्ष के 10.1 प्रतिशत की विकास दर के मुकाबले महज 2.8 प्रतिशत की दर से उत्पादन बढ़ा है। गौरतलब है कि औद्योगिक उत्पादन सूचकांक के गठन में खनन क्षेत्र का भार 14.373 प्रतिशत है और इस लिहाज से यहाँ पर उत्पादन दर शिथिल पड़ने का काफी असर औद्योगिक उत्पादन सूचकांक के औसत प्रदर्शन पर पड़ा है। ऐसे में खनन क्षेत्र पर अधिक ध्यान दिए जाने की आवश्यकता है। खासतौर पर तब, जबकि फरवरी माह में इस क्षेत्र में विकास दर नकारात्मक रही थी।

उधर, इस सूचकांक के गठन में 77.633 प्रतिशत भार रखनेवाले विनिर्माण क्षेत्र में फरवरी माह के 8.8 प्रतिशत के मुकाबले मार्च माह में विकास दर महज 4.4 प्रतिशत रही, जिसे चिंताजनक समझा जा सकता है। यद्यपि उत्पादन बढ़ रहा है, पर उसकी विकास दर में शिथिलता आई है। जाहिर है कि इस क्षेत्र में कमजोर प्रदर्शन के चलते औद्योगिक उत्पादन सूचकांक के प्रदर्शन पर दबाव अवश्य पड़ा है और यही कारण है कि मार्च माह में इस सूचकांक का प्रदर्शन कुछ फीका ही रहा।

इसके अलावा विद्युत् उत्पादन के क्षेत्र में, जिसका कि इस सूचकांक के गठन में

7.994 प्रतिशत भार है, मार्च के महीने में प्रदर्शन पिछले माह के मुकाबले बेहतर रहा है। उल्लेखनीय है कि फरवरी माह में विद्युत् उत्पादन 4.5 प्रतिशत की दर से बढ़ा था, जबकि मार्च माह में यह 5.9 प्रतिशत से बढ़ा है। इसके अलावा यदि उपयोग पर आधारित वर्गीकरण देखें तो जहाँ प्राथमिक उपभोग की वस्तुओं का उत्पादन 2.9 प्रतिशत की दर से बढ़ा है, वहीं मध्यवर्ती चीजों का उत्पादन भी 2.1 प्रतिशत से बढ़ा है, परंतु चिंता की बात यह है कि पूँजीगत वस्तुओं का उत्पादन 1.8 प्रतिशत की दर से नकारात्मक रहा है।

उल्लेखनीय है कि फरवरी माह में पूँजीगत वस्तुओं का उत्पादन 19.5 प्रतिशत की दर से बढ़ा था, जो एक शानदार प्रदर्शन समझा जा सकता है, लेकिन राहत की बात यह है कि इंफ्रास्ट्रक्चर क्षेत्र में भले ही उत्पादन विकास दर शिथिल पड़ी हो, पर मार्च माह में इसका प्रदर्शन 8.8 प्रतिशत रहा, जिसे काफी उत्साहजनक समझा जा सकता है।

कुछ इसी प्रकार का मिश्र प्रदर्शन रहा उपभोक्ता वस्तुओं के क्षेत्र में। जहाँ एक ओर कंज्यूमर ड्यूरेबल्स (टिकाऊ उपभोक्ता वस्तुओं) का उत्पादन फरवरी माह के 7.9 प्रतिशत के मुकाबले मार्च के महीने में महज 2.9 प्रतिशत से बढ़ा तो वहीं दूसरी ओर कंज्यूमर नॉन ड्यूरेबल्स वस्तुओं का उत्पादन पिछले माह के 7.3 प्रतिशत के मुकाबले मार्च में 10.9 की शानदार दर से बढ़ा।

जाहिर तौर पर औद्यागिक उत्पादन दर कमजोर अवश्य पड़ी है, पर कहीं-कहीं इसका प्रदर्शन दमदार भी रहा, जिसकी वजह से वर्ष-दर-वर्ष आधार पर सन् 2016-17 के 4.6 प्रतिशत के मुकाबले सन् 2017-18 में औद्योगिक उत्पादन दर मामूली तौर पर ही कुछ कम रही, जिसे एक सकारात्मक पहलू के तौर पर देखा जा सकता है। यही नहीं, जहाँ 11 उद्योग समूह, जिनका कि इस सूचकांक में सम्मिलित भार 47.07 प्रतिशत है और जिनमें फर्नीचर, खाद्य उत्पाद, ट्रांसपोर्ट उपकरण और खनन जैसे श्रम प्रधान उद्योग शामिल हैं, वहाँ उत्पादन दर काफी अच्छी रही है, हालाँकि टेक्सटाइल्स क्षेत्र में उत्पादन 2 प्रतिशत से नकारात्मक रहा है। जानकारों की मानें तो कई उद्योगों में बढ़ते खराब ऋणों के दबाव के चलते औद्योगिक उत्पादन दर कमजोर पड़ी है।

उधर पूँजीगत उत्पादों में विकास दर कमजोर पड़ने से यह संकेत भी मिलता है कि शायद निवेश सेंटीमेंट कुछ शिथिल पड़ा है। देश के अनेक बैंक भी खराब ऋणों के बढ़ते आकार के चलते मार्च माह में अपनी बैलेंस शीट कुछ बेहतर बनाए रखने की कोशिश भी शायद कर रहे हैं, जिसकी वजह से फिलहाल वे काफी सतर्कता से और संकोच के साथ खुदरा व उत्पादन क्षेत्रों में ऋण दे रहे हैं।

ऐसे में, जिन उद्योगों में प्रदर्शन बेहतर रहा है, वहाँ उम्मीद लगाई जा सकती है कि अगले माह उनका प्रदर्शन और भी सुधरेगा, हालाँकि औद्योगिक उत्पादन दर में उत्तरोत्तर

सुधार के लिए आवश्यक है कि बैंकों व उद्योगों की जुड़वाँ बैलेंस शीट्स पर खराब ऋणों का दबाव कुछ कम हो, तेल की अंतरराष्ट्रीय कीमतों में कुछ स्थिरता बनी रहे तथा राजकोषीय घाटे पर अनुशासन बना रहे। जाहिर तौर पर अनेक देसी और वैश्विक वित्तीय संस्थानों और रेटिंग एजेंसियों के अनुसार, भारत की विकास की कहानी में काफी दम है और बेहतर आर्थिक विकास दर की अपेक्षाओं के मद्देनजर औद्योगिक उत्पादन दर में कुछ सुधार की उम्मीद तो की ही जा सकती है।

18-05-2018, 'हमारा महानगर'

□

21

बढ़ सकता है वैश्विक अर्थव्यवस्था में ऋणों का भार

हाल ही में अंतरराष्ट्रीय मुद्रा कोष द्वारा जारी राजकोषीय रिपोर्ट में वैश्विक स्तर पर विभिन्न देशों में ऋणों के बढ़ते आकार को लेकर चिंता जताई गई है। गौरतलब है कि सन् 2016 के अंत तक ऋणों का भार बढ़कर 164 ट्रिलियन डॉलर तक पहुँच गया है, जो कि वैश्विक सकल राष्ट्रीय आय (जी.डी.पी.) का 225 प्रतिशत है। यदि विकसित राष्ट्रों की बात करें तो आज तक के इतिहास में इससे पहले द्वितीय विश्वयुद्ध के समय-काल में ही जी.डी.पी. के सापेक्ष ऋणों का भार इतना अधिक था। दूसरी बात जो काफी महत्त्वपूर्ण है, वो यह है कि सन् 2007 के बाद से अब तक सार्वजनिक ऋणों के स्तर में जो वृद्धि हुई है, उसमें चीन का योगदान आधे (50 प्रतिशत) से भी अधिक है।

आई.एम.एफ. की इस रिपोर्ट की अहमियत इसलिए भी है, क्योंकि वैश्विक अर्थव्यवस्था में मौजूदा समय में जहाँ एक ओर मूल्य वृद्धि का दौर चल रहा है, वहीं दूसरी ओर श्रमिकों के वेतन की वृद्धि दर कुछ कमजोर चल रही है और इस कारण से इन तेजी से बढ़ते सार्वजनिक ऋणों का वास्तविक मूल्य भी बढ़ता जा रहा है, जो कि काफी चिंताजनक है। खासतौर पर तब जबकि वैश्विक स्तर पर छाए महामंदी के दौर की तुलना में भी आज विश्व के सभी देशों की सम्मिलित सकल राष्ट्रीय आय पर ऋणों का भार करीब 12 प्रतिशत और अधिक बढ़ गया है।

इसके अलावा न सिर्फ विकसित देशों में औसतन ऋणों का भार बढ़ा है, बल्कि विकासशील अर्थव्यवस्थाओं में भी जी.डी.पी. के सापेक्ष ऋणों का भार सन् 2017 में औसतन 50 प्रतिशत तक पहुँच गया है। यही नहीं, करीब 20 प्रतिशत उदयीमान (विकासशील) अर्थव्यवस्थाओं में ऋणों का औसत भार उनकी सम्मिलित जी.डी.पी. के 70 प्रतिशत तक पहुँच चुका है।

अगर भारत की बात करें तो यहाँ भी ऋणों का भार 69 प्रतिशत है, जो कि भारत की विकासशील अर्थव्यवस्था के मद्देनजर आई.एम.एफ. ने एक ऊँचा स्तर ही बताया है। न सिर्फ केंद्र सरकार, बल्कि अनेक राज्य सरकारों के राजकोषीय घाटे का आकार भी कुछ बढ़ चला है, हालाँकि भारत में ऋणों की मात्रा इतनी भी अधिक नहीं बढ़ी है, जिससे कि वैश्विक अर्थव्यवस्था पर उसका कोई बड़ा प्रतिकूल प्रभाव पड़ सके। दरअसल विश्व की छोटी-बड़ी लगभग सभी प्रभावशाली अर्थव्यवस्थाओं ने सन् 2009 की वैश्विक महामंदी से किसी भी प्रकार से बाहर निकलने की जद्दोजहद में शायद ऋणों की मात्रा बढ़ाने का जो विकल्प चुना, उससे तो यह होना लाजिमी ही था, क्योंकि वैश्विक आर्थिक विकास दर का स्तर कुछ खास तेजी से नहीं बढ़ पाया। विशेष रूप से अमेरिकी अर्थव्यवस्था में लगभग नगण्य ब्याज दरों पर ऋण देने की नीति से वैश्विक वित्तीय बाजारों में काफी तरलता का संचार हुआ। साथ ही वहाँ पर जहाँ एक ओर टैक्स दरों में कटौती की नीति अपनाई गई, वहीं दूसरी ओर, औसत आय में उल्लेखनीय वृद्धि नहीं की जा सकी। यही कारण है कि वहाँ राजकोषीय घाटे का आकार और ऋणों का भार दोनों ही काफी तेजी से बढ़े।

उधर, विश्व की दूसरी बड़ी अर्थव्यवस्था चीन के हालात तो और भी खराब रहे हैं। सन् 2007 में ऋणों के बेहद कम स्तर पर रहनेवाली इस अर्थव्यवस्था में पिछले करीब एक दशक में ऋणों का स्तर काफी तेजी से बढ़ा है। हालाँकि ज्यादातर ऋण सार्वजनिक क्षेत्र में हैं, पर इनमें से अधिकांश कॉरपोरेट्स में वहाँ की केंद्र अथवा लोकल सरकारों की भागीदारी है, जिसकी वजह से चीन में ऋणों की बढ़ती मात्रा से वहाँ की अर्थव्यवस्था पर काफी दबाव बढ़ा है, हालाँकि अच्छी बात यह है कि वैश्विक अर्थव्यवस्था ने अब कुछ रफ्तार पकड़ ली है और इस लिहाज से अब ऋणों के आकार बढ़ने की प्रवृत्ति या यूँ कहें कि गति पर ब्रेक लगना ही चाहिए।

कुछ इसी तर्ज पर भारत में राजकोषीय घाटे को सामान्य स्तर पर सीमित रखने की कोशिशें लगातार की जाती रही हैं, हालाँकि कई राज्यों के बजट में राजकोषीय घाटे को नियंत्रण में रखने की आवश्यकता भी बनी हुई है। सन् 2017 में भारत में राजकोषीय अनुशासन बनाए रखनेवाले नियमों की समीक्षा के लिए गठित एन.के. सिंह कमेटी ने सन् 2022-23 तक भारत के राजकोषीय घाटे को सकल राष्ट्रीय आय के 2.5 प्रतिशत तक तथा सार्वजनिक ऋणों के भार को 60 प्रतिशत तक ले आने की सिफारिश की थी। आई.एम.एफ. की मानें तो शायद भारत इस लक्ष्य के करीब तक पहुँचने में सक्षम भी है, लेकिन फिर भी फिलहाल राज्यों के राजकोषीय घाटे पर लगाम लगाना काफी चुनौतीपूर्ण कार्य है। खासतौर पर सन् 2019 में आम चुनाव होने हैं और ऐसे में सरकार के समक्ष

राजकोषीय अनुशासन के नियम निभाते हुए आम जनता की अपेक्षाओं पर खरा उतरना एक मुश्किल काम जरूर है।

कुल मिलाकर वैश्विक स्तर पर सभी देशों को अपनी अर्थव्यवस्थाओं में ऋणों के बढ़ते आकार को नियंत्रित करने की कोशिश करनी होगी, ताकि वैश्विक बाजारों में दीर्घकाल में स्थिरता बनी रहे।

25-05-2018, 'हमारा महानगर'

□

22

मुद्रा ऋणों का प्रदर्शन उत्साहजनक

हाल ही में जारी आधिकारिक आँकड़ों के अनुसार, प्रधानमंत्री मुद्रा योजना के तहत गैर-कॉरपोरेट तथा गैर-कृषि क्षेत्र में कार्यरत लघु (माइक्रो) व छोटे आकार के उद्योगों ने, जिनकी कि ऋणों पर निर्भरता 10 लाख रुपए या कम है, बहुत बढ़िया प्रदर्शन करके दिखाया है। उल्लेखनीय है कि यह योजना माइक्रो यूनिट्स डेवलपमेंट एंड रिफाइनेंस एजेंसी लिमिटेड नामक संस्थान के प्रथम अक्षरों को लेकर बनाई गई है, जिसके तहत तीन प्रकार के ऋण-वर्ग हैं।

सबसे पहला है शिशु, जिसमें 50,000 रुपए के ऋण उठाए जा सकते हैं। दूसरे वर्ग में 50 हजार रुपए से लेकर 5 लाख तक के ऋण उपलब्ध हैं और इसे 'किशोर वर्ग' कहा गया है। तीसरे ग्रुप में 5 लाख से 10 लाख रुपए तक के ऋणों को रखा गया है और इस ग्रुप को नाम दिया गया है 'तरुण'। भारतीय बैंकिंग के इतिहास में यह एक नवीन प्रयोग है, जिसका मकसद उन लोगों को ऋण सुविधा पहुँचाना है, जिन्हें इस प्रकार की औपचारिक वित्तीय सहायता का उचित लाभ अब तक नहीं मिल पाया था। इस योजना के तहत अब वे सीधे तौर पर पब्लिक व प्राइवेट सेक्टर के बैंकों आदि से ऋण उठा पाने में सक्षम हो गए हैं।

गौरतलब है कि यह योजना 8 अप्रैल, 2015 को शुरू की गई थी और अब जिस प्रकार दिसंबर 2017 तक समाप्त हुए अंतराल में इस क्षेत्र में सकल खराब ऋणों (एन.पी.ए.) का प्रतिशत इस क्षेत्र को जारी किए गए कुल ऋणों का महज 4 प्रतिशत रहा है, उससे तो यही निष्कर्ष निकाला जा सकता है कि वाकई इस क्षेत्र ने मध्यम और बड़े उद्योगों द्वारा दिए जानेवाले ऋणों की तुलना में बेहतर प्रदर्शन किया है। यदि समूचे बैंकिंग सेक्टर की बात करें तो वहाँ खराब ऋणों का औसत बैंकों के कुल ऋणों का 10 प्रतिशत है।

उल्लेखनीय है कि अप्रैल 2018 में इस योजना को शुरू हुए 3 वर्ष पूर्ण हो चुके हैं

और इस लिहाज से दिसंबर 2017 के अंत तक का यह प्रदर्शन एक तरह से इस प्रयोग की सफलता का घोतक तो है ही, साथ ही यह भी संदेश देता है कि छोटे-छोटे व्यवसाय कर रही गृहिणियाँ, गरीब विधवाएँ और अनेक उदयीमान व्यवसायियों ने किस प्रकार इस योजना के तहत उपलब्ध ऋण सुविधाओँ का अपने-अपने लघु और छोटे उद्योगों में लाभ उठाया और अपने ऋणों का भुगतान भी किया।

एक अच्छी बात यह भी है कि जहाँ मध्यम और बड़े उद्योगों से ऋणों की वसूली में सार्वजनिक क्षेत्र के बैंकों का ट्रैक रिकॉर्ड प्राइवेट सेक्टर के बैंकों के मुकाबले काफी खराब है, वहीं इन मुद्रा ऋणों के क्षेत्र में उन्होंने बेहतर प्रदर्शन करके दिखाया है। उदाहरण के लिए, सार्वजनिक क्षेत्र के एक बड़े बैंक स्टेट बैंक ऑफ इंडिया ने जो मुद्रा-ऋण दिए उसमें खराब ऋणों का प्रतिशत महज 3 प्रतिशत रहा, जो कि समूचे बैंकिंग सेक्टर के 4 प्रतिशत से भी कहीं कम है।

वित्त मंत्रालय की मानें तो इन मुद्रा ऋणों का लाभ उठानेवालों में से 74 प्रतिशत ऋणकर्ता महिलाएँ हैं। जाहिर तौर पर इससे महिलाओं को स्वावलंबी बनने और आर्थिक रूप से मजबूत बनने का मौका भी मिला है। इसके अलावा समाज के पिछड़े तबके के अनेक लोगों तक भी मुद्रा ऋणों की उपलब्धता बढ़ी है और इस प्रकार इस योजना को वित्तीय समायोजन के एक सशक्त माध्यम के तौर पर भी देखा जा सकता है।

कई प्राइवेट इकाइयों को भी इस योजना को प्रसारित करने के लिए जोड़ा गया है। इनमें फ्लिपकार्ट, एमेजॉन, अमूल और पतंजलि जैसे बड़े स्तर पर रोजगार के अवसर प्रदान करनेवाली कंपनियाँ भी शामिल हैं। इन ऋणों की एक विशेषता और भी है और वो यह कि जैसे कि अपने नाम के अनुरूप इन ऋणों का आकार ऋणकर्ताओं की मौजूदा आवश्यकताओं के हिसाब से पहले कम, फिर ज्यादा किया जा सकता है, जैसे कि एक शिशु की आवश्यकताएँ बड़े होने पर बढ़ती चली जाती हैं। कुछ इसी तर्ज पर इन स्कीम के तहत शिशु, किशोर और तरुण वर्ग रखे गए हैं और इसी प्रकार से ऋणों की उपलब्धता के मापदंड तय किए गए हैं।

अब उन क्षेत्रों की बात करें जिनके लिए इस प्रकार के ऋण लिये जा सकते हैं। सामान्यता ट्रांसपोर्ट व्यवसाय के लिए वाहन खरीदने (जैसे कि रिक्शा, कार या टैक्सी), रोजमर्रा की जरूरतों को पूरा करनेवाली सेवाएँ जैसे कि नाई की दुकान, टेलरिंग, ड्राई-क्लीनिंग, मोटरसाइकिल रिपेयर शॉप, खाद्य पदार्थ और टैक्सटाइल्स से जुड़े व्यवसाय।

उम्मीद की जानी चाहिए कि हमारे लघु और छोटे उद्योगपतियों में सफलतापूर्वक

व्यवसाय करने का जज्बा यूँ ही बना रहेगा और काफी संख्या में नए लोग इस प्रकार की योजना से आ जुड़ेंगे, हालाँकि देश में आर्थिक विकास वातावरण का सकारात्मक बने रहना एक महत्त्वपूर्ण तत्त्व है, जिससे कि इन उद्योगों को पूरा बल मिलने की संभावना बनी रहे।

01-06-2018, 'हमारा महानगर'

□

23

रिजर्व बैंक ने आखिरकार बढ़ाईं ब्याज दरें

हाल ही में रिजर्व बैंक ऑफ इंडिया ने द्वितीय मौद्रिक नीति समीक्षा में तटस्थ रुख बरकरार रखते हुए भी नीतिगत दरों में सांकेतिक वृद्धि की घोषणा की है। परिणामस्वरूप रेपो रेट में 25 बेसिस अंक की वृद्धि की गई है और अब यह मौजूदा 6 प्रतिशत से बढ़कर 6.25 प्रतिशत हो गई है, जबकि रिवर्स रेपो रेट भी अब 6 प्रतिशत कर दिया गया है। जाहिर तौर पर पिछले करीब चार वर्षों में पहली बार रिजर्व बैंक ने नीतिगत दरों में वृद्धि करने का जो निर्णय लिया है, वो वाकई एक बड़ा कदम है और इससे एक बार फिर स्पष्ट हो गया है कि रिजर्व बैंक ने विकास के सापेक्ष महँगाई पर अंकुश रखने के प्रति अपनी प्रतिबद्धता दिखाई है।

दरअसल रिजर्व बैंक ने अप्रैल माह में खाद्य पदार्थों और ईंधन की खुदरा कीमतों में आई वृद्धि से यह अंदाजा लगाया है कि महँगाई बढ़ने की प्रवृत्ति में दृढ़ता आती दिखाई पड़ रही है, हालाँकि अप्रैल माह में की गई पहली मौद्रिक समीक्षा में मौजूदा वित्तीय वर्ष के प्रथम छह महीनों में महँगाई की वृद्धि दर के 4.5 से 4.7 प्रतिशत के दरमियान रहने का पूर्वानुमान अवश्य लगाया गया था, लेकिन वास्तविक महँगाई दर के आँकड़े मोटे तौर पर अपेक्षा के अनुरूप रहने पर भी रिजर्व बैंक अब शायद यह सुनिश्चित कर लेना चाहता है कि महँगाई शायद और अधिक न बढ़ जाए।

दरअसल अंतरराष्ट्रीय बाजारों में भारत के लिए उपलब्ध कच्चे तेल की कीमतें 66 डॉलर प्रति बैरल से बढ़कर 74 डॉलर प्रति बैरल तक पहुँच गईं हैं। इसके अलावा अंतरराष्ट्रीय बाजारों में कमोडिटीज की कीमतों में भी वृद्धि का रुख पनपा है और वित्तीय बाजारों में भी कुछ अस्थिरता का माहौल है, जिसकी वजह से रिजर्व बैंक को यह अंदेशा है कि कई वस्तुओं के उत्पादन की लागत बढ़ सकती है, जिससे भी महँगाई की दर पर दबाव बढ़ सकता है।

यही कारण है कि अब रिजर्व बैंक ने मौजूदा वित्तीय वर्ष 2018-19 के पूर्वार्ध

(प्रथम छमाही) के लिए खुदरा महँगाई के पूर्वानुमान को 4.6 प्रतिशत और अंतिम छमाही के लिए 4.7 प्रतिशत बताया है, हालाँकि केंद्र सरकार को मिलनेवाले भत्ते के असर को भी शामिल कर लिया जाए तो महँगाई दर पर दबाव कुछ और बढ़ भी सकता है।

लेकिन दूसरी ओर रिजर्व बैंक ने वित्तीय वर्ष 2017–18 की चतुर्थ तिमाही में देश के आर्थिक विकास में आए उछाल का संज्ञान भी लिया है, जो कि तृतीय तिमाही के सापेक्ष 70 बेसिस अंकों की बढ़त लेकर 7.7 प्रतिशत तक जा पहुँची है। रिजर्व बैंक के अनुसार, इसके प्रमुख कारण रहे निवेश और कंस्ट्रक्शन क्षेत्र में जबरदस्त सुधार। एक तरफ कंपनियों की उत्पादन क्षमता का इस्तेमाल (कैपेसिटी यूटिलाइजेशन) बढ़ा है तो दूसरी और निवेश भी अच्छी तरह से बढ़ रहा है, उधर वैश्विक स्तर पर उत्पादों की प्रभावी माँग का स्तर भी बढ़ रहा है, जिससे निवेश को और अधिक बल मिलने की संभावना है।

हालाँकि पेट्रोल की कीमतें इसी प्रकार बढ़ती चली गईं तो फिर उपभोक्ताओं की क्रय करने योग्य आय (डिसपोसेबल इनकम) में कुछ कमी भी आ सकती है, लेकिन फिर भी रिजर्व बैंक के अनुसार, घरेलू मार्केट्स में ग्रामीण और शहरी इलाकों में उपभोग का स्तर अच्छा बना रहेगा, जिससे निवेश की विकास दर को बल ही मिलेगा। यही कारण है कि रिजर्व बैंक ने भारत की आर्थिक विकास दर का जो पूर्वानुमान वर्ष 2018–19 के लिए लगाया था, उसे 7.4 प्रतिशत पर बरकरार रखा है, जबकि वर्ष के पूर्वार्ध में 7.5–7.6 प्रतिशत तो उत्तरार्ध में 7.3–7.4 की आर्थिक विकास दर का पूर्वानुमान लगाया है, हालाँकि अंतरराष्ट्रीय रेटिंग एजेंसी मूडीज ने वैश्विक बाजारों में तेल की बढ़ती कीमतों और वित्तीय बाजारों में तरलता की कमी की संभावनाओं के मद्देनजर भारत की विकास दर के पूर्वानुमान को पूर्वानुमानित 7.5 प्रतिशत से घटाकर 7.3 प्रतिशत किया है।

उधर रिजर्व बैंक द्वारा कराए गए सर्वेक्षण में भी ज्यादातर लोगों ने आनेवाले समय में महँगाई की दर पर दबाव कुछ और बढ़ने का ही संकेत दिया है। जाहिर है, ऐसे में उत्पादों की लागत पर भी दबाव कुछ बढ़ेगा ही, हालाँकि हाल ही में जारी विश्व बैंक की एक रिपोर्ट में यह माना गया है कि भारत में आर्थिक विकास दर पर नकारात्मक प्रभाव डालनेवाले तत्त्व क्षीण होते जा रहे हैं और आनेवाले कुछ वर्षों में भारत विश्व की सबसे तेज गति से विकास करनेवाली अर्थव्यवस्था के तौर पर अपना स्थान कायम रखनेवाला है। विश्व बैंक के अनुसार, भारत की अर्थव्यवस्था सन् 2018–19 में 7.3 प्रतिशत और अगले दो वर्षों में 7.5 प्रतिशत की दर से विकास करने में सक्षम होगी।

खास बात यह है कि विश्व बैंक की इस बहु–प्रतिष्ठित रिपोर्ट के अनुसार, भारत की विकास दर का चीन की विकास दर के शिथिल पड़ते जाने की संभावना के सापेक्ष

लगातार सुधरते जाने का अनुमान बेहद उत्साहजनक है। साथ ही इस बार मानसून के अच्छे रहने की भी संभावना है और ऐसे में खाद्य उत्पादन यदि ठीक-ठाक रहा तो कम-से-कम महँगाई पर दबाव और अधिक नहीं बढ़ेगा। साथ ही राजकोषीय अनुशासन बनाए रखने की कोशिशें भी यदि कामयाब हुईं तो भी यह भारतीय अर्थव्यवस्था के लिए हितकारी ही होगा।

कुल मिलाकर यदि महँगाई के स्तर में कोई बड़ा बदलाव नहीं आया तो नीतिगत दरों में एक और वृद्धि की संभावना फिलहाल नजर नहीं आ रही है।

08-06-2018, 'हमारा महानगर'

□

24

क्या हैं फेडरल रिजर्व रेट में वृद्धि के मायने?

हाल ही में अमेरिकी केंद्रीय बैंक ने अमेरिकी अर्थव्यवस्था में व्याप्त अनुकूल परिस्थितियों के मद्देनजर नीतिगत दरों में 25 बेसिस अंकों की वृद्धि की घोषणा की है। इस प्रकार अब फेड फंड रेट्स 1.75 प्रतिशत से 2 प्रतिशत की लक्षित रेंज में रहेगी। जाहिर तौर पर फेडरल रिजर्व ने एक अत्यधिक आशावादी दृष्टिकोण अपनाते हुए यह संकेत भी दे दिया है कि वैश्विक मंदी 2008 के कठिन दौर से बाहर निकल चुकी अमेरिकी अर्थव्यवस्था में नीतिगत दरों में वृद्धि की शृंखला में आगे भी नीतिगत दरों में वृद्धि का क्रम जारी रह सकता है।

अब फेड की मानें तो अमेरिकी अर्थव्यवस्था में विकास दर काफी तेजी से मजबूत हुई है। खासतौर पर वहाँ बेरोजगारी की दर कम हुई है और घरेलू खर्च भी औसतन बढ़ रहा है। उल्लेखनीय है कि मौजूदा वर्ष में फेड पहले ही मार्च के महीने में नीतिगत दरों में वृद्धि की घोषणा कर चुका है और यह संकेत भी दे रहा है कि सन् 2018 में कम-से-कम दो दफे और नीतिगत दरें बढ़ाई जा सकती हैं, हालाँकि यह वृद्धि आर्थिक विकास की दरों के साथ तालमेल बैठाते हुए धीरे-धीरे की जाएगी। इसके अलावा, मजबूत श्रम-बाजार के साथ-साथ महँगाई की दर को भी 2 प्रतिशत के लक्षित स्तर पर बनाए रखने के प्रयासों को जारी रखा जाएगा।

जाहिर तौर पर अमेरिकी फेडरल बैंक ने विकास और महँगाई के मुद्दों में से फिलहाल आर्थिक विकास के मसले को कुछ अधिक तरजीह दी है। अमेरिकी फेडरल के अनुसार, इस वर्ष के अंत तक वहाँ बेरोजगारी की दर मौजूदा 3.8 प्रतिशत से कम होकर 3.6 प्रतिशत हो जाने की संभावना है। इसके अलावा उन्हें वहाँ की सकल राष्ट्रीय आय के 2.1 प्रतिशत से बढ़ जाने की भी उम्मीद है, जबकि सन् 2019 व 2020 में महँगाई की दर के 2.1 प्रतिशत के बीच ही स्थिर रहने की संभावना है।

उल्लेखनीय है कि इससे पूर्व ग्लोबल मंदी के दौर में सन् 2008 में ब्याज की दरें 2 प्रतिशत के उच्च स्तर पर पहुँची थीं और तब वहाँ के केंद्रीय बैंक ने एक सक्रिय भूमिका

अदा करते हुए ब्याज की दरों में काफी कटौती की थी, ताकि लड़खड़ाती अमेरिकी अर्थव्यवस्था को वैश्विक मंदी के प्रहार से आहत होने से बचाया जा सके, लेकिन अब जब वहाँ हालात सामान्य होते नजर आ रहे हैं, तब फेड लगभग नगण्य ब्याज दरों के दौर को समाप्त करते हुए उन्हें धीरे-धीरे बढ़ाने की बात कर रहा है।

मुद्रा-प्रसार की नीति का उद्देश्य उद्योगों और निवेशकों को आसान शर्तों पर ऋण प्रदान करना रहा, ताकि आर्थिक क्रियाओं के स्तर को किसी प्रकार बढ़ाया जा सके। वैश्विक वित्तीय बाजारों में क्यू-ई के नाम से मशहूर अमेरिकी फेड नीति ने पिछले करीब एक दशक में वैश्विक बाजारों में काफी धूम मचाई। आसान मौद्रिक नीति के इस युग में अमेरिकी मुद्रा में करीब 2 ट्रिलियन डॉलर्स का इजाफा हुआ। अर्थतंत्र के इतिहास में यह अब तक का सबसे बड़ा प्रोत्साहन प्रोग्राम था जिसने वैश्विक बाजारों को भी मंदी के दौर में काफी संबल प्रदान किया।

अब जब सबकुछ अच्छा होता नजर आ रहा है, फेडरल बैंक ने नीतिगत दरों में वृद्धि का मन बना लिया है, ताकि अमेरिकी अर्थव्यवस्था में ब्याज की दरें फिर से अपने सामान्य स्तर तक ले जाई जा सकें। जहाँ तक अमेरिकी निवेशकों का प्रश्न है, उन्होंने शायद यह तो भाँप लिया था कि अमेरिकी फेड इस बार ब्याज दरें बढ़ा सकता है, लेकिन इस वर्ष चार बार ब्याज दरें बढ़ाए जाने की संभावना वाकई एक हैरान कर देनेवाली बात मानी गई है।

जानकारों की मानें तो फेड-रेट में वृद्धि के अनेक साइड इफेक्ट भी होंगे, जिनका अमेरिकी अर्थव्यवस्था पर नकारात्मक प्रभाव भी पड़ सकता है। उदाहरण के लिए, उपभोक्ताओं के लिए बैंकों से ऋण लेने की लागत बढ़ जाएगी। साथ ही कंपनियों द्वारा उत्पादक कार्यों के लिए ऋण लेने पर ब्याज की दर बढ़ने से उत्पादन लागत बढ़ने की संभावना है। जाहिर है, इससे महँगाई की दर पर दबाव बढ़ सकता है। साथ ही अमेरिकी उत्पादों की घरेलू व वैश्विक डिमांड पर विपरीत प्रभाव पड़ सकता है।

उधर, अमेरिकी अर्थव्यवस्था पहले ही सार्वजनिक ऋणों के बढ़ते भार से आहत है और ब्याज दरें बढ़ने पर उसके और अधिक बढ़ जाने की संभावना है। जाहिर है कि अमेरिकी लोगों से लेकर निवेशकों तक को बस इस बात की अपेक्षा है कि सामान्य स्तर पर पहुँचती अमेरिकी अर्थव्यवस्था में किसी प्रकार आर्थिक विकास दर में वृद्धि को कायम रखा जा सके।

15-06-2018, 'हमारा महानगर'

□

25

व्यापार युद्ध की आशंका से टूटा चीन का शेयर बाजार

इस मंगलवार चीन के स्टॉक मार्केट में 406 बिलियन डॉलर से चीनी प्रतिभूतियों के मूल्यांकन में जबरदस्त गिरावट आई है। उल्लेखनीय है कि 31 ट्रिलियन डॉलर मूल्यांकनवाले अमेरिकी शेयर बाजार के बाद चीन के शेयर बाजार का स्थान पिछले करीब चार वर्षों से नंबर दो पर बना हुआ है, लेकिन अमेरिका और चीन में परस्पर व्यापार को लेकर छिड़े विवाद का असर यह हुआ है कि आज यदि ऐसा ही रुख बरकरार रहे तो कल उसकी वरीयता पारंपरिक प्रतिद्वंद्वी जापान से एक पायदान नीचे अर्थात् नंबर-3 पर खिसक जाने का खतरा बना हुआ है।

फिलहाल हालात कुछ इस प्रकार के हैं कि इस कलेंडर वर्ष के जनवरी माह में दर्ज सर्वोत्तम प्रदर्शन के बाद चीन के शेयर बाजार के मूल्यांकन में 1.6 ट्रिलियन डॉलर की कमी आ चुकी है और अब चीन के केंद्रीय बैंक के गवर्नर, मीडिया और यहाँ तक कि करीब 100 कंपनियों के प्रबंध निदेशकों द्वारा तमाम सकारात्मक कदम उठाए जाने के आश्वासन के बावजूद वहाँ के स्टॉक मार्केट में नकारात्मक दृष्टिकोण मानो कम नहीं हो रहा है और चीनी स्टॉक मार्केट 3,000 के मनोवैज्ञनिक अच्छे स्तर से फिलहाल नीचे ही बना हुआ है।

हालात इतने खराब हैं कि चीन का शेयर बाजार तमाम कोशिशों के बावजूद पिछले करीब दो वर्षों के न्यूनतम स्तर पर पहुँच गया है। दरअसल हाल ही में अमेरिका ने चीन से आनेवाले आयातों पर 50 बिलियन डॉलर का अतिरिक्त शुल्क लगाने का एलान किया, जिसके बाद चीन, जो कि अमेरिका के बाद विश्व की दूसरी सबसे बड़ी अर्थव्यवस्था है, उसने भी इसका मुँहतोड़ जवाब देने का संकल्प क्या लिया, समूचे

विश्व में इसे एक प्रकार के व्यापार-युद्ध के आगाज की प्रबल संभावना के तौर पर देखा गया।

गौरतलब है कि पिछले वर्ष अमेरिका ने चीन से 505 बिलियन डॉलर के मूल्य के सामानों का आयात किया, जबकि उसने महज 130 बिलियन डॉलर की वस्तुओं का निर्यात चीन में किया। इस प्रकार अमेरिका का चीन के साथ व्यापार घाटा सन् 2017 में 375 बिलियन डॉलर का रहा, जिसे ट्रंप प्रशासन ने अनुचित ठहराया और चीन के उत्पादों पर लागू शुल्क को बढ़ा देने का फैसला किया। यदि अमेरिकी राष्ट्रपति ट्रंप के नजरिए से देखें तो चीनी उत्पादों पर शुल्क बढ़ाना इसलिए भी जरूरी है, ताकि चीन द्वारा अमेरिकी तकनीक और बौद्धिक संपदा (इंटेलेक्चुअल प्रॉपर्टी) के बेजा इस्तेमाल पर कुछ शिकंजा कसा जा सके, जिससे कि अमेरिकी रोजगारों को उचित संरक्षण मिल सके।

जाहिर-सी बात है, आज के इस वैश्विक युग में सभी देशों के पारस्परिक आर्थिक हित काफी जटिलता से जुड़े हैं, अगर कोई एक देश संरक्षणवाद की नीति अपनाता है तो दूसरे राष्ट्र भी अपने-अपने व्यापारिक हितों को संरक्षण देकर प्रतिरोधात्मक कार्यवाही करेंगे ही और यदि ऐसा हुआ तो यह वैश्वीकरण की उस मूल अवधारणा के विरुद्ध होगा, जिसके तहत सन् 1990 के दशक में अनेक देशों ने अपनी अंतरराष्ट्रीय सीमाओं को परस्पर व्यापार और निवेश के लिए खुला रखने का सिलसिला शुरू किया।

अब तो विश्व के कई प्रमुख देशों के केंद्रीय बैंकों ने भी चेतावनी दी है कि बढ़ते वैश्विक व्यापारिक तनावों से अब बहुराष्ट्रीय कंपनियों में परस्पर विश्वास को चोट लग सकती है, जिससे कि वैश्विक व्यापार के विस्तार की कोशिशों को धक्का भी लग सकता है। समस्या यह भी है कि संभावित व्यापार युद्ध के कगार पर खड़े अमेरिका और चीन दोनों ही बाहुबली यदि अपनी जिद पर आ उलझ पड़ें तो एशिया सहित समूचे विश्व के वित्तीय व शेयर बाजारों पर इसका बुरा असर पड़ सकता है।

कारण साफ है इस व्यापार युद्ध में जहाँ दोनों ही पक्षों के हारने की संभावना प्रबल है, वहाँ किसी एक पक्ष के विजयी होने के कोई खास कारण या प्रयोजन दिखाई नहीं पड़ते। जानकारों की मानें तो अमेरिकी मौद्रिक नीति में कसावट और अमेरिकी डॉलर में आई मजबूती से वैश्विक विकास दर के कमजोर पड़ने की संभावना पहले ही पनप रही है और अब ऐसे में अमेरिका यदि चीन, अन्य सहयोगी (जी-7) देश और भारत जैसे अच्छे दोस्तों के साथ भी व्यापारिक संबंधों के संदर्भ में संरक्षणवाद के तहत संकुचित विचारधारा अपनाते हुए 'अमेरिका फर्स्ट' की अदूरदर्शी नीति अपनाएगा तो यह वैश्विक अर्थव्यवस्था में अस्थिरता ही बढ़ाएगा।

उम्मीद की जानी चाहिए कि विश्व की सबसे बड़ी आर्थिक और राजनीतिक ताकत रखनेवाला देश अमेरिका अपने संकुचित दायरे से बाहर निकलते हुए अपने और वृहद् वैश्विक हितों के बीच समन्वय और बेहतर तालमेल बैठा पाने की एक कोशिश अवश्य करेगा। जहाँ तक वैश्विक अर्थव्यवस्था का प्रश्न है, दीर्घकाल में वह अपना संतुलन पा ही लेगी।

22-06-2018, 'हमारा महानगर'

□

26

खराब ऋणों का बढ़ता आकार चिंताजनक

हाल ही में रिजर्व बैंक द्वारा जारी वित्तीय स्थिरता रिपोर्ट के अनुसार, मौजूदा आर्थिक वातावरण के मद्देनजर अनुसूचित बैंकों के सकल नॉन परफॉर्मिंग असेट्स (जी.एन.पी.ए.) का आकार मार्च 2018 के 11.6 प्रतिशत से बढ़कर मार्च 2019 में 12.2 प्रतिशत तक बढ़ जाने की आशंका है। साथ ही सार्वजनिक क्षेत्र में 11 बैंक ऐसे हैं, जिनमें तुरंत सुधारात्मक कार्यवाही करने की आवश्यकता है।

चिंता की बात यह है कि इन बैंकों के सकल खराब ऋणों का आकार इस अंतराल में 21.0 प्रतिशत से बढ़कर 22.3 प्रतिशत हो जाने की संभावना है। इनमें से छह बैंक तो ऐसे हैं, जिनमें पूँजी की उपलब्धता कमर्शियल बैंकों के लिए निर्धारित न्यूनतम कैपिटल-टू-रिस्क व्हेटेड असेट्स रेश्यो (सी.आर.ए.आर.), जो 9 प्रतिशत होना चाहिए, उससे कहीं कम है।

जाहिर तौर पर रिजर्व बैंक ने स्पष्ट किया है कि खराब ऋणों के लगातार बढ़ते आकार की वजह से बैंकों पर दबाव बढ़ रहा है, हालाँकि दूसरी ओर इस रिपोर्ट में यह भी जानकारी दी गई है कि वित्तीय वर्ष 2017-18 के दरमियान बैंकों में डिपॉजिट्स की वृद्धि दर भले ही कमजोर रही हो पर उनकी क्रेडिट विकास दर बेहतर बनी है।

जहाँ तक बैंकों में पूँजी की पर्याप्तता का प्रश्न है, उसका औसत मौजूदा 13.5 प्रतिशत से कुछ कम होकर मार्च 2019 में 12.8 हो जाने की संभावना है, जो कि इस संदर्भ में निर्धारित अनुपात से अधिक ही है। साथ ही केंद्र सरकार द्वारा बैंकों में पुन: पूँजीकरण की योजना के मद्देनजर न सिर्फ बैंकों में पर्याप्त पूँजी अनुपात बनाए रखने में मदद मिलेगी, बल्कि बैंकों को वित्तीय स्थिति में सुधार के माध्यम से अपनी ऋण (क्रेडिट) विकास दर सुधारने में भी मदद मिलेगी। दरअसल रिजर्व बैंक की वित्तीय स्थिरता रिपोर्ट को यदि व्यापक घरेलू और अंतरराष्ट्रीय आर्थिक वातावरण के परिप्रेक्ष्य में देखें तो यद्यपि सन् 2018 में वैश्विक विकास आउटलुक सकारात्मक बनी रही है, पर

हाल ही में इसमें कुछ नरमी आती दिखाई दे रही है।

एक ओर जहाँ विकसित वित्तीय बाजारों में आए बदलावों से विकासशील देशों के वित्तीय बाजार आहत हुए हैं, वहीं दूसरी ओर विकसित बाजारों में अपनाई जा रही कठोर मौद्रिक नीति के चलते अमेरिकी मुद्रा डॉलर लगातार मजबूत हो रहा है और इस वजह से उदयीमान बाजारों में मुद्रा, बॉण्ड्स और पूँजी के प्रवाह पर नकारात्मक असर पड़ा है। जहाँ तक भारत की अर्थव्यवस्था का प्रश्न है, यहाँ आर्थिक विकास की दर लगातार मजबूत होती दिख रही है, हालाँकि जिन परिस्थितियों में राजकोषीय अनुशासन, महँगाई दर में गिरावट और अच्छा चालू खाता घाटा आदि में पिछले कुछ वर्षों में अनुकूलता का रुख पनपा, वो कुछ बदल रही हैं, ऐसी चेतावनी भी वित्तीय स्थिरता रिपोर्ट में दी गई है।

साथ ही घरेलू वित्तीय बाजारों में जो संरचनात्मक परिवर्तन आ रहे हैं, उससे क्रेडिट मध्यस्थता के स्वरूप में परिवर्तन आता दिखाई दे रहा है और इस वजह से वित्तीय बाजारों में ब्याज दर भी प्रभावित हो रही है। रिजर्व बैंक के अनुसार, यद्यपि इस प्रकार के बदलाव को सकारात्मक दृष्टिकोण से देखना चाहिए, क्योंकि इससे भारतीय अर्थव्यवस्था के वित्तीय सिस्टम में विविधता का संचार होगा, लेकिन इन परिवर्तनों की वजह से वित्तीय स्थिरता पर कोई आँच न आ सके, इसके प्रति अधिक सचेत रहने की आवश्यकता है।

जाहिर तौर पर रिजर्व बैंक ने बढ़ते एन.पी.ए. की समस्या पर संज्ञान लिया है। आज खराब ऋणों के आकार के संदर्भ में भारत का स्थान विश्व में पाँचवाँ है। मार्च 2015 के बाद खराब ऋणों की संख्या और मात्रा में जबरदस्त उछाल आया है। रिजर्व बैंक के आँकड़ों के हिसाब से सन् 2011 में एन.पी.ए. का आकार महज 2.36 प्रतिशत था। रिजर्व बैंक के उप-गवर्नर की मानें तो सन् 2006-11 के दरमियान उदार ऋण नीति के चलते ऋणों की मात्रा तेजी से बढ़ी। साथ ही बढ़ी खराब ऋणों की मात्रा, लेकिन मार्च 2015 में जिस प्रकार रिजर्व बैंक ने खराब ऋणों (एन.पी.ए.) के संदर्भ में अपनी परिभाषा बदली तो यकायक इनकी संख्या और मात्रा में उछाल देखा गया।

एक तरह से यह अच्छा ही हुआ, क्योंकि अब बैंकों के दबाव झेल रहे ऋणों का आकार खुलकर सामने आया और बैंकों की बैलेंस शीट्स में अपने एन.पी.ए. छुपाने की कोशिश करनेवाले कुछ बैंकों पर जुरमाना भी लगाया गया। नए कॉरपोरेट इंसोलवेंसी कोड 2016 के तहत इन खराब हुए ऋणों से निपटने की प्रक्रिया शुरू हुई और इस कड़ी में रिजर्व बैंक ने भी समय-समय पर कई बड़े कॉरपोरेट डिफाल्टरों के नामों की सूची जारी की, जिनमें तत्काल दिवालिएपन के निवारण हेतु नए कानून के तहत उचित प्रक्रिया शुरू भी की गई और अब जिस प्रकार फरवरी 2018 में जारी एक सर्कुलर द्वारा एक दिन भी ऋणों की अदायगी में चूक होने पर ऋणकर्ता को डिफाल्टर की श्रेणी में डालने की

हिदायत दी गई, 30 अप्रैल, 2018 को 4,000 ऋणकर्ताओं द्वारा 1.2 लाख करोड़ रुपए के डिफॉल्ट की जानकारी सामने आई है। फिलहाल इन पर कड़ी नजर रखी जाएगी, ताकि 90 दिनों की निर्धारित अवधि के बाद ये एन.पी.ए. न बन जाएँ।

उम्मीद की जानी चाहिए कि वक्त रहते उचित कदम उठाए जाने पर बढ़ते एन.पी.ए. के आकार को सीमित किया जा सकेगा। फिलहाल जिस प्रकार आर्थिक स्थिरता और विकास का माहौल, जो घरेलू अर्थव्यवस्था में पनपा है, उससे भी बढ़ते एन.पी.ए. का दबाव कम करने में मदद मिलेगी, ऐसी उम्मीद की जा सकती है।

29-06-2018, 'हमारा महानगर'

□

27

क्या हैं न्यूनतम समर्थन मूल्य में वृद्धि के मायने?

हाल ही में केंद्र सरकार ने 14 प्रमुख खरीफ फसलों के न्यूनतम समर्थन मूल्यों में 4 से 52 प्रतिशत की वृद्धि की घोषणा की है, जिसके फलस्वरूप नए न्यूनतम समर्थन मूल्य (एम.एस.पी.) मानकों से किसानों को कुल लागत से 50 से 97 प्रतिशत अधिक समर्थन मूल्य मिलेगा।

यह फैसला कई मायनों में ऐतिहासिक माना जा सकता है, क्योंकि पहली बार समर्थन मूल्यों में इतनी अधिक वृद्धि देखी गई है। जाहिर है कि इस फैसले के दूरगामी प्रभाव न सिर्फ संबंधित फसलों के उत्पादन और कीमतों पर पड़ेंगे, बल्कि समूची भारतीय अर्थव्यवस्था पर भी पड़ेंगे। सबसे पहले तो सकारात्मक प्रभावों की बात करें। न्यूनतम समर्थन मूल्यों में वृद्धि से किसानों की प्रत्यक्ष आय में इजाफा होगा, जिससे उनकी क्रय-शक्ति बढ़ेगी और विभिन्न समस्याओं से ग्रस्त कृषि क्षेत्र को कुछ राहत अवश्य मिलेगी।

आधिकारिक तौर पर मिली जानकारी के अनुसार, सरकार पर एम.एस.पी. में वृद्धि का भार 15,000 करोड़ रुपए से अधिक ही होगा। जाहिर है, इस अतिरिक्त भार से राजकोषीय घाटे पर दबाव भी बढ़ सकता है या फिर सरकार द्वारा अन्य क्षेत्रों में किए जानेवाले खर्च में कटौती की स्थिति बन सकती है। जानकारों की मानें तो एम.एस.पी. में वृद्धि की वजह से वर्ष-दर-वर्ष आधार पर खुदरा महँगाई की दर करीब 70 बेसिस अंकों से बढ़ सकती है।

गौरतलब है कि खरीफ फसलों में खाद्यान्न की बात करें तो चावल में 13 प्रतिशत, ज्वार में 42 प्रतिशत, बाजरा में 37 प्रतिशत, रागी में 52 प्रतिशत, मकई में 19 प्रतिशत की वृद्धि की घोषणा की गई है। इसके अलावा दालों में अरहर, मूँग और उड़द

की एम.एस.पी. में क्रमशः 4, 25 व 37 प्रतिशत की वृद्धि की गई है, उधर तिलहन और मूँगफली के समर्थन मूल्य में क्रमशः 11.5 व 10 प्रतिशत की वृद्धि की गई है।

खासतौर पर मोटे अनाज के समर्थन मूल्यों में वृद्धि से उन इलाकों के किसान लाभान्वित होंगे, जहाँ सिंचाई के पर्याप्त साधन उपलब्ध नहीं है और ज्यादातर ये धान अत्यंत गरीब किसानों द्वारा उगाए जाते हैं। अब किसानों को अपनी उत्पादन लागत, जैसे कि मजदूरी, बीज, खाद, पट्टे पर ली गई भूमि का किराया, सिंचाई शुल्क, पारिवारिक श्रम की लागत आदि को कवर करने में मदद मिलेगी, जिससे कि उसे कृषि व्यवसाय में आमदनी बढ़ाने में मदद मिलेगी।

गौरतलब है कि आज भी भारत एक कृषि प्रधान देश है। श्रम प्रधान कृषि क्षेत्र, जहाँ एक ओर देश की सकल राष्ट्रीय आय में 18 प्रतिशत का योगदान देता है, वहीं दूसरी ओर देश की कुल श्रम-संख्या के 50 प्रतिशत श्रमिकों को रोजगार प्रदान करता है। भारत के आर्थिक सर्वेक्षण 2018 के अनुसार, भारत के किसान पहले से कहीं ज्यादा तेजी से खेती में मशीनीकरण बढ़ाने की दिशा में आगे बढ़ रहे हैं। इसका एक उदाहरण है—ट्रैक्टर उद्योग, जहाँ विश्व के करीब एक-तिहाई ट्रैक्टरों का उत्पादन होता है।

किसानों की औसत आय में वृद्धि से वे खेती के लिए जरूरी उपकरण, खाद, बीज आदि पर्याप्त मात्रा में खरीद सकेंगे। इससे खेती में मशीनीकरण की गति भी बढ़ेगी। जाहिर तौर पर देश की कुल जनसंख्या का एक बड़ा हिस्सा अपनी आजीविका हेतु कृषि व कृषि आधारित उद्योगों से जुड़ा है। यही कारण है कि एम.एस.पी. में वृद्धि को आगामी आम चुनावों के समीकरणों से भी जोड़ा जा रहा है।

दरअसल आम चुनावों से पहले खाद्यान्नों के समर्थन में भारी वृद्धि के फैसले का ट्रेंड पिछले दो आम चुनावों में भी देखा गया था। जानकारों की मानें तो 2012-13 में पैडी (चावल) की एम.एस.पी. में 15.75 प्रतिशत, ज्वार में 53 प्रतिशत, बाजरा में 20 प्रतिशत, मकई में 20 प्रतिशत और उड़द में 13.2 प्रतिशत तथा अरहर, मूँग व मूँगफली में क्रमशः 4, 10 व 37 प्रतिशत की वृद्धि की गई थी। कुछ ऐसा ही नजारा सन् 2008-09 में भी देखा गया था, लेकिन यदि मौजूदा परिप्रेक्ष्य में देखें तो किसानों को दिए जानेवाले न्यूनतम समर्थन मूल्य के फैसले को मौजूदा सरकार द्वारा सन् 2022 तक किसानों की आय दुगनी करने के वादे या लक्ष्य को पूरा करने की दिशा में उठाए गए एक महत्त्वपूर्ण कदम के अनुरूप भी देखा जा सकता है, हालाँकि सरकार के इस फैसले से महँगाई की दर कुछ बढ़ेगी और इससे एक ओर मौद्रिक नीति का रुख कड़ा बने रहने की संभावना बढ़ सकती है तो दूसरी ओर निर्यातकों को अत्यधिक प्रतिस्पर्धात्मक

वातावरणवाले अंतरराष्ट्रीय बाजारों में अपने महँगे कृषि आधारित उत्पादों को बेचने में खासी दिक्कत पेश आ सकती है, हालाँकि हमारे निर्यातों के मूल्य को रुपए की मौजूदा विनिमय दर भी प्रभावित करती है।

कुल मिलाकर ग्रामीण भारत में किसानों की खर्च योग्य आय बढ़ने से यद्यपि खुदरा महँगाई की दर और राजकोषीय संसाधनों पर दबाव कुछ बढ़ सकता है, लेकिन अंततः दीर्घकाल में भारत की अर्थव्यवस्था इससे लाभान्वित ही होगी।

06-07-2018, 'हमारा महानगर'

□

28

भारतीय अर्थव्यवस्था ने हासिल किया नया कीर्तिमान

विश्व बैंक द्वारा हाल ही में जारी किए गए आँकड़ों के अनुसार, भारत की अर्थव्यवस्था ने सन् 2017 में फ्रांस को पछाड़ते हुए विश्व की छठी सबसे बड़ी अर्थव्यवस्था का दरजा हासिल किया है। गौरतलब है कि विश्व में फ्रांस टॉप अर्थव्यवस्थाओं में शामिल विश्व की एक मजबूत अर्थव्यवस्था है और भारत से कहीं अधिक विकसित भी है। विश्व बैंक के आँकड़ों के अनुसार, वर्ष 2017 के अंत तक जहाँ फ्रांस की सकल राष्ट्रीय आय 2.582 ट्रिलियन डॉलर रही, वहीं भारत की सकल राष्ट्रीय आय 2.597 ट्रिलियन डॉलर रही है। अब भारत को टॉप 5 अर्थव्यवस्थाओं की फेहरिस्त में शामिल होने के लिए ब्रिटेन को पीछे छोड़ना होगा, जिसकी सकल राष्ट्रीय आय वर्ष 2017 के अंत तक 2.622 ट्रिलिटन डॉलर रही है।

भारत की अर्थव्यवस्था आज विश्व भर में सबसे तेज गति से विकास करनेवाली अर्थव्यवस्था बन चुकी है और उसका यह दमदार प्रदर्शन मौजूदा वर्ष 2018 में भी जारी है। वित्त मंत्रालय की मानें तो भारत की सकल राष्ट्रीय आय के वित्तीय वर्ष 2018-19 में 7.5 प्रतिशत की दर से बढ़ने की काफी अच्छी संभावना है। कुछ इसी तर्ज पर हाल ही में अप्रैल माह में अंतरराष्ट्रीय मुद्राकोष ने सन् 2018 व 2019 में भारत की आर्थिक विकास दर के क्रमशः 7.4 व 7.8 प्रतिशत रहने की संभावना जताई थी।

गौरतलब है कि दिसंबर 2017 में ही विश्व आर्थिक संघ द्वारा जारी एक रिपोर्ट में यह अनुमान लगाया गया था कि जिस हिसाब से भारत की अर्थव्यवस्था तेजी से विकासोन्मुख है, भारत जल्द ही एक बड़ी उछाल लेकर फ्रांस की अर्थव्यवस्था को कहीं पीछे छोड़ देगा और ऐसा हुआ भी। जिस प्रकार नोटबंदी और जी.एस.टी. जैसे अभिनव प्रयोग करने पर भारत की अर्थव्यवस्था में आए संरचनात्मक बदलावों के चलते

पिछले वर्ष विकास की गति कुछ शिथिल पड़ी, वाकई वर्ष 2017 में भारत ने अच्छा प्रदर्शन किया है, जिससे कि विश्व में उसका कद कुछ और ऊँचा हो गया है, हालाँकि 19.39 ट्रिलियन डॉलर की जी.डी.पी. के साथ संयुक्त राष्ट्र अमेरिका अभी भी नंबर वन अर्थव्यवस्था बना हुआ है। उसके बाद चीन का नंबर आता है, जिसकी राष्ट्रीय आय करीब 12.23 ट्रिलियन डॉलर की है। इन दोनों ही बाहुबली अर्थव्यवस्थाओं से काफी पीछे है, जापान, जिसकी जी.डी.पी. का आकार 4.87 ट्रिलियन डॉलर है। इस लिहाज से भारत को टॉप तीन अर्थव्यवस्थाओं की लिस्ट में शामिल होने के लिए अभी एक लंबा सफर तय करना है, लेकिन यदि विश्व बैंक की मानें तो भारत ने विनिर्माण क्षेत्र में जो शानदार प्रदर्शन किया है और जिस प्रकार उपभोक्ता खर्च में भी काफी सुधार हुआ है, भारत की अर्थव्यवस्था आज एशिया में विकास के इंजन के रूप में अपनी पहचान बना चुकी है। यही नहीं, पिछले दस वर्षों में भारत की जी.डी.पी. दुगनी हो गई है। यह बात ज्यादा अहम इसलिए भी है, क्योंकि इसी अंतराल में चीन की आर्थिक विकास दर कमजोर पड़ी है। गौरतलब है कि चीन की विकास दर सन् 2017 में 6.6 प्रतिशत रही, जिसके सन् 2019 में 6.4 प्रतिशत हो जाने की संभावना जताई गई है।

यहाँ एक और बात पर गौर करना जरूरी है। भारत अगर एक बड़ी अर्थव्यवस्था है तो इसकी बड़ी वजह यह भी है कि यहाँ 134 करोड़ लोग रहते हैं और किसी भी राष्ट्र में आर्थिक विकास का एक पैमाना यह भी है कि उस देश की औसत अर्थात् प्रति व्यक्ति आय कितनी है। यहाँ स्थिति कुछ अलग है।

भारत की प्रति व्यक्ति आय भले ही सन् 2016 की तुलना में 6,690 डॉलर से बढ़कर 7,170 डॉलर हो गई है। पर अंतरराष्ट्रीय मुद्रा कोष के अनुसार, विश्व में भारत का स्थान 126वाँ है। इसके सापेक्ष फ्रांस की कुल जनसंख्या करीब 6.7 करोड़ है, जबकि वहाँ की प्रति व्यक्ति आय भारत से 20 गुना अधिक है।

उम्मीद की जानी चाहिए कि समावेशी विकास की अवधारणा के साथ आर्थिक विकास करने पर भारत में औसत आय का स्तर भी आनेवाले समय में बढ़ेगा, तब सही मायने में भारत का कद वैश्विक अर्थव्यवस्था में और भी सार्थकता के साथ स्थापित होगा।

13-07-2018, 'हमारा महानगर'

□

29

महँगाई दर में वृद्धि से बदलेंगे आर्थिक समीकरण

केंद्रीय सांख्यिकी विभाग द्वारा जारी आँकड़ों के अनुसार, जून 2018 में खुदरा महँगाई की दर बढ़कर 5 प्रतिशत हो गई है। गौरतलब है कि मई माह में खुदरा महँगाई दर 4.87 प्रतिशत रही थी, जबकि पिछले वर्ष जून 2017 में यह महज 1.46 प्रतिशत रही थी। इस प्रकार महँगाई दर न सिर्फ पिछले 5 महीनों के उच्चतम स्तर पर पहुँच गई है, बल्कि यह रिजर्व के प्रथम छह महीनों के पूर्वानुमानित औसत स्तर से भी कहीं आगे निकल चुकी है।

महँगाई के यूँ बढ़ते जाने का रुख इसी प्रकार कायम रहा तो इससे आगामी मौद्रिक नीति में नीतिगत दरों में वृद्धि के लिए दबाव बन सकता है, हालाँकि यदि बारीकी से विश्लेषण करें तो खाद्य वस्तुओं में कीमतें औसतन 2.91 प्रतिशत से ही बढ़ीं, लेकिन मुख्यत: ईंधन और विद्युत् के औसत मूल्यों में जून माह में 7.14 प्रतिशत की वृद्धि ने महँगाई की दर पर दबाव बनाया। इसके अलावा हाउसिंग और वस्त्रों की कीमतें भी औसत से कहीं ऊपर क्रमश: 5.78 प्रतिशत और 8.45 प्रतिशत रहीं। साथ ही स्वास्थ्य, यातायात, शिक्षा व मनोरंजन के क्षेत्र में भी महँगाई दर क्रमश: 6.07, 6.18, 5.83 व 5.24 प्रतिशत रही है।

यहाँ एक बात और भी विशिष्ट है और वो यह कि शहरों के मुकाबले गाँवों में महँगाई दर अधिक तीव्रता से बढ़ने का रुख लगातार कायम है, उधर थोक महँगाई दर ने भी जून माह में पिछले साढ़े चार वर्षों का अधिकतम स्तर छू लिया है। उल्लेखनीय है कि जून माह में थोक महँगाई की दर 5.77 प्रतिशत रही, जो कि मई माह में 4.43 प्रतिशत और जून 2017 में 0.9 प्रतिशत रही थी।

चिंता की बात यह है कि जहाँ खुदरा मूल्य सूचकांक में खाद्य महँगाई दर औसत से कहीं कम रही थी, थोक मूल्य सूचकांक में सब्जियों के थोक मूल्यों में 8.12 प्रतिशत की वृद्धि ने खासा दबाव बनाया। इसके अलावा अंतरराष्ट्रीय बाजारों में तेल की कीमतों में वृद्धि, बिजली और कपास के मूल्यों में बढ़त और विनिर्मित वस्तुओं की कीमतों में वृद्धि का रुख कायम रहने से भी थोक महँगाई काफी अधिक बढ़ी। साथ ही ईंधन और विद्युत् की कीमतें जो मई माह में 11.22 प्रतिशत से बढ़ी थीं, वे जून माह में 16.18 प्रतिशत से बढ़ीं।

अब अगर वृहद् आर्थिक वातावरण के संदर्भ में बात करें तो खासतौर पर मूल्य वृद्धि की दर के आनेवाले समय में तेल की कीमतें और भी बढ़ने की संभावना, खरीफ फसलों के न्यूनतम समर्थन मूल्यों में वृद्धि के फैसले तथा रुपए के विनिमय मूल्यों में गिरावट के रुख के चलते और भी अधिक बढ़ने की आशंका बनती नजर आ रही है, हालाँकि आगामी सीजन में मानसून के अनुकूल रहने और देश के विभिन्न कृषि क्षेत्रों में ठीक से पहुँचने की स्थिति में कुछ राहत अवश्य मिल सकती है, लेकिन जानकारों की मानें तो भारत में सामान्यतया न्यूनतम समर्थन मूल्यों में वृद्धि से खाद्य महँगाई दर में वृद्धि का ट्रेंड पहले भी देखा गया है और इस लिहाज से जहाँ एक ओर ग्रामीण इलाकों में किसानों की औसत आय बढ़ने पर उपभोक्ता वस्तुओं के मूल्यों में वृद्धि हो सकती है, वहीं दूसरी ओर शहरी क्षेत्रों में खाद्य पदार्थों के महँगे होने की भी आशंका है और यदि महँगाई की दर 5 प्रतिशत या उससे अधिक स्तर पर कायम रही तो रिजर्व बैंक पर नीतिगत दरों में वृद्धि करने का दबाव बन सकता है। जानकारों की मानें तो रिजर्व बैंक आनेवाले समय में 25 से 50 बेसिस अंकों से ब्याज की दरें बढ़ा सकता है।

उधर मई के महीने में औद्योगिक उत्पादन की दर भी पिछले 7 महीनों के न्यूनतम स्तर पर पहुँच गई है। गौरतलब है कि मई माह में औद्योगिक उत्पादन 3.2 प्रतिशत की दर से बढ़ा, जबकि पिछले वर्ष इसी अंतराल में यह 4.8 प्रतिशत से बढ़ा था। यहाँ भी विनिर्मित वस्तुओं की उत्पादन दर 2.8 प्रतिशत रही, जबकि रोजमर्रा के उपभोक्ता सामानों (एफ.एम.सी.जी.) का उत्पादन, बल्कि 2.6 प्रतिशत से कम हुआ है, हालाँकि पूँजीगत वस्तुओं की उत्पादन दर 7.6 प्रतिशत रही है।

अब जून माह में कच्चे माल की कीमतें, तेल व ईंधन का मूल्य यदि बढ़े तो कई वस्तुओं की उत्पादन लागत बढ़ सकती है, जिससे कि महँगाई दर पर दबाव बढ़ सकता है, लेकिन यदि निवेश सेंटीमेंट में सुधार आया तो औद्योगिक उत्पादन बढ़ने पर औसत मूल्यों में कमी या ठहराव भी आ सकता है।

हालाँकि, फिर भी खाद्य वस्तुओं और कच्चे माल की कीमतों को बढ़ने से रोकना सरकार और रिजर्व बैंक के लिए चुनौतीपूर्ण साबित हो सकता है। उम्मीद की जानी चाहिए कि बेहतर आपूर्ति प्रबंधन और निवेश सेंटीमेंट में सुधार से महँगाई की वृद्धि दर को नियंत्रण में रखने के प्रयासों में तेजी आएगी।

20-07-2018, 'हमारा महानगर'

□

30

कॉरपोरेट ऋणों के स्वरूप में हो सकता है बदलाव

हाल ही में भारतीय सिक्योरिटीज मार्केट की नियामक सेबी ने माध्यमिक बॉण्ड बाजार (सेकेंडरी बॉण्ड मार्केट) को विकसित करने और उसकी गहराई बढ़ाने के उद्देश्य से एक मसौदा रिपोर्ट (ड्राफ्ट रिपोर्ट) जारी की है, जिसके अनुसार, 100 करोड़ रुपए या अधिक मात्रा में ऋण उठानेवाली कंपनियों, जिन्हें ए.ए. या उससे अधिक ऊँची रेटिंग हासिल है और जिन्हें एक वर्ष या उससे अधिक अवधि के लिए दीर्घकालीन ऋणों की आवश्यकता है तथा जिनकी प्रतिभूतियाँ (सिक्योरिटीज) सेबी लिस्टिंग दायित्व और प्रकटीकरण आवश्यकताएँ विनियम, 2015 के तहत लिस्टेड हैं, उन्हें 01 अप्रैल, 2019 के बाद लिये जानेवाले ऋणों का 25 प्रतिशत बॉण्ड मार्केट से उठाना होगा।

गौरतलब है कि 100 करोड़ रुपए के ऋणों की मात्रा का गणन करते समय बाहरी वाणिज्यिक ऋणों और अंतर-कॉरपोरेट ऋणों को शामिल नहीं किया जाएगा। इसका सीधा सा अभिप्राय यह हुआ कि यदि किसी कंपनी को 100 करोड़ रुपए के ऋणों की आवश्यकता है और वो कंपनी सेबी द्वारा प्रस्तावित मानदंडों को पूरा करती है तो उसे कम-से-कम 25 करोड़ रुपए बॉण्ड मार्केट के माध्यम से जुटाने होंगे, जबकि वह अन्य स्रोतों से महज 75 करोड़ तक का ही ऋण उठाने में सक्षम होगी।

जाहिर तौर पर सेबी द्वारा प्रस्तावित नियमों के लागू होने पर भारतीय बॉण्ड बाजार को जबरदस्त प्रोत्साहन मिलने की काफी संभावना है। जिस प्रकार इन नियमों के तहत उन कंपनियों को शामिल किया गया है, जिन्हें ए.ए. या अधिक की रेटिंग हासिल है, उससे तो लगता है कि सेबी यह भी सुनिश्चित करना चाहती है कि इन ऋणों की अदायगी में डिफाल्ट की संभावना नगण्य ही रहे।

उल्लेखनीय है कि यदि सेबी द्वारा प्रस्तावित नए मानदंडों को रिजर्व बैंक ऑफ इंडिया द्वारा बड़े कॉरपोरेट अकाउंट्स के ऋणों के संदर्भ में जारी विनियमनों से भी जोड़कर देखा

जाए तो अगले वित्तीय वर्ष से भारतीय ऋण प्रतिभूति बाजार का स्वरूप ही बदल जानेवाला है। सेबी द्वारा प्रस्तावित रिपोर्ट में रिजर्व बैंक द्वारा बैंकों के बड़े ऋण खातों के संदर्भ में जारी ढाँचे का जिक्र भी किया गया है, जिसके तहत मौजूदा वित्तीय वर्ष 2018-19 से 25,000 करोड़ रुपए (वित्तीय वर्ष 2017-18 तक) के एक्सपोजरवाले बड़े ऋण खातों को अतिरिक्त ऋण दिए जाने पर संबंधित बैंकों को अधिक प्राविधीकरण की आवश्यकता होगी।

आगामी वित्तीय वर्ष 2019-20 में इस लिमिट को और भी कम करके 10,000 करोड़ रुपए रखा जाएगा। ऐसे में अनुमान लगाया ही जा सकता है कि आनेवाले समय में अपनी बढ़ती हुई ऋण आवश्यकताओं को पूरा करने के लिए भारत में बड़ी कंपनियों की बॉण्ड मार्केट पर निर्भरता कुछ बढ़ ही जाएगी।

दूसरी ओर इस मसले को सन् 2016 में जारी कॉरपोरेट दिवालिएपन कानून के तहत बॉण्ड होल्डर्स को डिफाल्ट के जोखिम से बचाने को ऊँची प्राथमिकता दिए जाने से भी जोड़कर देखा गया है, जहाँ लिक्विडेशन (कंपनी के परिसमापन) की स्थिति में सार्वजनिक देनदारियों के पहले उन्हें प्राथमिकता हासिल है। सेबी द्वारा जारी उक्त रिपोर्ट में बैंक ऑफ इंटरनेशनल सेटलमेंट (बी.आई.एस.) द्वारा जारी आँकड़ों के हवाले से कहा गया है कि जिन देशों में कॉरपोरेट दिवालिएपन से निपटने के लिए सुधारात्मक कदम उठाए गए हैं, वहाँ पर सकल राष्ट्रीय आय के सापेक्ष कॉरपोरेट बॉण्ड्स का प्रतिशत बढ़ा है।

उदाहरण के लिए, ब्राजील में यह 12.7 प्रतिशत से बढ़कर 26.3 प्रतिशत, रूस में 8.1 प्रतिशत से 13.1 प्रतिशत, चीन में 18.8 प्रतिशत से 33.4 प्रतिशत और यू.के. में यह 68.4 प्रतिशत से बढ़कर 106.8 प्रतिशत हो गया। गौरतलब है कि ये आँकड़े कॉरपोरेट दिवालिएपन व्यवस्थाओं में सुधार के बाद से पाँच वर्षों तक के अंतराल के संदर्भ में दिए गए हैं। सेबी द्वारा लगाए गए अनुमान के अनुसार, सन् 2022-23 तक भारत में आई.बी.सी.-2016 के सफल क्रियान्वयन के फलस्वरूप कॉरपोरेट बॉण्ड्स का आकार मौजूदा 17 प्रतिशत से बढ़कर कम-से-कम 22-23 प्रतिशत तक हो सकता है।

फिलहाल सेबी द्वारा जारी इस चर्चा-पत्र पर 13 अगस्त, 2018 तक पब्लिक या संबंधित हितधारकों द्वारा विचार-विमर्श, ई-मेल या डाक द्वारा सुझाव दिए जा सकते हैं। जानकारों की मानें तो सेबी द्वारा प्रस्तावित विनियमन से एक ओर भारतीय बॉण्ड मार्केट को गहराई मिलेगी तो दूसरी ओर बैंकों को बड़ी कंपनियों द्वारा एन.पी.ए. की समस्या से भी राहत मिलेगी।

27-07-2018, 'हमारा महानगर'

□

31

रिजर्व बैंक ने बढ़ाई नीतिगत दरें

हाल ही में रिजर्व बैंक ऑफ इंडिया ने तृतीय द्विमासिक मौद्रिक नीति में नीतिगत दरों में 25 बेसिस अंकों की वृद्धि की घोषणा की है। परिणामस्वरूप अब रेपो रेट बढ़ाकर 6.50 प्रतिशत और रिवर्स रेपो रेट 6.25 प्रतिशत कर दिया गया है। नीतिगत दरों में वृद्धि से अब ग्राहकों के लिए बैंकों से कर्ज उठाना कुछ और महँगा साबित हो सकता है।

गौरतलब है कि जून माह में ही घोषित द्वितीय मौद्रिक नीति में भी नीतिगत दरों में 25 बेसिस अंकों की वृद्धि की गई थी। जाहिर तौर पर रिजर्व बैंक, जो निरंतर महँगाई और आर्थिक विकास के परस्पर विरोधाभासी लक्ष्यों के बीच तालमेल बैठाने में लगा है, उसे उन अवयवों या परिस्थितियों में वो बदलाव या अनुकूलता नजर नहीं आई कि वह ब्याज दरों में वृद्धि का रुख न अपनाए।

सबसे पहले बात करें वैश्विक आर्थिक वातावरण की। यहाँ पिछली मौद्रिक समीक्षा के बाद से यद्यपि वैश्विक आर्थिक विकास दर लगातार अपनी औसत रफ्तार पर बनी हुई है, पर चिंता की बात यह है कि वैश्विक विकास दर किन्हीं देशों में ज्यादा तो कहीं कम भी हुई है। इसके अलावा कई देशों के बीच व्यापारिक तनाव बढ़ने की खबरें भी अस्थिरता का माहौल बना रही हैं। विश्व की सर्वोच्च अर्थव्यवस्था का रुतबा रखनेवाले देश अमेरिका में वर्ष की द्वितीय तिमाही में बेहतर निजी उपभोग माँग और निर्यातों में बढ़त के चलते उत्साहवर्धक सुधार देखा गया है, लेकिन दूसरी ओर यूरोप के देशों में औसतन निजी उपभोग माँग में कमी राजनीतिक अस्थिरता और मुद्रा के विनिमय मूल्य में मजबूती के चलते आर्थिक विकास दर कमजोर पड़ी है।

उधर, एक अन्य बाहुबली अर्थव्यवस्था जापान में भी हाल ही में जारी खुदरा व्यापार, उपभोक्ता विश्वास और बिजनेस सेंटीमेंट को प्रकट करनेवाले आँकड़े भी वहाँ पर आर्थिक विकास दर के कमजोर होने के संभावना जता रहे हैं। इसके अलावा, अनेक

उदयीमान अर्थव्यवस्थाओं में भी अंतरराष्ट्रीय बाजारों में तेल की कीमतों में आ रहे उतार-चढ़ाव की वजह से भारी उथल-पुथल मची है। ऊपर से विश्व की दूसरी सबसे बड़ी अर्थव्यवस्था होने के बावजूद चीन में भारी व्यापारिक तनाव और सार्वजनिक ऋणों के दबाव की वजह से आर्थिक विकास दर कमजोर पड़ी है। दूसरी तरफ यूरोपियन यूनियन से ब्रिटेन के बाहर निकलने की प्रक्रिया भी खासी पेचीदा बन पड़ी है और उससे वैश्विक अर्थव्यवस्था में अस्थिरता को बढ़ावा ही मिलने की संभावना है।

इन सबके बीच रिजर्व बैंक को वित्तीय बाजारों में व्याप्त अस्थिरता को लेकर भी चिंता है। यही नहीं, अनेक देशों के बीच बढ़ते भू-राजनीतिक तनाव भी चिंता का सबब बने हुए हैं। घरेलू अर्थव्यवस्था में यद्यपि कुछ स्थानों पर मानसून का औसत प्रदर्शन फीका रहा है, लेकिन ज्यादातर क्षेत्रों में इसका स्तर सामान्य या उससे कुछ बेहतर हो रहा है, हालाँकि खरीफ की फसलें इस बार पिछले वर्ष के मुकाबले 7.5 प्रतिशत कम क्षेत्रफल में बोई गई हैं। इसके अलावा खरीफ फसलों की न्यूनतम समर्थन मूल्यों में लागत के सापेक्ष 150 प्रतिशत तक बढ़त करने के केंद्र सरकार के फैसले से भी महँगाई पर दबाव बढ़ सकता है।

गौरतलब है कि खुदरा महँगाई की दर मई माह के 4.9 प्रतिशत से बढ़कर जून माह में पाँच प्रतिशत तक पहुँच गई है। तेल, ईंधन व सब्जियों की कीमतों में वृद्धि व अन्य कारणों से भी अनेक लोगों को महँगाई की दर में वृद्धि की संभावना नजर आ रही है। जिस प्रकार लगातार पिछली दो मर्तबा नीतिगत दरों में वृद्धि की घोषणा की गई है, उससे तो अब अर्थशास्त्रियों में चर्चा छिड़ गई है कि आनेवाले समय में वैश्विक स्तर पर भू-राजनीतिक संकट और तेल के मूल्यों में अस्थिरता की वजह से जिस प्रकार की परिस्थितियाँ बन पड़ी हैं और घरेलू अर्थव्यवस्था में भी, जो आज के वैश्विक युग में अन्य देशों में हुई हलचल से बेहद जटिलता से प्रभावित होती है, महँगाई बढ़ने की प्रबल संभावना स्पष्ट रूप से दिख रही है, क्या रिजर्व बैंक अगली मौद्रिक समीक्षा में भी ब्याज दरों में वृद्धि का रुख बरकरार रखेगा?

हालाँकि जिस प्रकार रिजर्व बैंक महँगाई और विकास दोनों ही लक्ष्यों में तालमेल बैठाने की बात कर रहा है, फिलहाल यह निष्कर्ष तो निकाला ही जा सकता है कि वह निकट समय में नीतिगत दरों में वृद्धि करने से परहेज करेगा, ऐसी संभावना अधिक प्रबल है।

03-08-2018, 'हमारा महानगर'

□

32

तेजी से विकसित हो रही है भारतीय अर्थव्यवस्था

हाल ही में अंतरराष्ट्रीय मुद्रा कोष ने विभिन्न देशों के लिए विशिष्ट रूप से तैयार की गई अपनी वार्षिक रिपोर्ट जारी की है। खासतौर पर हमारी घरेलू अर्थव्यवस्था और आर्थिक वातावरण में हुए बदलावों और उनके परिणामों का विश्लेषण आई.एम.एफ. ने किस प्रकार किया, वह हमारे लिए जानना काफी अहम है। आई.एम.एफ. की इस रिपोर्ट में शुरुआत ही में भारत की अर्थव्यवस्था में सकारात्मक दृष्टिकोण लिया गया है।

उदाहरण के लिए, जिस प्रकार नवंबर 2016 में नोटबंदी और जुलाई 2017 में जी.एस.टी. जैसे बड़े आर्थिक सुधार की आधारशिला रखनेवाले कदम उठाए गए, उससे भारत की आर्थिक विकास दर में आई कुछ शिथिलता (6.7 प्रतिशत), उसके बावजूद निवेश और आर्थिक विकास दर में पुन: उछाल आना और उस तेजी को बनाए रखना, वह भी 3.6 प्रतिशत की औसत महँगाई दर के साथ, यह वाकई भारत की अर्थव्यवस्था की मजबूती और उसमें मौजूद क्षमताओं का परिचायक है।

जाहिर-सी बात है कि यूँ ही कोई देश वैश्विक स्तर पर सबसे तेज गति से विकास करनेवाली अर्थव्यवस्था का रुतबा हासिल नहीं करता। यही कारण है कि आई.एम.एफ. ने भारत की तुलना एक ऐसे हाथी से कर दी है, जिसने अब दौड़ना शुरू कर दिया है। साथ ही यह विश्वास भी प्रकट कर दिया कि आनेवाले समय में भी भारत की अर्थव्यवस्था का स्थान विश्व की तीव्रतम गति से विकास करनेवाली अर्थव्यवस्था के रूप में बना रहेगा। यही कारण है कि आई.एम.एफ. ने मौजूदा वित्तीय वर्ष 2018-19 के लिए भारत की आर्थिक विकास दर के पूर्वानुमान को बढ़ाकर 7.3 प्रतिशत और अगले वित्तीय वर्ष 2019-20 के लिए 7.5 प्रतिशत कर दिया है।

हालाँकि आई.एम.एफ. ने कुछ नकारात्मक संकेतों का भी जिक्र किया है, जैसे कि अंतरराष्ट्रीय बाजारों में तेल की कीमतों में वृद्धि, रुपए के विनिमय मूल्य में गिरावट, घरेलू किराया भत्ता (एच.आर.ए.) में वृद्धि और खाद्यान्नों पर लागू न्यूनतम समर्थन मूल्यों में वृद्धि आदि अनेक कारणों से खुदरा महँगाई की दर बढ़ने और चालू खाता घाटे का आकार और भी अधिक चौड़ा होने के आसार नजर आ रहे हैं।

उधर, महँगाई की वृद्धि दर बढ़ने की संभावना के चलते मौद्रिक नीति कुछ कड़ी कर दी गई है। ऐसे में यदि महँगाई कुछ और बढ़ी तो रिजर्व बैंक भी नीतिगत दरों में कुछ और वृद्धि कर सकता है, लेकिन कुल मिलाकर अर्थव्यवस्था के समक्ष जो जोखिम हैं, उनकी प्रबलता कुछ कम पड़ी है और ऐसे में यदि राजकोषीय अनुशासन बनाए रखा गया और बढ़ते एन.पी.ए. की समस्या पर लगाम कस ली गई तो भारत की अर्थव्यवस्था इससे लाभान्वित ही होगी।

इसके अलावा आर्थिक सुधारों की प्रक्रिया में और अधिक सुधार की संभावना भी आई.एम.एफ. को नजर आ रही है। मसलन, जी.एस.टी., जिसे कई बार 'अच्छा और सरल टैक्स' के नाम से भी बुलाया जाता है, उसे कुछ और 'सरल' बनाने की सिफारिश भी आई.एम.एफ. ने की है। साथ ही भारत में सार्वजनिक ऋणों के बढ़ते स्तर को लेकर भी आई.एम.एफ. चिंतित है, जो कि पहले ही बढ़कर 70.4 प्रतिशत तक पहुँच चुका है। कुल मिलाकर आई.एम.एफ. को भारत की अर्थव्यवस्था में मजबूती, स्थिरता और ताकत सबकुछ ठीक नजर आ रहा है।

भारत ने विकास की पटरी पर दौड़ भी लगाना शुरू कर दिया है। बस अब जरूरत है कि आर्थिक सुधारों की श्रृंखला यूँ ही चलती रहे और उन्हें लागू करते वक्त नीतियों में स्पष्टता, गहराई, क्रियान्वयन और समावेशी विकास की भावना का कुछ और अधिक प्रखरता से ध्यान रखा जाए।

10-08-2018, 'हमारा महानगर'

□

33

महँगाई में कमी और उत्पादन में वृद्धि से मिलेगा अर्थव्यवस्था को बल

हाल ही में केंद्रीय सांख्यिकी दफ्तर द्वारा जारी आँकड़ों के अनुसार, जून 2018 में औद्योगिक उत्पादन सूचकांक 127.7 के स्तर पर पहुँचा, जो कि जून 2017 के मुकाबले 7 प्रतिशत अधिक है। यदि मौजूदा वित्तीय वर्ष की बात करें तो अप्रैल से जून 2018 के दरमियान इसमें 5.2 प्रतिशत की संचयी वृद्धि दर्ज की गई है, जिसे वाकई एक सकारात्मक संकेत समझा जा सकता है।

सबसे महत्त्वपूर्ण बात यह है कि खनन, विनिर्माण और विद्युत्, सभी क्षेत्रों में जून 2018 में पिछले वर्ष (जून 2017) के सापेक्ष बढ़त देखी गई है, जो कि क्रमशः 6.6 प्रतिशत, 6.9 प्रतिशत और 8.5 प्रतिशत रही, अर्थात् औद्योगिक उत्पादन में वृद्धि का रुख काफी सकारात्मक है और विभिन्न क्षेत्रों में औसत के अनुरूप अच्छा प्रदर्शन दिखाई दे रहा है। मौजूदा वित्तीय वर्ष में भी लगभग इसी प्रकार का रुख रहा है। यदि विनिर्माण क्षेत्र की बात करें तो 23 उद्योग समूहों में से 19 में जून 2018 में सकारात्मक विकास दर्ज किया गया है, अर्थात् उनकी उत्पादन दर में वृद्धि हुई है। सबसे ज्यादा विकास हुआ कंप्यूटर, इलेक्ट्रॉनिक और ऑप्टीकल वस्तुओं में, जहाँ उत्पादन 44.1 प्रतिशत से बढ़ा। इसके अलावा मोटर कार, ट्रेवलर्स यातायात के उपकरणों आदि का उत्पादन भी तेजी से बढ़ा। साथ ही उपभोक्ता टिकाऊ (ड्यूरेबल्स) का उत्पादन भी 13.1 प्रतिशत से बढ़ा है।

इसका मिला-जुला अभिप्राय यह है कि देश में रोजगार और व्यापार के क्षेत्र में खासा इजाफा होने की संभावना है और इन सबसे भारतीय अर्थव्यवस्था को बल ही मिलेगा।

उधर उपभोक्ता महँगाई के संदर्भ में जारी आधिकारिक आँकड़ों के अनुसार, जुलाई 2018 में खुदरा महँगाई दर 4.17 प्रतिशत रही, जो कि पिछले 9 महीनों का न्यूनतम स्तर है। साथ ही पिछले माह जून 2018 की पूर्व घोषित महँगाई दर को 5 प्रतिशत से संशोधित करके 4.92 प्रतिशत किया गया है और इस लिहाज से यह वाकई एक बेहतर प्रदर्शन समझा जा सकता है।

महँगाई दर में कमी आने का प्रमुख कारण रहा, सब्जियों की कीमतों में कमी, जो कि जून माह में 7.8 प्रतिशत से बढ़ी थी। इसके अलावा दालों की कीमतों में 8.91 प्रतिशत और शक्कर में 5.81 प्रतिशत की कमी आई और अन्य खाद्य वस्तुओं की कीमतें भी औसत महँगाई दर से भी कहीं अधिक कम रहीं, जिसकी वजह से महँगाई दर में कमी आई।

हालाँकि विद्युत्, वस्त्र, मनोरंजन, यातायात और व्यक्तिगत उपभोग की वस्तुओं के दाम औसत से कुछ अधिक दर से बढ़े हैं, लेकिन कुल मिलाकर महँगाई की दर कम हुई और जाहिर तौर पर इससे अर्थव्यवस्था को मजबूती ही मिलेगी। इसके अलावा, रिजर्व बैंक की मौद्रिक नीति पर इसका सीधा असर पड़ेगा और उम्मीद की जा सकती है कि अगली मौद्रिक समीक्षा में नीतिगत दरों में वृद्धि के लिए पनप रहे दबाव में कमी अवश्य आएगी।

उधर, जुलाई माह में थोक मूल्य सूचकांक भी 5.09 प्रतिशत के स्तर पर रहा, जो कि जून माह में 5.77 प्रतिशत रहा था। विशेष रूप से खाद्य वस्तुओं की थोक कीमतों में काफी कमी आई है। खासतौर पर सब्जियों की थोक कीमतें 14.07 प्रतिशत से कम हुई हैं, जबकि जून माह में यह 8.2 प्रतिशत से बढ़ी थीं। साथ ही फलों की थोक कीमतों में 8.81 प्रतिशत की कमी आई है, हालाँकि गैर-खाद्य वस्तुओं की थोक कीमतों की वृद्धि दर जून 2018 के 3.81 प्रतिशत से कुछ बढ़कर 3.96 प्रतिशत रही, लेकिन ईंधन और विद्युत् की कीमतों में 18.10 प्रतिशत की उछाल आया है, जिसकी वजह से थोक मूल्य सूचकांक पर दबाव बढ़ा है।

इन सबके बीच रुपए की डॉलर के सापेक्ष विनिमय दर अब तक के न्यूनतम स्तर पर जा पहुँची, जिसके लिए मुख्यत: अंतरराष्ट्रीय तत्त्वों को जिम्मेदार समझा जा रहा है। कारण यह कि डॉलर में मजबूती और टर्की की मुद्रा लीरा में आई ऐतिहासिक गिरावट से ज्यादातर उदयीमान अर्थव्यवस्थाओं में मुद्रा का अवमूल्यन हुआ है और भारतीय मुद्रा रुपया भी जाहिर तौर पर इससे आहत हुआ है। रुपए के विनिमय मूल्य में गिरावट से तेल का आयात बिल भी बढ़ जाने की आशंका है, हालाँकि निर्यात सस्ते होने से कुछ राहत अवश्य मिल सकती है, पर फिर भी आयातित वस्तुओं की कीमतें बढ़ने पर चालू खाता घाटा और महँगाई दर पर दबाव कुछ बढ़ सकता है।

यद्यपि मौसम विभाग द्वारा जारी जानकारी के अनुसार, आनेवाले महीनों में मानसून सामान्य रहने की संभावना है, जिससे महँगाई दर के सामान्य स्तर पर ही बने रहने के आसार फिलहाल नजर आ रहे हैं।

17-08-2018, 'हमारा महानगर'

□

34

कृषि को मिले प्राथमिकता

हाल में कृषि और ग्रामीण विकास के लिए राष्ट्रीय बैंक (नाबार्ड) द्वारा जारी एक रिपोर्ट में ग्रामीण भारत के बदलते स्वरूप के विषय में नवीन जानकारियाँ मिली हैं। संपूर्ण भारत में ग्रामीण वित्तीय समावेश सर्वेक्षण की यह रिपोर्ट 29 राज्यों के 245 जिलों में 40,327 ग्रामीण परिवारों से उनके आय के स्रोत, ऋण, बचत, निवेश, पेंशन, बीमा आदि के संदर्भ में प्राप्त जानकारी पर आधारित है।

सर्वे में शामिल ग्रामीण परिवारों में से 48 प्रतिशत लोगों की आजीविका का मुख्य स्रोत कृषि पाया गया, जिनमें से 87 प्रतिशत लोग छोटे या सीमांत किसानों की श्रेणी में हैं। प्राप्त जानकारी के अनुसार, भारतीय किसानों की औसत आय वर्ष 2015-16 में 8,931 रुपए प्रतिमाह रही, जो कि सन् 2012-13 के एक अन्य सर्वे द्वारा अनुमानित औसत स्तर से करीब 2,433 रुपए अधिक है, अर्थात् सामान्य आधार पर इस अंतराल में किसानों की आय करीब 37 प्रतिशत बढ़ी है।

हालाँकि पिछले सर्वे (2002-03) में जहाँ किसानों की कृषि क्षेत्र में काम करने के लिए न्यूनतम आय का स्तर 3,000 रुपए प्रतिमाह रखा गया था, जबकि नाबार्ड के सर्वे में इसे 5,000 रुपए रखा गया है। कुछ आलोचकों के अनुसार, न्यूनतम आय का मानदंड पृथक् होने पर दोनों सर्वेक्षणों का तुलनात्मक अध्ययन नहीं किया जा सकता, पर लगता है, नाबार्ड ने इस अंतराल में जो महँगाई की दर रही, उसका संज्ञान लेते हुए ही यह न्यूनतम आय सीमा निर्धारित की है, जिससे यह सुनिश्चित किया जा सके कि क्या सर्वे में शामिल परिवार कृषि या उस पर आधारित क्रियाओं में मुख्यत: संलग्न हैं?

साथ ही उस परिवार का कम-से-कम एक सदस्य पिछले एक वर्ष (365 दिनों) से कृषि क्षेत्र में व्यवसायरत हो, इसे भी सुनिश्चित किया गया है। कुल मिलाकर उसी परिवार को कृषि क्षेत्र में वर्गीकृत किया गया है, जिनके लिए कृषि रोजगार का प्राथमिक स्रोत है। अन्य लोगों को गैर-कृषि क्षेत्र में वर्गीकृत किया गया है। खास बात यह है कि

पिछले कुछ वर्षों में भारतीय गाँवों का संरचनात्मक ढाँचा तेजी से बदला है। आज करीब 70 प्रतिशत किसान परिवारों के मुखिया साक्षर हैं।

हालाँकि अभी भी गाँवों में निवेश हेतु ऋणों पर निर्भरता बनी हुई है, लेकिन यह भी जानकारी मिली है कि केवल 12.7 प्रतिशत परिवार ऐसे हैं, जहाँ कृषि ही आजीविका का एकमात्र स्रोत है। ज्यादातर परिवारों में लोग कृषि के साथ-साथ अन्य गतिविधियों में भी लगे रहते हैं और उन्हें एक से अधिक स्रोतों से आय मिलती है। आज कृषि परिवारों में 55.7 प्रतिशत लोगों के पास टी.वी. है तो गैर-कृषि क्षेत्र में कार्यरत ग्रामीण परिवारों में 59.4 प्रतिशत लोगों के पास टी.वी. है।

इसके अलावा कृषि आधारित परिवारों में 89.1 प्रतिशत लोगों के पास मोबाइल की सुविधा है तो गैर-कृषि क्षेत्र में लगे हुए ग्रामीण परिवारों में से 85.3 प्रतिशत लोगों के पास मोबाइल फोन उपलब्ध हैं। इसी प्रकार औसतन 34.4 प्रतिशत परिवारों के पास कम-से-कम एक स्कूटर या मोटरसाइकिल है, हालाँकि रेडियो, कंप्यूटर या लैपटॉप, टेलीफोन, लैंडलाइन या ए.सी. की सुविधा रखनेवाले लोगों की संख्या 5 प्रतिशत या उससे भी कहीं कम है। आज भी ग्रामीण परिवारों में, जहाँ 97 प्रतिशत पुरुष स्व-रोजगार या आजीविका के अन्य साधन अपनाते हैं, वहीं 59.4 प्रतिशत महिलाएँ घर-गृहस्थी में ही जुटी हैं।

कुल मिलाकर पिछले कुछ वर्षों में किसानों की औसत आय बढ़ी जरूर है, पर आज भी कृषि व गैर-कृषि क्षेत्र में ग्रामीण भारत में ऋणों पर निर्भरता बनी हुई है। उम्मीद है कि आनेवाले समय में सन् 2022 तक कृषकों की आय दोगुनी करने का संकल्प लेकर चल रही केंद्र सरकार कृषि क्षेत्र में व्याप्त समस्याओं को और गंभीरता से लेगी, क्योंकि जब भारत गाँवों में बसता है तो जाहिर है कि भारत के लिए आर्थिक विकास का रास्ता भी गाँव की गलियों और खेत-खलिहानों से ही निकलता है। किसानों की आय बढ़ने पर भारत की अर्थव्यवस्था को गति और समावेशी विकास की कोशिश को बल ही मिलेगा।

24-08-2018, 'हमारा महानगर'

□

35

बढ़ रही है भारतीय अर्थव्यवस्था में मौद्रिक स्थिरता

रिजर्व बैंक ऑफ इंडिया की हाल ही में जारी वार्षिक रिपोर्ट में जहाँ एक ओर पिछले वित्तीय वर्ष 2017–18 में भारतीय अर्थव्यवस्था के प्रदर्शन की समीक्षा की गई है, वहीं दूसरी ओर मौजूदा वित्तीय वर्ष 2018–19 के दौरान आर्थिक विकास की संभावनाओं की भी विवेचना की गई है। यदि सन् 2017–18 में भारतीय अर्थव्यवस्था के प्रदर्शन की बात करें तो रिजर्व बैंक के अनुसार, इस अंतराल में घरेलू और वैश्विक स्तर पर अनेक सकारात्मक तत्त्वों के चलते भारतीय अर्थव्यवस्था में जहाँ एक ओर लचीलापन (फ्लेक्सिबिलिटी) देखने को मिली, वहीं दूसरी ओर मौद्रिक स्थिरता भी बढ़ती हुई नजर आई।

घरेलू स्तर पर लगातार पाँच वर्षों से महँगाई दर का अपनी लक्षित सीमा से कहीं कम ही रहना, चालू खाता घाटे का देश की सकल राष्ट्रीय आय (जी.डी.पी.) के 1.9 प्रतिशत के काफी संतोषजनक स्तर पर रहना, राजकोषीय संसाधनों का जी.एस.टी. जैसे बड़े संरचनात्मक सुधार के बावजूद सामान्य स्तर पर बने रहना आदि कुछ ऐसे सकारात्मक पहलू रहे, जिनसे न सिर्फ भारतीय अर्थव्यवस्था को बल मिला है, बल्कि इसके अच्छे परिणाम मौजूदा वित्तीय वर्ष 2018–19 में भी काफी प्रखरता से दिखाई पड़ेंगे।

दूसरी ओर, वैश्विक स्तर पर वित्तीय बाजारों में वैश्विक अर्थव्यवस्था में आई मजबूती की वजह से जो उत्साहपूर्ण वातावरण बना, उससे भी भारतीय अर्थव्यवस्था, को बल ही मिला है, हालाँकि इस दौरान वास्तविक जी.डी.पी. की विकास दर कुछ शिथिल अवश्य पड़ी, पर जिस प्रकार से पूँजी विनिर्माण और कंस्ट्रक्शन क्षेत्र में विकास दर बढ़ी है और कृषि क्षेत्र में रिकॉर्ड उत्पादन दर्ज किया गया है, उम्मीद की जा सकती है कि आनेवाले समय में भारतीय अर्थव्यवस्था का प्रदर्शन बेहतर ही होगा।

हालाँकि वैश्विक स्तर पर कमोडिटीज की कीमतों का ऊँचे स्तर पर बने रहना, विशेषकर तेल की कीमतों में वृद्धि, कहीं–कहीं मौद्रिक संकुचन की नीति, भू–राजनीतिक

मसलों और संरक्षणात्मक व्यापार नीति जैसे नकारात्मक प्रभाव भी भारतीय अर्थव्यवस्था पर पड़े। साथ ही घरेलू स्तर पर वित्तीय बाजारों में भारी उतार-चढ़ाव और बैंकों तथा कंपनियों की बैलेंस शीट्स पर खराब ऋणों के चलते भारी दबाव की स्थिति से जोखिम का आकलन भी बढ़ा।

रिजर्व बैंक के अनुसार, मौजूदा वित्तीय वर्ष में इनमें से अनेक जोखिम कम भी हुए हैं। खासतौर पर लगातार 3 वर्षों में मानसून अपने सामान्य स्तर पर रहा है और इस वर्ष भी कृषि उत्पादन में वृद्धि के काफी अच्छे संकेत हैं। साथ ही घरेलू माँग और एक्सपोर्ट ऑर्डर्स की मात्रा बढ़ने से औद्योगिक उत्पादन के क्षेत्र में विनिर्माण की दर ने तेजी पकड़ी है, जिससे अनेक कंपनियों की उत्पादन क्षमता का इस्तेमाल और तैयार माल की खपत दोनों बढ़ रहे हैं।

दूसरी ओर सर्विसेज सेक्टर में भी उत्पादों की प्रभावी माँग का स्तर बढ़ने की संभावनाओं के चलते विस्तार हुआ है, जिससे अतिरिक्त रोजगार के अवसरों का सृजन हुआ है। भारत एक उपभोक्ता प्रधान अर्थव्यवस्था है और ऐसे में यदि उपभोक्ता माँग का प्रभावी स्तर बढ़ता है तो इससे उत्पादन और रोजगार दोनों ही के बढ़ने की संभावना प्रबल हो जाती है।

यही कारण है कि एक बेहतर आर्थिक वातावरण बनने की संभावना के चलते रिजर्व बैंक ने मौजूदा वित्तीय वर्ष में भारत की आर्थिक विकास दर 7.4 प्रतिशत के करीब रहने का अनुमान लगाया है। गौरतलब है कि पिछले वर्ष भारत की आर्थिक विकास दर 6.7 प्रतिशत रही थी, इसके अलावा, ऐसे अनेक तत्त्व हैं, जिनसे रिजर्व बैंक के सकारात्मक दृष्टिकोण को अहमियत ही दी जा सकती है।

मौजूदा वित्तीय वर्ष के प्रथम तीन महीनों में औद्योगिक उत्पादन की विकास दर 5.2 प्रतिशत रही है। इस दौरान बैंक क्रेडिट दर भी 12.8 प्रतिशत से बढ़ी है। जुलाई माह में निर्यातों के कम होने का रुख पलटा है और उनमें 11 प्रतिशत का इजाफा हुआ है। विशेषकर टेक्सटाइल्स और वस्त्र उद्योग, जैसे श्रम-प्रधान उद्योगों में एक्सपोर्ट के बिजनेस में वृद्धि से रोजगार के अवसर बढ़ने की संभावना है।

कुल मिलाकर भारत में आर्थिक विकास की संभावनाएँ प्रबल हुई हैं और वैसे भी रिजर्व बैंक को लगता है कि यदि भारत में संरचनात्मक सुधारों की गति और भी तेज हुई तो विकास के नए आयाम खुलेंगे और भारत की अर्थव्यवस्था उच्च दर से विकास करने की स्थिति में कायम रह सकेगी।

31-08-2018, 'हमारा महानगर'

☐

36

रुपए के मूल्य में गिरावट चिंताजनक

पिछले दिनों रुपए का विनिमय मूल्य अपने रिकॉर्ड न्यूनतम स्तर पर जा पहुँचा। गौरतलब है कि मौजूदा कलेंडर वर्ष में डॉलर के मुकाबले रुपए के विनिमय मूल्य में तकरीबन 10 प्रतिशत की गिरावट आई है, जबकि पिछले माह में ही इसका मूल्य लगभग 3 प्रतिशत कम हुआ है। रुपए के मूल्य में गिरावट का दौर इतना प्रबल है कि रिजर्व बैंक के सक्रिय प्रयासों के बावजूद भी यह थम नहीं रहा है।

सवाल उठता है कि आखिर क्यों रुपए के मूल्य में लगातार कमी आ रही है? दरअसल इसके लिए ज्यादातर अंतरराष्ट्रीय बाजारों में तेल की लगातार बढ़ती कीमतों को जिम्मेदार समझा जा रहा है, जिससे भारत सहित अनेक उदयीमान अर्थव्यवस्थाओं की मुद्राओं के भी मूल्य का ह्रास हुआ है। इस मुश्किल दौर में अमेरिका और चीन जैसे बाहुबली देशों के मध्य चल रहे व्यापारिक मतभेद और परस्पर आयात शुल्क बढ़ाने की कवायद वैश्विक अर्थव्यवस्था में अस्थिरता का माहौल बना रहे हैं, जिससे भी चीन सहित अनेक उदयीमान अर्थव्यवस्थाओं की घरेलू मुद्रा के मूल्य में गिरावट आई है और भारत भी इसका अपवाद नहीं रहा है।

रुपए के विनिमय मूल्य में गिरावट का सीधा असर भारत में आयातित वस्तुओं की खुदरा कीमतों पर पड़ना लाजिमी है। विशेष रूप से इलेक्ट्रॉनिक वस्तुएँ, जैसे कि टी.वी., फ्रिज, वाशिंग मशीन, स्टील से बने उत्पाद, खाद (फर्टीलाइजर्स), खाद्य वस्तुएँ और तेल, जिनका कि बड़े पैमाने पर आयात किया जाता है, इन सभी वस्तुओं की कीमतों में इजाफा होने की संभावना है।

इसके अलावा अनेक ऐसे उत्पाद भी हैं, जिनके उत्पादन में आयातित कच्चे माल या उपकरणों का उपयोग होता है, जैसे कि एल.ई.डी. बल्ब आदि। रुपए के विनिमय मूल्य में गिरावट से इन वस्तुओं का मूल्य भी बढ़ने की संभावना है। अतः इन आयातों के महँगे होने से भारत का आयात बिल भी बढ़ जाने के पूरे आसार दिखाई पड़ रहे हैं।

गौरतलब है कि भारत अपनी जरूरतों का लगभग 80 प्रतिशत तेल विदेशों से आयात करता है और अंतरराष्ट्रीय स्तर पर बढ़ रहे भू-राजनीतिक दबावों, खासतौर पर अमेरिका द्वारा तेल निर्यात करनेवाले देश ईरान पर प्रतिबंध (सेंक्शंस) लगाए जाने के प्रस्ताव के मद्देनजर तेल की कीमतों में आए उछाल की वजह से भारत का आयात बिल बढ़ने का पूरा अंदेशा तो है ही, साथ ही इससे घरेलू बाजारों में महँगाई दर बढ़ने के भी काफी आसार हैं।

भारत के आर्थिक मामलों के सचिव की मानें तो एक ओर जहाँ विनिर्माण क्षेत्र में विकास दर अपने सामान्य स्तर पर है तो वहीं दूसरी ओर निवेश सेंटीमेंट भी बेहतर बना है। साथ ही उपभोक्ता माँग का प्रभावी स्तर भी बेहतर बन पड़ा है। इस प्रकार भारत अब विश्व में सबसे तेज गति से विकास करनेवाली अर्थव्यवस्था बन चुका है और दूसरे स्थान पर 6.7 प्रतिशत की विकास दर हासिल करनेवाले देश चीन को कहीं पीछे छोड़ चुका है।

भारत के वित्त मंत्री की मानें तो रुपए के मूल्य कम होने का कारण ज्यादातर वैश्विक तत्त्व हैं। उनके अनुसार, रुपए की विनिमय दर कम होने में घरेलू तत्त्व जिम्मेदार नहीं हैं। दरअसल पिछले कुछ अरसे से अमेरिकी डॉलर में आई मजबूती से लगभग सभी उदयीमान अर्थव्यवस्थाओं की करेंसी (मुद्रा) के मूल्य में ह्रास हुआ है और भारतीय रुपया भी कुछ इन्हीं वजहों से आहत हुआ है।

ऐसे में जिस प्रकार रुपए के विनिमय मूल्य में गिरावट का रुख जारी है, विदेशों से कच्चा माल, उपकरण, वस्तुएँ और सेवाएँ आयात करनेवाली कंपनियों को विदेशी मुद्रा विनिमय दर सामान्य स्तर पर बनाए रखने के लिए इसमें निहित जोखिम का प्रबंधन करना आवश्यक है। ब्याज की दरों के निमित्त हेजिंग का चलन भी बढ़ा है, पर इसकी बढ़ी हुई लागत भी आयातकों पर अतिरिक्त दबाव बना सकती है।

कुल मिलाकर हमें अंतरराष्ट्रीय स्तर पर जहाँ एक ओर तेल की कीमतों या भू-राजनीतिक मसलों के सामान्य होने का इंतजार करना होगा, वहीं दूसरी ओर यह भी सुनिश्चित करना होगा कि घरेलू अर्थव्यवस्था अपना प्रदर्शन लगातार बेहतर बनाए।

07-09-2018, 'हमारा महानगर'

□

37

सकारात्मक रुझानों से बढ़ेगी आर्थिक विकास दर

हाल ही में जिस प्रकार अंतरराष्ट्रीय स्तर पर मान्य मुद्रा अमेरिकी डॉलर के मुकाबले भारतीय मुद्रा रुपए के मूल्य में गिरावट के दौर के चलते एक नकारात्मक आर्थिक वातावरण-सा बनता नजर आ रहा था, बावजूद इसके मौजूदा वित्तीय वर्ष 2018-19 की प्रथम तिमाही में आर्थिक विकास दर 8 प्रतिशत से भी अधिक बढ़ी तो यकायक यह अप्रत्याशित जान पड़ा।

विशेष रूप से तब जबकि सकल राष्ट्रीय आय (जी.डी.पी.) के गणन का आधार वर्ष सन् 2004-05 से बदलकर 2011-12 किया गया, जो कि अधिक प्रासंगिक है। दूसरा, विगत दो वर्षों में नोटबंदी और जी.एस.टी. जैसे बड़े संरचनात्मक आर्थिक बदलावों के मद्देनजर कुछ शिथिल पड़ती आर्थिक विकास दर में तेजी आने से कुछ आशंका भी पनपी कि क्या वाकई आर्थिक क्रियाओं का स्तर इतना बेहतर बन पड़ा है? उल्लेखनीय है कि अप्रैल से जून के दरमियान तीन महीनों के अंतराल में विनिर्माण क्षेत्र तथा विद्युत्, गैस, आवश्यक सेवाएँ आदि के उत्पादन में 7 प्रतशित या उससे अधिक दर से वृद्धि देखी गई। साथ ही कृषि व प्राथमिक क्षेत्र में भी 5.3 प्रतिशत की दर से विकास हुआ। कई अन्य क्षेत्रों में भी प्रदर्शन सुधरा।

कुछ इसी प्रकार का रुख जुलाई माह में भी जमता दिख रहा है, जो वाकई यह संकेत देता है कि भारतीय अर्थव्यवस्था में मजबूती बढ़ रही है। भारत सरकार के सांख्यिकी विभाग द्वारा जारी रिपोर्ट के अनुसार, जुलाई माह में औद्योगिक उत्पादन सूचकांक का स्तर 125.8 रहा, जो कि जुलाई 2017 के मुकाबले 6.6 प्रतिशत अधिक रहा है। विशेष रूप से विनिर्माण क्षेत्र में विकास दर 7 प्रतिशत रही, जबकि विद्युत् उत्पादन 6.7 प्रतिशत से बढ़ा है।

विनिर्माण क्षेत्र में तो आलम यह है कि 23 उद्योग समूहों में से 20 में जुलाई माह में विकास दर सकारात्मक रही है। यहाँ अगर उपयोग के आधार पर अध्ययन करें तो

प्राथमिक एवं आधारभूत वस्तुओं का उत्पादन, जहाँ क्रमशः 6.9 व 8.4 प्रतिशत से बढ़ा, वहीं पूँजीगत व मध्यवर्ती वस्तुओं का उत्पादन क्रमशः 3.0 एवं 1.2 प्रतिशत से बढ़ा है। जाहिर है कि आनेवाले समय में आर्थिक क्रियाओं में विकास की गति ऊँचे स्तर पर बनाए रखने के लिए आर्थिक सुधारों शृंखला जारी रखनी होगी।

उधर, अगस्त माह में खुदरा महँगाई दर 3.69 प्रतिशत रही, जो कि पिछले 10 महीनों का न्यूनतम स्तर है। खास बात तो यह भी है कि इस दौरान ग्रामीण भारत में खुदरा महँगाई की दर महज 3.41 प्रतिशत रही। अब जबकि पेट्रोल और डीजल की कीमतें हर दिन थोड़ी-थोड़ी बढ़ ही रही हैं, तब महँगाई की औसत दर का यूँ कम होना वाकई राहत भरी खबर है।

दरअसल, उपभोक्ता मूल्य सूचकांक के गठन में खाद्य वस्तुओं का भार 45 प्रतिशत है और अगस्त माह में इन वस्तुओं के मूल्य काफी कम हुए हैं। एक ओर जहाँ खाद्यान्नों का मूल्य महज 2.98 प्रतिशत से बढ़ा है। वहीं दूसरी ओर सब्जियों, दालों व मसालों की कीमतें 7.00,7.76 व 5.45 प्रतिशत से कम हुई हैं, उधर केंद्र सरकार द्वारा सौ से अधिक उत्पादों पर लागू जी.एस.टी. दरें कम करने पर खुदरा महँगाई दर में कमी आई है, हालाँकि ईंधन व विद्युत् उत्पादों की कीमतें इस दौरान 8.47 प्रतिशत से बढ़ीं और उन्होंने खासा दबाव औसत महँगाई दर पर बनाया।

जानकारों की मानें तो खरीफ फसलों की न्यूनतम विक्रय कीमतों (एम.एस.पी.) में वृद्धि के मद्देनजर यदि अंतरराष्ट्रीय बाजारों में तेल की कीमतों में वृद्धि का दौर यूँ ही चलता रहा तो आनेवाली दूसरी तिमाही में महँगाई दर का औसत स्तर कुछ बढ़ सकता है। ऐसे में रिजर्व बैंक जाहिर तौर पर फिलहाल नीतिगत दरों के मसले पर तटस्थ रुख अख्तियार कर सकता है।

उधर, रुपए की विनिमय दर भले ही कमजोर पड़ रही हो, पर इसका सकारात्मक प्रभाव हमारे यहाँ से निर्यात की जानेवाली वस्तुओं और सेवाओं पर पड़ा है। केंद्रीय वाणिज्यिक व उद्योग मंत्री की मानें तो अगस्त माह में हमारे निर्यात 19.21 प्रतिशत से बढ़े हैं और उनका मूल्यांकन 27.84 बिलियन डॉलर तक जा पहुँचा है। खास बात यह है कि गैर-पेट्रोलियम उत्पादों का निर्यात भी औसतन 17.43 प्रतिशत से बढ़ा है।

इसके अलावा हाल ही में रुपए की विनिमय दर में गिरावट का रुख भी कुछ थमता दिख रहा है और आंशिक रूप से ही सही, उसका मूल्य डॉलर के सापेक्ष कुछ बढ़ा ही है। कुल मिलाकर भारतीय अर्थव्यवस्था में कई सकारात्मक रुख नजर आ रहे हैं, पर उन्हें कायम रखना काफी चुनौतीपूर्ण साबित हो सकता है।

15-09-2018, 'हमारा महानगर'

□

38

मानव विकास सूचकांक में सुधार उत्साहजनक

हाल ही में संयुक्त राष्ट्र विकास कार्यक्रम (यू.एन.डी.पी.) द्वारा जारी रिपोर्ट में भारत की वरीयता एक पायदान से बेहतर रहते हुए 130वीं रही। यहाँ दो बातें महत्त्वपूर्ण हैं। एक है सकारात्मक पहलू और वो यह कि भारत की वरीयता आंशिक रूप से ही सही, पर पहले से बेहतर बनी है। वस्तुतः सन् 1990 और 2017 के दरमियान भारत का मानव विकास सूचकांक में स्कोर 0.427 से 50 प्रतिशत बढ़कर 0.640 हो गया है। इसका सीधा सा अभिप्राय यह भी है कि भारत, जो पहले निम्न मानव विकास वर्ग में शामिल किया जाता था, वो अब मध्यम वर्ग में पहुँच चुका है और निरंतर उसकी वरीयता में सुधार भी होता दिखाई दे रहा है।

अब यहाँ सवाल उठता है कि आखिर यह मानव विकास सूचकांक है क्या और इसकी गणना में किन तत्त्वों को महत्त्व दिया जाता है? दरअसल मानव विकास सूचकांक एक संयुक्त सूचकांक है, जिसके गणन में जीवन प्रत्याशा, शिक्षा और प्रति व्यक्ति आय जैसे संकेतकों को शामिल किया जाता है और इसके आधार पर विभिन्न देशों को तीन वर्गों में बाँटा जाता है। जिन देशों में जीवन प्रत्याशा, शिक्षा का औसत स्तर और प्रति व्यक्ति आय अधिक है, उन्हें ऊँची वरीयता मिलती है। इस वर्ग में फिलहाल 112 देश शामिल किए गए हैं। जिन देशों में उपरोक्त तीनों मानदंड कमजोर हैं, उन्हें निम्न मानव विकास वर्ग में रखा जाता है। मौजूदा रिपोर्ट 2018 में इन देशों की संख्या 38 है।

भारत की वरीयता 130वीं है, जो मध्यम मानव विकास वर्ग में शामिल 113 से 151 वरीयतावाले देशों के बीच स्थित है। उच्च वर्ग में नॉर्वे 0.953 अंकों के साथ प्रथम स्थान पर तथा स्विट्जरलैंड एवं ऑस्ट्रेलिया क्रमशः 0.944 और 0.939 अंकों के साथ द्वितीय एवं तृतीय स्थान पर हैं। मध्यम वर्ग में 113वीं वरीयता तथा 0.699 अंकों के साथ फिलीपींस और दक्षिण अफ्रीका टॉप पर हैं, जबकि 150 व 151वीं वरीयता पर क्रमशः

0.562 व 0.556 अंकों के साथ पाकिस्तान व केमेरॉन अंतिम पायदान पर हैं।

इन सबके बीच भारत का स्कोर 0.640 है और यह पिछले वर्ष की तुलना में काफी बेहतर हुआ है। जाहिर है कि उच्च वर्ग में पहुँचने या मध्यम वर्ग में भी टॉप रैंकिंग हासिल करने के लिए अभी एक लंबा सफर भारत को तय करना है और स्वास्थ्य, शिक्षा और प्रति व्यक्ति आय का स्तर बढ़ने पर ही यह मंजिल पाई जा सकती है। यहाँ यह बात भी ध्यान देने योग्य है कि सामान्यतया विश्व भर में मानव विकास सूचकांक के औसत स्तर में सुधार का रुख देखा जा रहा है। जहाँ अनेक देशों ने न सिर्फ अपने स्कोर बढ़ाए हैं और वरीयता में इजाफा किया है, बल्कि वे निम्न वर्ग से मध्यम या फिर उच्च वर्ग में अपनी जगह बनाने में सफल भी हुए हैं।

एच.डी.आई. रिपोर्ट के अनुसार, सन् 2017 में सर्वे में शामिल 189 देशों में से 59 देश उच्च मानव विकास वर्ग में और 38 देश निम्न मानव विकास वर्ग में शामिल हैं, जबकि सन् 2016 में इनकी संख्या क्रमश: 46 व 49 थी। इसका कारण है आम लोगों के शैक्षणिक स्तर, स्वास्थ्य और औसत आय में लगातार सुधार होते रहना। आज बच्चे सन् 1990 की तुलना में औसतन 3.4 वर्ष अधिक पढ़ा करते हैं। जीवन प्रत्याशा में भी काफी सुधार हुआ है।

उदाहरण के लिए, भारत ही को लें। सन् 1990 और 2017 के मध्य भारत में जन्म के समय जीवन प्रत्याशा में औसतन 11 वर्षों की वृद्धि हई है। आज स्कूलों में बच्चे 4.7 वर्ष ज्यादा पढ़ते हैं, जो वैश्विक औसत से कहीं अधिक है। इसके अलावा, यहाँ प्रति व्यक्ति कुल आय में शानदार 266.6 प्रतिशत की वृद्धि हुई है।

अब अगर मानव विकास सूचकांक के नकारात्मक पहलू की बात करें तो आज भी विकसित और विकासशील देशों में काफी असमानता है। जहाँ नॉर्वे जैसे टॉप रैंकवाले देश में जीवन प्रत्याशा 82 वर्ष है, वहीं नाइजर जैसे निम्नतम वरीयता वाले देश में यह महज 60 वर्ष है। इसी प्रकार टॉप मानव विकास सूचकांकवाले देशों में बच्चे स्कूलों में निम्न वर्गवाले देशों के बच्चों के मुकाबले करीब सात वर्ष अधिक पढ़ाई कर पाते हैं।

इस प्रकार विश्व स्तर पर अभी भी शैक्षणिक और आर्थिक असमानता व्याप्त है। कुल मिलाकर भारत में लाखों लोग गरीबी के कुचक्र से बाहर जरूर निकले हैं, पर वैश्विक स्तर पर भारत की रैंक ऊँची करने के लिए आर्थिक असमानता को तेजी से कम करना होगा, जिससे भारतीयों का औसत प्रदर्शन और भी अच्छा बनाया जा सके।

21-09-2018, 'हमारा महानगर'

□

39

भारतीय अर्थव्यवस्था में बढ़ रही है मजबूती

हाल ही में एशियाई विकास बैंक द्वारा जारी एक रिपोर्ट में यह उम्मीद जताई गई है कि घरेलू माँग (डिमांड) के स्तर में सुधार, औद्योगिक विकास दर में लगातार वृद्धि के रुख और बेहतर निर्यात-आयात समीकरणों के मद्देनजर मौजूदा वित्तीय वर्ष में भारत की अर्थव्यवस्था के 7.3 प्रतिशत से विकास करने की संभावना है।

दरअसल एशियन विकास बैंक एक क्षेत्रीय विकास बैंक है, जिसकी स्थापना सन् 1966 में हुई थी। पिछले करीब 52 वर्षों से फिलीपींस में मुख्यालय और विश्व भर में 30 से अधिक दफ्तर रखनेवाला यह बैंक लगातार एशिया क्षेत्र में सामाजिक और आर्थिक विकास को प्रोत्साहित करने में अपना महत्त्वपूर्ण योगदान देता आ रहा है। इस दौरान उसके सदस्य देशों की संख्या 31 से बढ़कर 67 हो चुकी है, जिनमें 48 सदस्य देश एशिया व प्रशांत क्षेत्र से हैं, जबकि 19 अन्य सदस्य हैं। हाल ही में जारी एशियाई विकास दृष्टिकोण (एशियन डेवलपमेंट आउटलुक) 2018 नामक यह रिपोर्ट इस संस्थान द्वारा प्रकाशित की जानेवाली एक प्रतिष्ठित वार्षिक रिपोर्ट है, जिसे विश्व भर में काफी प्रमुखता से देखा-पढ़ा जाता है।

रिपोर्ट के अनुसार, भारत सरकार द्वारा समय-समय पर उठाए गए आर्थिक सुधार के छोटे-बड़े कदमों से अल्पकालीन झटकों को झेल चुकी भारतीय अर्थव्यवस्था में आर्थिक विकास दर ने रफ्तार पकड़ ली है और इसमें अब उत्तरोत्तर विकास ही होने की संभावना फिलहाल नजर आ रही है। गौरतलब है कि एशियाई विकास बैंक ने अगले वित्तीय वर्ष 2019 में भारत की विकास दर बढ़कर 7.6 प्रतिशत हो जाने की उम्मीद जताई है। उसके अनुसार आर्थिक सुधारों का सिलसिला जारी रहने से भारतीय अर्थव्यवस्था में मजबूती तो आएगी ही, साथ ही निवेशकों का मनोबल भी बढ़ेगा।

दरअसल भारत में मौजूदा वित्तीय वर्ष 2018 की प्रथम तिमाही में आर्थिक विकास दर 8.2 प्रतिशत रही है। इस दौरान निजी उपभोग की विकास दर 8.6 प्रतिशत रही, जिसमें खास बात यह रही कि ग्रामीण क्षेत्रों में निजी उपभोग के लिए माँग फिर से बढ़ी है, जो यह स्पष्ट करता है कि नोटबंदी का यदि कोई नकारात्मक असर था, भी तो वह अब गुजर

चुका और ग्रामीण भारतीयों की औसत आय में इजाफा हुआ है।

इसके अलावा पिछली दो तिमाहियों से निवेश दर 10 प्रतिशत या अधिक से बढ़ रही है। एक ओर सरकार द्वारा नई आधारभूत विकास परियोजनाओं पर किए जानेवाले पूँजीगत खर्च में वृद्धि तो दूसरी ओर एक बेहतर व्यावसायिक वातावरण के निर्माण की वजह से भी निवेश दर में अब डबल डिजिट विकास दर का रुख पनपा है। साथ ही उत्पादन के क्षेत्र में जी.एस.टी. संबंधित कार्य प्रणालियों में लगातार सुधार या यूँ कहें कि इसके क्रियान्वयन में आई कठिनाइयों के निवारण के चलते काफी सुधार आया है, जिससे औद्योगिक उत्पादन सूचकांक ने भी बढ़त दिखाई है, उधर ग्रामीण क्षेत्रों में एक ओर नए घरों का निर्माण बढ़ने तो दूसरी ओर आधारभूत सेवाओं के विस्तार से कंस्ट्रक्शन उद्योग को भी प्रोत्साहन मिला है, हालाँकि सेवा क्षेत्र जैसे कि व्यापार, यातायात और संचार क्षेत्र में अभी भी जी.एस.टी. को लेकर कुछ मसले हैं, लेकिन फिर भी आंशिक रूप से ही सही, पर इनमें भी विकास दर का रुख सकारात्मक ही है। यही कारण है कि एशियाई विकास बैंक को भारत की अर्थव्यवस्था में दम नजर आ रहा है और उसे उम्मीद है कि अच्छे मानसून और खाद्यानों की न्यूनतम क्रय कीमतों (एम.एस.पी.) में वृद्धि आदि से वित्तीय वर्ष 2018 में आर्थिक विकास दर लगातार मजबूत होने की संभावना दिखाई दे रही है। निजी निवेश के बढ़ने से रोजगार के अवसर भी बढ़ेंगे।

हालाँकि निर्यात बढ़ने की संभावना है, लेकिन यदि आयात उससे कहीं ज्यादा तेजी से बढ़े तो चालू खाता घाटे पर दबाव बढ़ सकता है। साथ ही अंतरराष्ट्रीय बाजारों में तेल की बढ़ती कीमतों और कमजोर वैश्विक पूँजीगत अंतरवाह (इनफ्लो) के चलते कुछ दबाव और बढ़ेंगे, लेकिन अगले वित्तीय वर्ष 2019 में बेहतर निवेश और राजकोषीय प्रदर्शन की बदौलत स्थितियाँ अनुकूल बनेंगी और आर्थिक विकास दर में और भी सुधार होगा।

उधर एक अन्य प्रतिष्ठित रेटिंग एजेंसी फिच ने भी भारत की आर्थिक विकास दर के पूर्वानुमान को पूर्व-घोषित 7.4 प्रतिशत से बढ़ाकर 7.8 प्रतिशत कर दिया है, हालाँकि उसने वैश्विक बाजारों में तेल की बढ़ती कीमतों और भारतीय बैंकों की कमजोर होती बैलेंस शीट के प्रति सतर्क रहने की चेतावनी भी दी है। कुल मिलाकर भारत की अर्थव्यवस्था में विकास की दर रफ्तार पकड़ चुकी है और यही कारण है कि माना जा रहा है कि महँगाई या फिर बैंकों से खस्ता वित्तीय प्रदर्शन जैसी चुनौतियाँ होते हुए भी आनेवाले वित्तीय वर्ष में भारत की अर्थव्यवस्था में उत्तरोत्तर विकास की संभावना अधिक प्रबल नजर आ रही है।

28-09-2018, 'हमारा महानगर'

□

40

समावेशी विकास हो सेवाओं के व्यापार का आधार

हाल ही में अंतरराष्ट्रीय मुद्रा कोष, विश्व बैंक और अंतरराष्ट्रीय व्यापार संगठन के संयुक्त तत्त्वावधान में प्रकाशित 'व्यापार और समावेशी विकास में मजबूती' नामक रिपोर्ट में वैश्विक स्तर पर सेवा-क्षेत्र (सर्विसेज सेक्टर) को और अधिक उदार बनाने की जबरदस्त सिफारिश की गई है। इस रिपोर्ट के अनुसार, मौजूदा दौर में सेवाक्षेत्र में वैश्विक स्तर पर व्यवसाय करने पर अभी तमाम बाधाएँ और रुकावटें हैं। यही नहीं, ये रुकावटें इतनी अधिक हैं, जितनी कि करीब 5 दशक पहले वस्तुओं के आयात-निर्यात करने पर लगाई जाती थीं।

जाहिर तौर पर आधुनिक युग में उदारीकरण के दौर के शुरू होने के बावजूद सूचना एवं प्रौद्योगिकी सहित अन्य सेवाओं का विस्तार उतनी तेजी से नहीं हुआ जितनी कि अपेक्षा थी या फिर यूँ कहें कि आवश्यकता थी। दरअसल सेवा और ई-कॉमर्स क्षेत्र में विस्तार से अंतरराष्ट्रीय स्तर पर बेहतर प्रतिस्पर्धात्मकता बढ़ने पर एक ओर जहाँ इस क्षेत्र में उत्पादकता बढ़ाई जा सकती है, वहीं दूसरी ओर समूचे विश्व के लोगों के जीवन स्तर में सुधार भी लाया जा सकता है।

सेवा क्षेत्र को वैश्विक व्यापार में प्रोत्साहन मिलने पर विशेष रूप से ग्रामीण इलाकों, छोटे उद्योगों और महिला सशक्तीकरण को और अधिक मजबूती मिल सकती है। यही कारण है कि इन प्रतिष्ठित संस्थानों द्वारा जारी इस रिपोर्ट में सेवा क्षेत्र में अंतरराष्ट्रीय व्यवसाय को सुगम और बाधा रहित बनाने की पुरजोर सिफारिश की गई है, ताकि इससे आर्थिक विकास के साथ-साथ समावेशी विकास भी हासिल किया जा सके।

अंतरराष्ट्रीय स्तर पर विश्व व्यापार संगठन जैसे 'वसुधैव कुटुम्बकम्' की अवधारणा को प्रदान करनेवाले सशक्त मंच उपलब्ध होने के बावजूद पिछले करीब 2

दशकों में व्यापारिक सुधार की गति और दिशा इतनी तेजी से आगे न बढ़ सकी, जितनी कि अपेक्षा थी। यह वाकई एक गंभीर मसला है, क्योंकि वैश्विक व्यापार का स्तर बढ़ने से सदस्य देशों में आर्थिक विकास की गति को बल ही मिलता है। ऐसे में जब यदि द्वितीय विश्वयुद्ध के बाद से 21वीं सदी तक का इतिहास देखें तो विकसित और विकासशील दोनों ही प्रकार के देशों में वस्तुओं के आयात-निर्यात पर लागू शुल्क के औसत स्तर में काफी कमी आई और उससे विश्व भर में लोगों के जीवन स्तर में सुधार भी आया, लेकिन फिर भी विभिन्न देशों में विनियमन में विविधता और अन्य रुकावटों की वजह से सेवाओं के क्षेत्र में अभी भी उतना व्यावसायिक विकास नहीं हो सका है, जितना कि होना चाहिए था।

गौरतलब है कि समूचे विश्व में जो विभिन्न देशों की सकल आय है, उसका दो-तिहाई हिस्सा सेवा क्षेत्र से आता है। यही नहीं, कुल वैश्विक रोजगार में सेवा क्षेत्र का योगदान भी लगभग इतना ही है। इसके अलावा कुल वैश्विक व्यवसाय में सेवा क्षेत्र की हिस्सेदारी 50 प्रतिशत से अधिक है। पिछले कुछ दशकों में जहाँ डिजिटल तकनीक के विकास से जब सेवा क्षेत्र में वैश्विक व्यापार करना आसान हुआ है तो ऐसे में विभिन्न देशों द्वारा व्यावसायिक बाधाओं को अभी भी कठिन बनाकर रखने का कोई औचित्य समझ नहीं आता। यही कारण है कि अंतरराष्ट्रीय मुद्रा कोष व अन्य प्रतिष्ठित संस्थानों द्वारा जारी इस रिपोर्ट में सेवा क्षेत्र को वैश्विक स्तर पर और 'खुला' करने की आवश्यकता पर बल दिया गया है।

05-10-2018, 'हमारा महानगर'

□

41

रिजर्व बैंक ने ब्याज दरें रखीं यथावत्

सामान्य अपेक्षाओं से कुछ अलग रुख अख्तियार करते हुए रिजर्व बैंक ने हाल ही में घोषित मौद्रिक नीति में नीतिगत दरों को बढ़ाने से परहेज रखा है। परिणामस्वरूप नीतिगत दरें अपने मौजूदा स्तर पर बरकरार रखी गई हैं। रिजर्व बैंक के इस फैसले के संदर्भ में पूँजी बाजार और वित्तीय बाजारों की प्रतिक्रिया भी अनुकूल नहीं रही और हमने देखा कि शेयर बाजार के सूचकांक गोता लगाकर पिछले छह वर्षों के न्यूनतम स्तर पर जा पहुँचे और रुपए का विनिमय मूल्य और भी कम होकर 74 से भी कुछ नीचे खिसक गया।

जाहिर तौर पर तेल की बढ़ती कीमतों और अन्य कारणों से आमतौर पर यह समझा जा रहा था कि आनेवाले समय में महँगाई बढ़ने की संभावना के मद्देनजर रिजर्व बैंक नीतिगत दरों में सांकेतिक ही सही, पर कुछ वृद्धि अवश्य करेगा, मगर ऐसा हुआ नहीं। दरअसल रिजर्व बैंक ने मौजूदा और आगामी आर्थिक वातावरण का जो मूल्यांकन किया है, उसी के आधार पर मौद्रिक नीति में अपना मौजूदा रुख बरकरार रखा है।

हालाँकि अगस्त माह में की गई मौद्रिक समीक्षा के बाद इन दो महीनों में वैश्विक बाजारों में बढ़ रहे व्यावसायिक टकरावों के बावजूद वैश्विक आर्थिक क्रियाओं का स्तर ठीक-ठाक ही रहा, लेकिन फिर भी कुछ उतार-चढ़ाव का दौर तो कुछ बढ़ती हुई अनिश्चितता की संभावना के मद्देनजर रिजर्व बैंक ने रेपो रेट को 6.50 प्रतिशत और रिवर्स रेपो रेट को 6.25 प्रतिशत तक के मौजूदा स्तर पर यथावत् रखा है।

जहाँ तक वैश्विक आर्थिक वातावरण का प्रश्न है तो एक ओर जहाँ अमेरिका और जापान जैसी विकसित अर्थव्यवस्थाओं में आर्थिक क्रियाओं में बढ़त देखी गई है, वहीं दूसरी ओर यूरोपियन यूनियन सरीखी कुछ मजबूत अर्थव्यवस्थाओं में आर्थिक क्रियाओं की गति कमजोर ही रही, उधर उदयीमान अर्थव्यवस्थाओं में भी कुछ इसी तर्ज पर जहाँ एक ओर रूस और ब्राजील जैसे देशों की अर्थव्यवस्था ने गति पकड़ी है तो दूसरी ओर कई अन्य देश जैसे कि चीन और दक्षिण अफ्रीका आदि में आर्थिक विकास दर शिथिल हुई है।

दूसरी ओर, वैश्विक बाजारों में भी निर्यात ऑर्डर्स और वाहनों की बिक्री सामान्यतया कम हुई है। इसके अलावा अमेरिका जैसे बाहुबली देश के द्वारा तेल के एक अहम

निर्यातक देश ईरान पर लगाए जानेवाले प्रतिबंध के मद्देनजर तेल की कीमतों में वृद्धि की संभावना है, हालाँकि मेटल तथा गोल्ड की कीमतें कुछ कम अवश्य हुई हैं, लेकिन फिर भी बढ़ते तेल संकट और मुद्रा अवमूल्यन की वजह से भारत सहित अनेक उदयीमान अर्थव्यवस्थाओं में महँगाई बढ़ने का रुख नजर आ रहा है।

उधर विश्व में ऐसे कुछ भू-राजनीतिक मसले भी हैं, जो कि मौजूदा आर्थिक वातावरण की कठिनताओं को और भी जटिल बना रहे हैं, अगर वैश्विक वित्तीय बाजारों की बात करें तो एक ओर जहाँ अमेरिका और जापान सरीखी कुछ विकसित अर्थव्यवस्थाओं में वहाँ के स्टॉक मार्केट्स में सकारात्मक ट्रेंड देखे गए हैं, वहीं दूसरी ओर, अनेक उदयीमान अर्थव्यवस्थाओं में विदेशी पोर्टफोलियो निवेश घटा है। जाहिर तौर पर रिजर्व बैंक के अनुसार वैश्विक अर्थव्यवस्था में यद्यपि कुछ विकसित अर्थव्यवस्थाओं में प्रदर्शन सुधरा है, लेकिन ज्यादातर देशों में आर्थिक वातावरण पूँजी व वित्तीय बाजारों को अस्थिर ही बना रहा है।

अब अगर भारत की घरेलू अर्थव्यवस्था की बात करें तो मौजूदा वित्तीय वर्ष की प्रथम तिमाही में हमारी सकल राष्ट्रीय आय 8.2 प्रतिशत से बढ़ी। खास बात यह भी है कि पिछली चार तिमाहियों से जी.डी.पी. लगातार बढ़ रही है और इस लिहाज से इसे एक बेहतरीन प्रदर्शन माना जा सकता है। एक ओर जहाँ सकल पूँजी निर्माण दर पिछली दो तिमाही में लगातार डबल डिजिट दर से बढ़ती रही है, वहीं दूसरी ओर अगस्त और सितंबर माह का विनिर्माण क्रय-मैनेजर्स सूचकांक (पी.एम.आई.) भी औद्योगिक उत्पादन में वृद्धि के संदर्भ में सकारात्मक संकेत ही दे रहा है।

उधर खाद्य वस्तुओं के मूल्य में आई औसत गिरावट की वजह से खुदरा महँगाई दर, जो जून माह में 4.9 प्रतिशत रही थी, वो अगस्त माह में कम होकर 3.7 प्रतिशत ही रह गई, लेकिन फिर भी ईंधन और विद्युत् क्षेत्रों में कीमतें बढ़ी हैं और जिसका एक कारण भले ही अंतरराष्ट्रीय बाजारों में तेल और प्राकृतिक गैस की कीमतें बढ़ना रहा हो, पर जिस प्रकार अनेक भू-राजनीतिक और आर्थिक तत्त्वों की मौजूदगी से अभी भी इस क्षेत्र में अनिश्चितता की स्थिति बनी है, लगता है, आनेवाले समय में महँगाई दर पर दबाव बना ही रहेगा।

हालाँकि रिजर्व बैंक ने वर्ष की दूसरी तिमाही के लिए महँगाई दर का पूर्वानुमान 4 प्रतिशत ही रखा है, जबकि आर्थिक विकास दर के पूर्वानुमान को भी 7.4 प्रतिशत पर बरकरार रखा है, ऐसे में उम्मीद की जा सकती है कि वैश्विक अर्थव्यवस्था में आर्थिक वातावरण सुधरने पर भारतीय अर्थव्यवस्था का प्रदर्शन और भी बेहतर हो सकेगा।

12-10-2018, 'हमारा महानगर'

□

42

व्यापार संकट ने बढ़ाया वैश्विक बैंकों पर दबाव

हाल ही में इंडोनेशिया के प्रसिद्ध शहर बाली में अंतरराष्ट्रीय वित्त संस्थान (इंस्टिट्यूट ऑफ इंटरनेशनल फाइनेंस) के तत्त्वावधान में आयोजित एक सम्मेलन में वैश्विक अर्थव्यवस्था में तेजी से बढ़ रहे व्यापारिक मतभेदों के संदर्भ में चिंता व्यक्त की गई है। गौरतलब है कि अंतरराष्ट्रीय वित्त संस्थान विश्व भर के प्रमुख वित्तीय संस्थानों का एक वैश्विक संगठन है, जिसकी स्थापना सन् 1980 के दशक में वैश्विक ऋण संकट से निपटने के मकसद से की गई थी।

विश्व के जाने-माने विकसित देशों में 38 प्रमुख बैंकों द्वारा सन् 1983 में स्थापित इस संस्थान का मुख्य उद्देश्य वित्तीय सेवा क्षेत्र के समक्ष प्रस्तुत जोखिम को कम करना और सक्षम व्यावसायिक मानदंडों को तय करना है। साथ ही वित्तीय सेवा क्षेत्र के लिए उचित विनियमन तथा हितकारी वित्तीय एवं आर्थिक नीतियों के निर्धारण हेतु भी यह संगठन कार्यरत है।

कुल मिलाकर वैश्विक वित्तीय बाजारों में स्थिरता और वैश्विक आर्थिक क्रियाओं के उत्तरोत्तर विकास के लिए यह संगठन अपना महत्त्वपूर्ण योगदान देता रहा है। आज विश्व के 70 देशों से करीब 500 सदस्य इस संस्थान से जुड़ चुके हैं।

हाल ही में बाली में आयोजित इस वार्षिक सम्मेलन में मौजूदा वैश्विक आउटलुक और वित्तीय बाजारों में बढ़ रहे जोखिम सहित अनेक मुद्दों पर व्यापक चर्चा की गई। विशेष रूप से वैश्विक स्तर पर बैंकिंग उद्योग में बढ़ रहे जोखिम पर चिंता व्यक्त की गई। खास बात यह है कि विश्व भर में बैंकों की बैलेंस शीट के मजबूत करने के भरपूर प्रयासों के बावजूद वैश्विक वित्तीय बाजार अब भी पूरी तरह नियंत्रित नहीं किए जा सके हैं।

जाहिर है, ऐसे में एक ओर वित्तीय बाजारों में बढ़ते जोखिम को कम करने तो

दूसरी ओर वित्तीय स्थिरता का वातावरण बनाने जैसी चुनौतियाँ भी हैं, जिन्हें तवज्जो देना वक्त की माँग है। वस्तुतः पिछले दशक में वैश्विक मंदी के जंजाल से बाहर निकलने की जद्दोजहद में विश्व भर के सभी प्रमुख देशों ने हाथ मिलाकर तत्कालीन दौर में प्रस्तुत कठिन परिस्थितियों का सामना करते हुए वित्तीय स्थिरता बहाल करने और आर्थिक विकास दर को सामान्य स्तर पर लाने का समन्वित प्रयास किया था।

लेकिन मौजूदा दौर में वैश्विक व्यापार के क्षेत्र में जिस प्रकार अमेरिका और चीन सहित कई देश अपने-अपने हितों का संरक्षण करने की कोशिश में लगे हुए हैं, उससे न सिर्फ वैश्वीकरण की अवधारणा को आघात लगा है, बल्कि वित्तीय बाजारों को भी इसका खामियाजा भुगतना पड़ा है। विशेष रूप से भारत जैसी अनेक इमरजिंग अर्थव्यवस्थाओं को पूँजी के बहिर्गमन का दौर संकट में डाल रहा है। इन देशों के वित्तीय बाजारों में किस कदर अफरा-तफरी का माहौल परेशानी का सबब बना है, इसका अंदाजा इनके शेयर बाजारों के बिखरकर टूटने की स्थिति से लगाया ही जा सकता है।

इसका एक कारण यह भी बताया जा रहा है कि जिस प्रकार ग्लोबल मंदी के मुश्किल दौर से बाहर निकलने के लिए विकसित देशों में ब्याज दरों को लगभग नगण्य स्तर पर बनाए रखा गया, उसके चलते वित्तीय बाजारों में अत्यधिक तरलता की स्थिति पनपी, जिससे वित्तीय सिस्टम में जोखिम बढ़ा ही है। इसके अलावा अंतरराष्ट्रीय व्यापार के क्षेत्र में बढ़ते संरक्षणवाद की वजह से एक प्रकार से व्यापार-युद्ध जैसी स्थिति पनप रही है, जो वैश्वीकरण की मूल अवधारणा के विरुद्ध तो है ही, साथ ही वैश्विक अर्थव्यवस्था की स्थिरता के लिए घातक भी है।

आज जो परिस्थितियाँ नजर आ रही हैं, उसमें फिर से आर्थिक मंदी की संभावना कहीं-न-कहीं निवेशकों को असमंजस में डाल रही है। ऐसे में उम्मीद की जा रही है कि अमेरिका और चीन में चल रहे व्यापारिक मतभेद अगर किसी प्रकार कम हो सकें तो यह वैश्विक वित्तीय बाजारों में मौजूदा जोखिम को कुछ कम ही करेगा।

19-10-2018, 'हमारा महानगर'

□

43

भारत में बढ़ रही है करोड़पतियों की संख्या

हाल ही में केंद्रीय प्रत्यक्ष कर बोर्ड (सी.बी.डी.टी.) द्वारा जारी आँकड़ों के मुताबिक पिछले तीन वर्षों के दौरान भारत में करोड़पति करदाताओं की संख्या में 60 प्रतिशत की वृद्धि हुई है। गौरतलब है कि सन् 2014–15 में 88,649 करदाताओं ने अपनी आय एक करोड़ रुपए या उससे अधिक घोषित की थी, जबकि असेसमेंट वर्ष 2017–18 में इनकी संख्या बढ़कर 1,40,139 हो गई है। इन करदाताओं की फेहरिस्त में कंपनियाँ, फर्में, एच.यू.एफ. आदि भी शामिल हैं।

अब अगर महज करोड़पति व्यक्तियों की बात करें तो इनकी तादाद इसी अंतराल में 48,416 से बढ़कर 81,344 हो गई है, अर्थात् इनकी संख्या में 68 प्रतिशत का इजाफा हुआ है। करोड़पति लोगों की संख्या जिस तेजी से बढ़ी है, उसे सन् 2016 में लागू नोटबंदी के एक सकारात्मक पहलू के तौर पर तो देखा ही जा सकता है, साथ ही इस दौरान भारत की सकल राष्ट्रीय आय के सापेक्ष प्रत्यक्ष करों का जो अनुपात है, वह पिछले दस वर्षों के उच्चतम स्तर पर जा पहुँचा है।

वित्तीय वर्ष 2017–18 में इनकम टैक्स विभाग में करीब 6.85 करोड़ टैक्स रिटर्न्स जमा कराई गई हैं, जबकि वित्तीय वर्ष 2013–14 (आधार वर्ष) में महज 3.79 करोड़ इनकम टैक्स रिटर्न्स जमा कराई गई थीं। इस प्रकार इनकम टैक्स रिटर्न भरनेवालों की तादाद में करीब 80 प्रतिशत का इजाफा हुआ है। इन सभी करदाताओं में से सिर्फ व्यक्तियों की बात करें तो सन् 2013–14 के मुकाबले सन् 2017–18 में इनकम टैक्स रिटर्न भरनेवाले लोगों की तादाद 3.31 करोड़ से 65 प्रतिशत बढ़कर 5.44 करोड़ हो गई है। ये आँकड़े वाकई एक प्रगतिशील अर्थव्यवस्था के लिए उत्साहवर्धक समझे जा सकते हैं।

अब सवाल उठता है कि क्या यही रुख सामान्य करदाताओं के औसत प्रदर्शन में भी नजर आता है ? तो यहाँ भी नतीजे काफी बेहतर हैं। वित्तीय वर्ष 2013–14 के लिए टैक्स अदा करनेवाले लोगों ने जहाँ 46,377 रुपए का औसत कर भरा, वहीं वित्तीय वर्ष 2016–17 (असेसमेंट वर्ष 2017–18) में इसका आकार बढ़कर 58,576 रुपए हो गया, उधर वेतनभोगी टैक्स पेयर्स का प्रदर्शन भी सुधरा है। सन् 2013–14 के मुकाबले वित्तीय वर्ष 2016–17 में इनकी संख्या में करीब 37 प्रतिशत का इजाफा हुआ है। यही नहीं, इनकी औसत आय भी 5.76 लाख रुपए से बढ़कर 6.84 लाख रुपए हो गई है, अर्थात् इसमें 19 प्रतिशत की वृद्धि दर्ज की गई है। लगभग इसी क्रम में यदि गैर-वेतनभोगी करदाताओं की बात करें तो इनकी संख्या भी 1.95 करोड़ से बढ़कर 2.33 करोड़ हो गई है और इनकी औसत आय भी इस दौरान 4.11 लाख रुपए से बढ़कर 5.23 लाख रुपए हो गई है।

कुल मिलाकर पिछले कुछ वर्षों में देश में प्रत्यक्ष करों का आकार और गहराई दोनों बढ़े हैं। ये नतीजे इतने उत्साहजनक हैं कि मौजूदा वित्तीय वर्ष में उम्मीद जताई जा रही है कि लगभग 1.25 करोड़ नए करदाता इनकम टैक्स विभाग से आ जुड़ेंगे। जाहिर तौर पर टैक्स अदा करनेवालों का दायरा यूँ बढ़ने से राजकोषीय संसाधनों के लिए अप्रत्यक्ष करों पर निर्भरता कम हो सकेगी। लोगों में जिस प्रकार टैक्स अदा करने की प्रवृत्ति बढ़ी है, वह भी यह संकेत देता है कि देश में टैक्स कानूनों की अनुपालना बढ़ी है।

हालाँकि यहाँ टैक्स अधिकारियों की मेहनत और टैक्स वसूलने की प्रक्रियाओं में विस्तार का जिक्र भी करना आवश्यक है, जिन्होंने कर-चोरी के मामलों में ताबड़तोड़ नोटिस जारी करके लोगों को कर-प्रक्रियाओं और नियमों की अनुपालना हेतु जागृत किया। इसके अलावा त्वरित एवं डिजिटल कर-मूल्यांकन और रिफंड की प्रक्रिया के सरलीकरण आदि उपायों से सामान्य करदाताओं में कर चुकाने की प्रवृत्ति को बल ही प्रदान किया।

26-10-2018, 'हमारा महानगर'

□

44

भारत में बढ़ी है व्यवसाय करने की सुगमता

हाल ही में विश्व बैंक द्वारा जारी व्यावसायिक सुगमता (ईज ऑफ डूइंग बिजनेस) रिपोर्ट में भारत की वरीयता (रैंकिंग) में जबरदस्त सुधार हुआ है। विश्व भर से करीब 190 देशों की फेहरिस्त में भारत ने 23 स्थान ऊँची छलाँग लगाकर 77वीं वरीयता हासिल की है। वाकई यह एक शानदार प्रदर्शन समझा जा सकता है। विशेष रूप से तब, जबकि सन् 2014 में भारत की वरीयता इस लिस्ट में 142वीं थी, हालाँकि पिछले वर्ष यह 100वें नंबर के जादुई स्तर पर पहुँच गई थी। यह एक सुखद एहसास था और जिस प्रकार भारतीय अर्थव्यवस्था में आर्थिक और संरचनात्मक सुधारों का सिलसिला लगातार जारी रहा, यह उम्मीद जताई जा रही थी कि आनेवाले समय में भारत की रैंकिंग में और अधिक सुधार होगा और ऐसा हुआ भी। एक ही वर्ष के अंतराल में सबसे बेहतर प्रदर्शन करनेवाले देशों में भी भारत ने टॉप दस देशों की लिस्ट में जगह बना ली है।

गौरतलब है कि पिछले 15 वर्षों से विश्व बैंक द्वारा प्रकाशित यह वार्षिक रिपोर्ट जटिल अनुसंधान और विश्लेषण पद्धतियों के आधार पर तैयार की जाती है और इसमें विभिन्न देशों में व्यवसाय को नियमित करनेवाले करीब 10 मापदंडों जैसे कि व्यापार शुरू करना, कंस्ट्रक्शन परमिट हासिल करना, विद्युत् कनेक्शन मिलना, प्रॉपर्टी का रजिस्ट्रेशन कराना, ऋण प्राप्त करना, अल्पसंख्यक (माइनोरिटी) निवेशकों के हितों का संरक्षण, टैक्स अदा करना, अंतरराष्ट्रीय सीमाओं के परे व्यापार करना, कांट्रेक्ट्स लागू करना और दिवालिएपन से बाहर निकलने की प्रक्रिया कितनी सहज या जटिल है, इसी आधार पर रैंकिंग तय की जाती है।

उल्लेखनीय है कि भारत ने इस बार इन 10 में से 6 मानकों में अपना प्रदर्शन सुधारा है। सबसे पहले तो बिजनेस शुरू करने की प्रक्रिया पहले से अधिक सहज बनाई गई है। यहाँ नए बिजनेस का पंजीकरण कराने के लिए अनेक निवेदन-फॉर्म्स भरने की जटिलता

को कम करने के लिए अब एक सामान्य फॉर्म भरने की ही अनिवार्यता रखी गई है। इसके अलावा जी.एस.टी. लागू होने के बाद रजिस्ट्रेशन की प्रक्रिया तेज हो गई है।

इसी कड़ी में बिल्डिंग परमिट लेने की प्रक्रिया को अधिक आसान और कम खर्चीला बनाया गया है। साथ ही चुनिंदा शहरों में बिजली का कनेक्शन लेने की प्रक्रिया को और भी सुगम बनाया गया है। इसके अलावा, ऋण प्राप्त करने की प्रक्रिया को दिवालियापन कानून में बदलाव के जरिए अधिक बल प्रदान किया गया है।

गौरतलब है कि अब दिवालिएपन से बाहर निकलने की प्रक्रिया में सुरक्षित लेनदारों को अन्य लेनदारों के मुकाबले पूरी वरीयता दी जा रही है, इधर भारत में टैक्स अदा करना भी आसान हो चला है। जी.एस.टी. से संबंधित प्रक्रियाओं के सरलीकरण का सिलसिला लगातार जारी है और व्यवसायियों को अब ढेर सारे अलग-अलग तरीके के टैक्स या चुंगी आदि चुकाने के झंझटों से छुटकारा मिला है। इसके अलावा कॉरपोरेट इनकम टैक्स की सामान्य दरों में कमी भी की गई है और टैक्स अदा करने की लागत भी कम की गई है। अब अगर अंतरराष्ट्रीय व्यापार की बात करें तो यहाँ आयात और निर्यात के संदर्भ में समय और लागत दोनों ही कम हुए हैं। इसके अलावा श्रमिक बाजार को नियमित करनेवाले कानूनों में भी सकारात्मक सुधार किए गए हैं।

कुल मिलाकर विश्व बैंक द्वारा प्रस्तुत इस रिपोर्ट में भारत को टॉप 50 देशों की फेहरिस्त में शामिल होने के लिए अब महज 27 देशों को पछाड़ना है और माना जा रहा है कि यदि आर्थिक सुधारों का सिलसिला यूँ ही जारी रखा जा सका तो भारत आनेवाले कुछ ही वर्षों में यह मुकाम भी हासिल कर ही लेगा।

भारत के औद्योगिक और संवर्धन विभाग के सचिव की मानें तो अगले वर्ष जी.एस.टी. की प्रक्रियाओं में सरकार द्वारा किए जा रहे सुधारों के और भी अधिक सकारात्मक प्रभाव दिखाई देंगे। जाहिर तौर पर भारत में व्यापार करने की सहजता और सुगमता जितनी अधिक बढ़ेगी, उतना ही इसकी लागत कम होगी, जिससे कि अंतरराष्ट्रीय बाजारों में भारतीय उद्योगों की प्रतिस्पर्धात्मक क्षमताएँ बढ़ेंगी। इसके अलावा देश में प्रत्यक्ष विदेशी निवेश को भी प्रोत्साहन मिलेगा। उम्मीद की जा सकती है कि आर्थिक सुधारों का यह दौर भारतीय अर्थव्यवस्था में जमीनी स्तर पर आर्थिक क्रियाओं को बल ही प्रदान करेगा।

02-11-2018, 'हमारा महानगर'

□

45

लगातार बढ़ रहा है चीन के साथ व्यापार घाटा

हाल ही में जारी आँकड़ों के अनुसार, वैश्विक बाजारों में भारत के पारंपरिक प्रतिद्वंद्वी समझे जानेवाले देश चीन के साथ हमारा व्यापारिक घाटा 51 बिलियन डॉलर (सन् 2017) के पार पहुँच चुका है, हालाँकि इस दौरान भारत और चीन के दरमियान द्विपक्षीय व्यापार 18.63 प्रतिशत बढ़ा और 84.44 बिलियन डॉलर के रिकॉर्ड स्तर पर भी पहुँचा, लेकिन भारत के व्यापार घाटे में इससे कोई कमी न लाई जा सकी।

प्रश्न उठता है कि आखिर चीन के साथ भारत का व्यापार इतना असंतुलित क्यों है? कारण साफ है। जहाँ चीन भारत को उच्चतर मूल्यवाली वस्तुएँ, जैसे कि इलेक्ट्रॉनिक सामान, मशीनरी एवं उपकरण, ऑर्गेनिक केमिकल्स, प्लास्टिक व नौका-जहाज आदि निर्यात करता है, वहीं भारत उसे उसके उत्पादों के लिए कच्चा माल, कपास, खनिज, ईंधन, ताँबा और उससे निर्मित सामग्री और ऑर्गेनिक केमिकल आदि का निर्यात तो करता है, पर चीन के उत्पादों की तुलना में कहीं उनकी मात्रा कम है तो कहीं मूल्यांकन में भारी अंतर है।

इसके अलावा भारत में कई क्षेत्र ऐसे भी हैं, जहाँ चीन के उत्पादों ने अपना वर्चस्व बना लिया है। उदाहरण के लिए, टेलीकॉम सेक्टर को ही लें। यहाँ करीब आठ अरब डॉलर के मूल्यांकनवाले स्मार्ट फोन मार्केट में शाओमी, ओप्पो, वीवो और वन-प्लस जैसे लोकप्रिय उत्पादों का मार्केट 51 प्रतिशत से भी अधिक हो चुका है। कम कीमत और लगभग सभी फीचर्सवाले ये फोन ग्राहकों को खूब लुभाते हैं और यही कारण है कि भारतीय स्मार्ट फोंस मार्केट में इनकी पहुँच और पकड़ लगातार मजबूत होती जा रही है।

पिछले करीब एक दशक में चीन में औद्योगिक उत्पादन के क्षेत्र में बहुराष्ट्रीय कंपनियों ने वहाँ पर श्रमिकों के कम वेतन, अनेक अनुदान (सब्सिडी), संस्थागत

सुधार, विदेशी निवेश और जनसांख्यिकी की अनुकूलता के बल पर चीनी विकास को प्रोत्साहन तो दिया ही, साथ ही कम लागत और बहु-उपयोगी चीनी उत्पादों ने वैश्विक बाजारों में धूम मचा दी। बड़े पैमाने पर वैश्विक बाजारों के लिए उत्पादन के चलते औसत लागत कम होने से जाहिर तौर पर चीनी उत्पादों की प्रतिस्पर्धात्मक क्षमताएँ तो बढ़ी ही, साथ ही वहाँ की सरकार द्वारा बड़े पैमाने पर विदेशी कंपनियों के लिए आधिकारिक समर्थन और टेक्नोलॉजी पर जोर आदि ने कुछ ऐसा समीकरण बैठाया कि भारत तो क्या, आज अमेरिका जैसे महाशक्तिशाली देश को भी चीन के साथ व्यापार संतुलन बैठा पाना काफी चुनौतीपूर्ण लग रहा है।

हाल ही में वाणिज्यिक मंत्रालय द्वारा भारत-चीन व्यापार पर जारी एक रिपोर्ट के अनुसार, सन् 2001 में चीन भारत का एक छोटा सा व्यापारिक साझेदार था, लेकिन पिछले 15 वर्षों में ही आज वह भारत का सबसे बड़ा ट्रेडिंग पार्टनर बन चुका है, हालाँकि जिस प्रकार भारत के लिहाज से व्यापार घाटा बढ़ता ही जा रहा है, यह वाकई चिंता का सबब तो है ही, साथ ही, चिंतन का विषय भी है कि आखिर किस प्रकार से इस असंतुलित समीकरण को दुरुस्त किया जाए?

उदाहरण के लिए, चीन से भारत द्वारा निर्यात किए जा रहे उत्पादों पर चीन में लागू शुल्क को अन्य प्रतिद्वंद्वी देशों के समकक्ष या फिर कम स्तर पर रखने की आधिकारिक पेशकश करना और अमेरिका के साथ चीन के व्यापारिक ताल्लुकात में पड़ी खटास के चलते चीनी बाजारों में भारतीय उत्पादों के लिए नए अवसर तलाशना, जैसे उपाय भारत द्वारा चीन में व्यापार बढ़ा सकते हैं।

हालाँकि घरेलू बाजारों में अनेक क्षेत्र ऐसे भी हैं, जहाँ चीनी उत्पादों को उनकी अपनी लागत से भी कम कीमत पर भारत में लाकर बेचा जा रहा है। उदाहरण के लिए, पिछले पाँच वर्षों में चीन से आयात किए जानेवाले सौर ऊर्जा (सोलर) पैनल्स के आयात-बिल में 623 प्रतिशत की वृद्धि हुई। सन् 2012-13 में जहाँ महज 389 मिलियन डॉलर के सोलर पैनल्स चीन से आयात किए जाते थे, वहाँ सन् 2016 में इनका मूल्य 2.8 बिलियन डॉलर हो चुका था। यही हाल केमिकल्स के क्षेत्र में है। चीनी उत्पादों से उनकी कम कीमतों के चलते कुछ भारतीय उद्योगों को खासा नुकसान भी हो रहा है।

विश्व आर्थिक मंच द्वारा भावी उत्पादन क्षमता के लिए तैयारी, 2018, विषय पर प्रकाशित एक रिपोर्ट में शामिल 100 देशों की फेहरिस्त में भारत का नाम टॉप 30 देशों में भले ही पहुँच चुका हो, पर वह चीन से काफी पीछे है, क्योंकि चीन टॉप 5 देशों की

लिस्ट में अपना स्थान बना चुका है। कुल मिलाकर भारत को चीन से बराबरी करने के लिए द्विपक्षीय वार्त्ता से लेकर व्यावसायिक क्षमताएँ बढ़ाने तक वो सभी आवश्यक कदम तेजी से उठाने होंगे, जिनसे कि भारत–चीन व्यापार क्षेत्र में कुछ संतुलन बैठाया जा सके।

10–11–2018, 'हमारा महानगर'

□

46

तेल की कीमतों में कमी से मिलेगी राहत

हाल ही में अंतरराष्ट्रीय बाजारों में तेल की कीमतें पिछले एक वर्ष के न्यूनतम स्तर पर जा गिरी हैं। गौरतलब है कि अमेरिकी तेल की कीमतें फिलहाल 56 डॉलर प्रति बैरल के करीब जा पहुँची हैं। माना जा रहा है कि अमेरिकी राष्ट्रपति डोनाल्ड ट्रंप द्वारा ओपेक (ऑर्गेनाइजेशन फॉर पेट्रोलियम एक्सपोर्टिंग कंट्रीज) और तेल उत्पादन के क्षेत्र में अग्रणी देश सउदी अरब से धीरे-धीरे तेल का उत्पादन बढ़ाने की मौजूदा नीति को जारी रखने का अनुग्रह किए जाने के बाद से तेल की कीमतों में गिरावट का रुख जारी है।

दरअसल तेल उत्पादक देशों में पिछले करीब छह हफ्तों से तेल की कीमतों में नरमी का रुख देखा जा रहा था, इसलिए कुछ ऐसी सुगबुगाहट नजर आ रही थी कि शायद इनमें से कुछ देश तेल का उत्पादन कम करने के बारे में विचार कर रहे हैं। ऐसे में फिलहाल एक प्रकार से अनिश्चितता की स्थिति पनपी है कि क्या तेल के उत्पादक देश आनेवाले समय में तेल के उत्पादन की मात्रा को नियोजित तरीके से कम करने की कवायद करेंगे?

हालाँकि एक ओर अगले वर्ष तेल की प्रभावी माँग 100 मिलियन बैरल प्रतिदिन तक बढ़ने की संभावना भी जताई जा रही है तो दूसरी ओर प्रमुख तेल उत्पादक देश सउदी अरब पिछले चार महीनों में चार बार सन् 2019 के लिए तेल की डिमांड के पूर्वानुमान को लगातार कम ही आँक रहा है, उधर एक ओर सउदी अरब और रूस तो दूसरी ओर अमेरिकी तेल कंपनियाँ अपना उत्पादन बढ़ाने की कोशिश भी कर रही हैं।

जाहिर सी बात है कि ऐसे में तेल की कीमतों में कुछ और कमी आने की संभावना है और यदि ऐसा हुआ तो भारतीय अर्थव्यवस्था के लिए यह हितकारी ही साबित होगा, क्योंकि हम अपनी 80 प्रतिशत से भी ज्यादा तेल की आपूर्ति के लिए आयातित तेल पर निर्भर हैं और आयात बिल कम होने से न सिर्फ रुपए के विनिमय मूल्य पर दबाव कम होगा, बल्कि ईंधन की औसत लागत कम होने से महँगाई भी कम होगी।

उदाहरण के लिए, अक्तूबर माह में खुदरा महँगाई की दर पिछले 13 महीनों के न्यूनतम स्तर पर पहुँच गई है। गौरतलब है कि खुदरा महँगाई दर का स्तर बतानेवाला उपभोक्ता मूल्य सूचकांक, जो कि सितंबर माह में 3.7 प्रतिशत से बढ़ा, वह अक्तूबर माह में महज 3.21 प्रतिशत से बढ़ा। इस प्रकार महँगाई दर में कमी आने से एक ओर हमारे निर्यातों की प्रतिस्पर्धात्मक क्षमता बढ़ेगी तो दूसरी ओर रिजर्व बैंक पर भी अगले ही माह में होनेवाली मौद्रिक समीक्षा के तहत ब्याज दरों में वृद्धि करने की संभावना कमजोर पड़ेगी। जाहिर तौर पर इससे देश में आर्थिक क्रियाओं के स्तर पर सकारात्मक प्रभाव ही पड़ेगा।

उधर, हाल ही में जारी किए गए आधिकारिक आँकड़ों के अनुसार, सितंबर माह में औद्योगिक उत्पादन दर भी लगभग स्थिर ही रही है। उल्लेखनीय है कि अगस्त माह में औद्योगिक उत्पादन दर 4.7 प्रतिशत रही थी, जो कि सितंबर माह में 4.5 प्रतिशत रही। वाकई यह एक संतोषजनक प्रदर्शन समझा जा सकता है और अगर अर्धवार्षिक आँकड़ों की बात करें तो मौजूदा वित्तीय वर्ष के प्रथम छह महीनों में औद्योगिक उत्पादन 5.1 प्रतिशत से बढ़ा, जबकि पिछले वर्ष इसी अंतराल में यह महज 2.6 प्रतिशत की दर से बढ़ा था।

अब औद्योगिक उत्पादन के विभिन्न घटकों की बात करें तो जहाँ विद्युत् उत्पादन 8.2 प्रतिशत से बढ़ा, वहाँ विनिर्माण और खनन (माइनिंग) क्षेत्र में विकास दर क्रमशः 4.6 व 0.2 प्रतिशत रही। सूचकांक में शामिल कुल 23 उद्योग समूहों में से 17 में विकास दर सकारात्मक रही, हालाँकि गैर-टिकाऊ उपभोक्ता वस्तुओं का उत्पादन पिछले वर्ष के 10.5 प्रतिशत के मुकाबले इस वर्ष 6.1 प्रतिशत से बढ़ा, लेकिन खास बात यह रही कि जहाँ प्राथमिक वस्तुओं का उत्पादन 2.6 प्रतिशत की औसत दर से बढ़ा, वहीं पूँजीगत वस्तुओं का उत्पादन 5.8 प्रतिशत से बढ़ा है, जिससे यह अनुमान लगाया जा सकता है कि आनेवाले समय में भी औद्योगिक उत्पादन दर स्थिर बनी रहेगी।

विशेषकर कंस्ट्रक्शन और उपभोक्ता-टिकाऊ वस्तुओं के क्षेत्र में औद्योगिक उत्पादन दर में सुधार देखा गया है और इस लिहाज से भी औद्योगिक उत्पादन दर को बल ही मिलेगा।

कुल मिलाकर अंतरराष्ट्रीय बाजारों में तेल की कीमतों में कमी का रुख जारी रहने पर भारत की अर्थव्यवस्था का प्रदर्शन और भी बेहतर बनने की संभावना बढ़ रही है।

16-11-2018, 'हमारा महानगर'

□

47

क्या हैं ब्रेक्सिट के मायने?

ब्रेक्सिट का सीधा अभिप्राय है, यूरोपियन यूनियन से ब्रिटेन का पलायन। करीब दो वर्ष पूर्व कराए गए जनमत संग्रह में जब लगभग 52 प्रतिशत ब्रिटिश लोगों ने ब्रेक्सिट के पक्ष में वोट देकर इस फैसले को सहमति प्रदान की थी, तब भी ब्रिटेन और यूरोप के बीच अनेक ज्वलंत मुद्दे थे और यह लग ही रहा था कि ब्रिटेन और ई.यू. का संबंध विच्छेद इतना आसान भी नहीं होगा।

कारण था, ब्रिटेन और यूरोपियन यूनियन के बीच आर्थिक मुद्दों के साथ-साथ अनेक सामाजिक, भौगेलिक, राजनीतिक और भावनात्मक पहलुओं का जुड़ा होना। एक सर्वेक्षण के अनुसार, ब्रिटेन में ब्रेक्सिट के पक्ष में वोट डालनेवालों के लिए प्रमुख मुद्दा था, ब्रिटेन में आनेवाले शरणार्थियों की बढ़ती तादाद, जिसका सीधा असर उन जन-कल्याण कार्यक्रमों की गुणवत्ता पर पड़ता है, जो आम लोगों की रोजमर्रा की जिंदगी को प्रभावित करते हैं। दूसरा प्रमुख मसला था—ब्रिटेन में घरेलू जरूरतों के मुताबिक अपना कानून बनाने की स्वतंत्रता हासिल करना। इन सबके बीच कहीं कम महत्त्वपूर्ण समझे गए आर्थिक विकास, व्यापार और यूरोपियन यूनियन से जुड़ने के शुल्क आदि से संबंधित मसले।

दूसरी ओर ब्रेक्सिट को नकारनेवाले लोगों के लिए प्रमुख मुद्दे रहे—ब्रिटेन की अर्थव्यवस्था की सेहत पर ई.यू. से अलग होने पर पड़नेवाले विपरीत प्रभाव। उनके लिए शरणार्थियों से जुड़े मसले, जैसे कि नौकरियों या जनकल्याण सेवाओं की गुणवत्ता में संभावित ह्रास से जुड़े मसले शायद इतने गंभीर नहीं रहे। इस दौरान जिस प्रकार का प्रदर्शन ब्रिटेन की अर्थव्यवस्था का रहा, उससे भी कई प्रकार के नकारात्मक रुख पनपे कि कहीं यूरोप से नाता टूटने पर वहाँ आर्थिक मंदी जैसे हालात तो नहीं उत्पन्न हो जाएँगे।

दरअसल ब्रिटेन द्वारा यूरोप को निर्यात किए जानेवाले उत्पादों से जुड़े उद्योगों में करीब 3.3 मिलियन लोग लगे हुए हैं, जिनमें से अनेक को ब्रेक्सिट के जरिए रोजगार पाने

की संभावना भी नजर आई। ब्रिटिश उद्योग संगठन और सलाहकार फर्म पी.डब्ल्यू.सी. की रिपोर्टों में भी सन् 2030 तक ब्रेक्सिट की वजह से 3,50,000 से 6,00,000 लोगों की नौकरी के अवसरों से हाथ धोने की संभावना जताई गई थी।

इस प्रकार ब्रिटेन और यूरोपियन यूनियन के बीच संशोधित व्यापार समझौते से लेकर राजस्व नीतियों, अंतरराष्ट्रीय व्यापार, अप्रवासियों के प्रति रवैये में बदलाव, श्रमिकों के वेतन और विश्वविद्यालय-प्रबंधन आदि अनेक जटिल मसले जुड़े हैं, जिनका व्यावहारिक समाधान ढूँढ़ पाना मुश्किल है, लेकिन यूरोपियन यूनियन से संबंध विच्छेद के बाद किस तरह के ताल्लुकात दोनों पक्षों के बीच बनेंगे, उसको लेकर कितनी भी अनिश्चितता की स्थिति क्यों न हो, हकीकत यह है कि 29 मार्च 2017 को इंग्लैंड ने यूरोपियन यूनियन के साथ किए गए करार की धारा 50 के तहत ब्रेक्सिट का बिगुल बजा दिया है और अब उसका 29 मार्च, 2019 तक यूरोपियन यूनियन से बाहर निकलना लगभग तय है।

हालाँकि अभी यह कहना मुश्किल है कि इस बीच स्थितियों में कुछ बदलाव नहीं होगा। उदाहरण के लिए, ब्रिटेन के प्रमुख राजनेताओं ने देश में पुन: जनमत-संग्रह कराने की माँग की है। इनमें मौजूदा मंत्रिमंडल के सदस्य भी शामिल हैं, जिन्होंने वहाँ की प्रधानमंत्री द्वारा प्रस्तावित ब्रेक्सिट करार की शर्तों को ब्रिटेन को पराधीनता की स्थिति और अराजकता के बीच अटकाने और पुन: जनमत परीक्षण न कराने के फैसले को अलोकतांत्रिक तक बताया है।

जाहिर सी बात है कि ब्रेक्सिट को लेकर ब्रिटेन में खासी बहस छिड़ी है। यह एक प्रकार से असमंजस की स्थिति है, जिससे बाहर निकलना जितना कठिन है, उतना ही ब्रेक्सिट का मूर्त रूप लेना, अर्थात् हो सकता है कि कैसे भी ब्रेक्सिट की संभावना को टालने या फिर उसकी मियाद को आगे बढ़ाने की कोशिश की जा सकती है। भारत के लिहाज से यूरोप व ब्रिटेन दोनों ही से व्यापारिक और व्यवसायिक ताल्लुकात होने से ब्रेक्सिट की स्थिति टलने या फिर लागू होने पर इसके दूरगामी प्रभाव संबंधित उद्योगों पर पड़ेंगे।

उम्मीद की जानी चाहिए कि जल्द ही ब्रेक्सिट पर उचित एवं व्यवहार्य निर्णय लिया जाएगा, जो कि पारस्परिक हितों को तरजीह देते हुए इस मसले पर मची असमंजसता को दूर कर सके।

23-11-2018, 'हमारा महानगर'

□

48

वैश्विक वेतन वृद्धि दर में कमी चिंताजनक

हाल ही में अंतरराष्ट्रीय श्रम कार्यालय (आई.एल.ओ.) द्वारा प्रकाशित वैश्विक श्रम रिपोर्ट 2018-19 के अनुसार, वर्ष 2017 में वैश्विक वेतन वृद्धि दर सन् 2016 की तुलना में न सिर्फ कमजोर रही, बल्कि यह वर्ष 2008 के बाद की न्यूनतम दर के रूप में भी दर्ज की गई। इसका सीधा सा अभिप्राय यह है कि वर्ष 2017 में विश्व में श्रमिकों को मिलनेवाले वेतन की औसत वृद्धि दर वर्ष 2008 के वैश्विक मंदी के दौर से भी कहीं अधिक कमजोर रही।

जाहिर तौर पर इसे एक बेहद चौंकानेवाला आँकड़ा माना जा सकता है, क्योंकि एक ओर ज्यादातर आँकड़े वैश्विक विकास दर में वृद्धि का संकेत दे रहे हैं तो दूसरी ओर वैश्विक स्तर पर बेरोजगारी दर भी कम होती नजर आ रही है, अत: यह प्रश्न उठना भी वाजिब ही है कि आखिर श्रमिकों के वेतन में इसी अनुपात में वृद्धि क्यों नहीं की जा सकी? इसका एक कारण यह भी हो सकता है कि श्रमिकों की औसत उत्पादकता में कमी आई या फिर वैश्विक बाजारों में विभिन्न देशों के बीच प्रतिस्पर्धा बढ़ी, जिसके चलते भी शायद श्रमिकों की वेतन वृद्धि दर कमजोर पड़ी हो। इस विरोधाभास का कोई भी कारण क्यों न रहा हो, पर एक बात तो तय है कि श्रमिकों के औसत वेतन में अपेक्षित वृद्धि न होने से विश्व भर में स्थिर आर्थिक विकास की अवधारणा को आघात अवश्य लगा है।

गौरतलब है कि संयुक्त राष्ट्र 2030 एजेंडे के ढाँचे के अनुरूप स्थायित्व के साथ आर्थिक विकास करने का जो संकल्प है, उसे हासिल करने के लिए श्रमिकों के वेतन में उचित वृद्धि, आर्थिक असमानताओं में कमी और श्रमिकों के लिए बेहतर एवं सुरक्षित श्रम-वातावरण तैयार करना आदि को बेहद चुनौतीपूर्ण समझा गया है।

अब अगर आँकड़ों के माध्यम से स्थिति की गंभीरता को समझने की कोशिश करें तो मुद्रा स्फीति दर के असर को समायोजित करते हुए वर्ष 2017 में वैश्विक वेतन वृद्धि

की दर महज 1.8 प्रतिशत रही, जबकि वर्ष 2016 में यह 2.4 प्रतिशत रही थी, अगर अत्यधिक विकसित समझी जानेवाली जी-20 अर्थव्यवस्थाओं की बात करें तो यहाँ वास्तविक वेतन की औसत वृद्धि दर वर्ष 2017 में महज 0.4 प्रतिशत रही, जबकि वर्ष 2016 और 2015 में यह क्रमशः 0.9 प्रतिशत व 1.7 प्रतिशत रही थी।

अगर अमेरिका की बात की जाए तो वहाँ भी वर्ष 2017 में वेतन वृद्धि दर सिर्फ 0.7 प्रतिशत रही, हालाँकि एशिया और प्रशांत क्षेत्रों में प्रदर्शन वैश्विक औसत से कहीं अधिक बेहतर रहा, परंतु औसत वेतन वृद्धि दर यहाँ भी वर्ष 2016 के 4.8 प्रतिशत के मुकाबले वर्ष 2017 में सिर्फ 3.5 प्रतिशत रही।

अगर भारत के लिहाज से देखें तो वर्ष 2008 से 2017 के दरमियान भारत में वेतन वृद्धि दर 5.5 प्रतिशत रही, जो कि दक्षिण एशिया क्षेत्र में सर्वश्रेष्ठ रही है। दूसरे नंबर पर है, नेपाल, जहाँ वेतन वृद्धि दर 4.7 प्रतिशत रही, जबकि पड़ोसी देश पाकिस्तान में पिछले करीब दस वर्षों में औसत वेतन वृद्धि दर महज 1.8 प्रतिशत रही।

इन सबके बीच एक अन्य मुद्दे को भी अंतरराष्ट्रीय श्रम कार्यालय की इस रिपोर्ट में प्रखरता से उठाया गया है और यह मसला है पुरुष और महिला श्रमिकों के औसत वेतन में अंतर का। वैश्विक स्तर पर महिला श्रमिकों को समान कार्य के लिए पुरुष श्रमिकों से औसतन 20 प्रतिशत कम वेतन मिलता है, जो संयुक्त राष्ट्र संगठन के स्थायित्व के साथ विकास करने के एजेंडे की अवधारणा के भी विपरीत है। कुल मिलाकर वैश्विक आर्थिक विकास दर के बढ़ने पर भी श्रमिकों के वेतन में वृद्धि की दर कमजोर रही है और आई.एल.ओ. की इस रिपोर्ट को गंभीरता से लिया जाना चाहिए।

30-11-2018, 'हमारा महानगर'

□

49

मौद्रिक नीति में जारी है तटस्थ रुख

वित्तीय वर्ष 2018-19 की पाँचवीं मौद्रिक समीक्षा में नीतिगत दरों को यथावत् रखा गया है। परिणामस्वरूप नीतिगत रेपो रेट 6.5 प्रतिशत और रिवर्स रेपो रेट 6.75 प्रतिशत के अपने पूर्व स्तर पर बना रहा है। खास बात यह है कि वर्ष-दर-वर्ष आधार पर खुदरा महँगाई दर अक्तूबर माह में 3.3 प्रतिशत रही, जो कि सितंबर माह में 3.7 प्रतिशत रही थी।

गौरतलब है कि अक्तूबर माह में हुई चौथी मौद्रिक समीक्षा में वर्ष के आखिरी 6 महीनों के लिए महँगाई की दर के करीब 4 प्रतिशत रहने का पूर्वानुमान लगाया गया था, लेकिन वर्ष की दूसरी तिमाही में जिस प्रकार महँगाई दर का औसत 3.9 प्रतिशत रहा, उसके सापेक्ष अक्तूबर माह में महँगाई दर का महज 3.3 प्रतिशत पर रहना वाकई हैरान कर देनेवाली खबर है। ऐसे में यह समझना आवश्यक है कि रिजर्व बैंक की लक्षित महँगाई दर (लगभग 4 प्रतिशत) से भी कम रहने पर भी नीतिगत दरों को यथावत् क्यों रखा गया?

यही नहीं, नवंबर माह में रिजर्व बैंक द्वारा कराए गए एक सर्वेक्षण में अगले 3 महीनों के लिए महँगाई की अपेक्षित दर में 40 बेसिस अंकों तक की कमी आने की बात भी सामने आई है। जाहिर तौर पर सर्वे में शामिल लोगों ने खाद्य वस्तुओं और तेल की कीमतों में आ रही गिरावट का संज्ञान लिया है, लेकिन फिर भी रिजर्व बैंक ने कई घरेलू और वैश्विक रुझानों के मद्देनजर तटस्थ रुख अख्तियार किया है और नीतिगत दरों में कोई कटौती नहीं की है।

पहले यदि वैश्विक तत्त्वों की चर्चा करें तो अंतरराष्ट्रीय स्तर पर व्यापारिक तनावों के बढ़ने से आर्थिक क्रियाओं के स्तर में गिरावट आई है। यहाँ तक कि आर्थिक तौर पर मजबूत समझे जानेवाले देश अमेरिका में भी वर्ष 2018 की अंतिम तिमाही में आर्थिक विकास दर में कुछ शिथिलता आती नजर आ रही है। एक अन्य प्रमुख देश चीन में भी

कमजोर घरेलू माँग के चलते आर्थिक विकास दर धीमी पड़ी है। चीन और अमेरिका के बीच बढ़ते तनाव का असर जाहिर तौर पर दोनों देशों की अर्थव्यवस्था पर भारी पड़ रहा है। रूस और ब्राजील जैसी मजबूत अर्थव्यवस्थाओं में भी प्रमुख क्षेत्रों में उत्पादन दर में गिरावट देखी गई है।

हालाँकि दूसरी ओर अंतरराष्ट्रीय बाजारों में न सिर्फ तेल के दाम कम हो रहे हैं, बल्कि अनेक मेटल्स की कीमतों में भी कमी आई है, जिससे फिलहाल विश्व में महँगाई की औसत दर के बढ़ने की संभावना कम ही नजर आ रही है, लेकिन फिर भी अनेक भू-राजनीतिक मसलों के मौजूद रहने से तेल की कीमतों के भावी रुख के संदर्भ में अनिश्चितता की स्थिति बनी हुई है, साथ ही अमेरिकी वित्तीय सिस्टम में ब्याज दरों में वृद्धि के मद्देनजर अनेक वैश्विक शेयर बाजारों में फिलहाल नरमी का रुख दिखाई दे रहा है।

भारत की घरेलू अर्थव्यवस्था में महँगाई की दर भले ही कम हुई हो, पर रिजर्व बैंक ने वर्ष 2018–19 की द्वितीय तिमाही में लगातार चार तिमाही से बढ़ रही आर्थिक विकास दर में आई कुछ शिथिलता को शायद काफी ज्यादा तरजीह दी है, हालाँकि आर्थिक विकास दर 7 प्रतिशत से कुछ अधिक ही रही है और अपनी आउटलुक में रिजर्व बैंक ने वर्ष 2018–19 के लिए आर्थिक विकास दर के पूर्वानुमान को 7.4 प्रतिशत पर बरकरार रखा है।

जाहिर तौर पर अनेक सकारात्मक तत्त्वों के मौजूद रहने के बावजूद जिस प्रकार रिजर्व बैंक ने नीतिगत दरों को यथावत् ही रखा है, कहा जा सकता है कि उसने कड़ी मौद्रिक नीति का अपना रुख फिलहाल नहीं बदला है। कुल मिलाकर रिजर्व बैंक ने अपनी मौद्रिक नीति में महँगाई दर को अपने लक्षित स्तर 4 प्रतिशत पर बनाए रखने के प्रति फिर से अपनी प्रतिबद्धता जताई है।

07-12-2018, 'हमारा महानगर'

□

50

अमेरिका में बढ़ रहे हैं कॉरपोरेट ऋण

हाल ही में अमेरिकी फेडरल बैंक ने अपनी वित्तीय स्थिरता रिपोर्ट में बढ़ते कॉरपोरेट ऋणों के आकार की वजह से अमेरिकी बैंकों के समक्ष बढ़ते जोखिम के संदर्भ में आगाह किया है। गौरतलब है कि अमेरिकी फेड ने पहली बार वित्तीय स्थिरता की समीक्षा को एक रिपोर्ट के माध्यम से पेश किया है। जाहिर तौर पर इस रिपोर्ट को अंतरराष्ट्रीय स्तर पर भी काफी तरजीह दी गई है, क्योंकि पिछली बार करीब एक दशक पूर्व जब अमेरिका में आर्थिक मंदी के विशाल बादल छाए थे, तब उसके भीषण परिणाम को न सिर्फ लाखों अमेरिकी लोगों ने झेला, बल्कि वैश्विक अर्थव्यवस्था भी उसके विपरीत प्रभावों से अछूती न रह सकी थी।

फेड के अनुसार, अमेरिकी कॉरपोरेट सेक्टर के ऋणों का आकार वहाँ की सकल राष्ट्रीय आय के सापेक्ष बढ़ता जा रहा है। चिंता इस बात की भी है कि न सिर्फ ऋणों का आकार बढ़ा है, बल्कि उनकी गुणवत्ता (क्रेडिट मानदंडों) में भी कमी आई है, जिसके कारण वहाँ के वित्तीय सिस्टम में ऋणों पर मूल्यांकन का दबाव बढ़ता देखा गया है। वस्तुतः आर्थिक, आधारभूत या ऐतिहासिक मानदंडों के आधार पर कंपनियों के ऋणों का बाहरी मूल्यांकन उनके वास्तविक मूल्यों से कहीं अधिक होने के कारण उनका मूल्य कम होने की संभावना काफी प्रबल दिखाई पड़ रही है।

कारण है कि जहाँ-जहाँ बिजनेस या व्यक्तिगत स्तर पर लोगों ने अपने असेट्स के सापेक्ष ऋण लिया है, वहाँ यदि असेट्स की वास्तविक कीमतें तेजी से कम हुईं तो ऐसे में व्यवसायियों और लोगों को कर्ज की अदायगी के लिए अपनी खर्च करने योग्य आय में कमी लानी होगी, जिससे कि वहाँ की अर्थव्यवस्था में आर्थिक क्रियाओं के स्तर पर प्रतिकूल प्रभाव पड़ेगा और अगर स्थितियाँ बिगड़ी और ऋणों की अदायगी में चूक हुई तो वहाँ के वित्तीय संस्थानों और उनके निवेशकों को इसका खासा खामियाजा भुगतना पड़ सकता है।

इससे अधिक चिंता की बात तो यह है कि अमेरिकी वित्तीय सिस्टम में ऋणों की बाहुल्यता (लीवरेज) बढ़ी हुई है और ऐसे में अगर उनके आर्थिक समीकरण थोड़े भी आहत हुए तो वहाँ के कॉरपोरेट्स और हाउसहोल्डर्स शायद जरा से झटके को भी ठीक से न झेल पाएँगे, ऐसे हालात भी बनते नजर आ रहे हैं। कारण है कि जब वित्तीय दबाव के चलते वे अपने असेट बेचना चाहेंगे तो कहीं उनके काम-धंधे ही बंद होने की नौबत तक आने की आशंका कहीं-न-कहीं फेड को चिंता में डाल रही है।

इसके अलावा एक आशंका बड़े पैमाने पर कॉरपोरेट सेक्टर में निवेश करनेवाले लोगों या संस्थानों द्वारा कॉरपोरेट सेक्टर से हाथ खींच लेने की है और अगर ऐसे में इन निवेशकों ने कहीं घबराहट में असेट बेचकर ऋणों की वसूली की कवायद की भी तो उन्हें नुकसान हो सकता है और वे दिवालिएपन के कगार तक भी पहुँच सकते हैं।

हालाँकि फेड को यह भी लगता है कि फिलहाल हालात इतने भी बुरे नहीं हैं, जैसा कि वैश्विक मंदी के दौर में हुआ करते थे, लेकिन फिर भी जिस प्रकार अंतरराष्ट्रीय स्तर पर भू-राजनीतिक मसले उभर रहे हैं और ब्रेक्सिट को लेकर भी ऊहापोह की स्थिति बनी हुई है, ऐसे में अमेरिकी वित्तीय सिस्टम में सतर्कता बरतने की आवश्यकता है और यही कारण है कि फेड ने अपनी वित्तीय स्थिरता रिपोर्ट में मौजूदा वित्तीय सिस्टम में बढ़ रहे जोखिम और अस्थिरता की संभावना के प्रति चेतावनी-सी दी है, ताकि स्थिति से निपटने के लिए समय रहते उचित कदम उठाए जा सकें।

हालाँकि अच्छी बात यह भी है कि यद्यपि अमेरिकी वित्तीय सिस्टम में ऋणों के मूल्यांकन का दबाव बढ़ा है, लेकिन जहाँ तक घरेलू ऋणों का सवाल है, वहाँ ऋणों के सापेक्ष लोगों की आय भी बढ़ी है। दूसरी ओर, अमेरिकी बैंकों का औसत पूँजीगत आधार भी काफी मजबूत है और इस लिहाज से अमेरिकी अर्थव्यवस्था ऋणों के बढ़ते आकार से उपजे जोखिम को वैश्विक मंदी जैसे हालात से कहीं बेहतर ढंग से निपटने में सक्षम है। कुल मिलाकर अमेरिका विश्व की एक बड़ी अर्थव्यवस्था है और वहाँ की वित्तीय व्यवस्था में जितना स्थायित्व बना रह सके, यह वैश्विक अर्थव्यवस्था के हित में ही होगा।

14-12-2018, 'हमारा महानगर'

□

51

नीति आयोग ने रखा तीव्र आर्थिक विकास दर का लक्ष्य

हाल ही में नीति आयोग ने भारत में आर्थिक विकास की गति और भी प्रखर करने और अगले पाँच वर्षों में भारत की अर्थव्यवस्था का आकार मौजूदा 2.7 ट्रिलियन डॉलर से बढ़ाकर 4 ट्रिलियन डॉलर तक ले जाने का लक्ष्य रखते हुए 'नया भारत-75वें वर्ष के लिए रणनीति' नामक योजना बनाई है। भारत के वित्त मंत्री की मानें तो इस रणनीति में सुझाए गए नीतिगत उपायों से न सिर्फ भारत की अर्थव्यवस्था को पटरी पर लाया जा सकेगा, बल्कि यह नीति भारत के लोगों को गरीबी के कुचक्र से निकालने और हरेक के लिए जीवन जीने की गुणवत्ता बढ़ाने में भी कारगर सिद्ध होगी।

नीति आयोग के मुख्य कार्यकारी अधिकारी (सी.ई.ओ.) के अनुसार, केंद्र सरकार का मुख्य केंद्रबिंदु (फोकस) परिणामों पर है और इसी कड़ी में हर संसाधन का उपयोग करते समय उसको उसके फलस्वरूप मिलनेवाले परिणाम के सापेक्ष जाँचा-परखा जाता है। गौरतलब है कि अगले पाँच वर्षों में भारत की आजादी के 75 वर्ष पूरे हो जाएँगे और इस गोल्डन जुबली वर्षगाँठ को शानदार प्रदर्शन के बल पर और भी विशिष्ट बनाने का प्रयोजन या यूँ कहें, मकसद भी कहीं-न-कहीं इस रणनीति से जुड़ा है।

जाहिर है, पिछले पाँच वर्षों से आर्थिक सुधार के एजेंडे पर काम कर रही भारत सरकार से अगले पाँच वर्षों के लिए अपनाई जानेवाली आर्थिक रणनीति में आर्थिक सुधारों की इस श्रृंखला को जारी रखने की पुरजोर सिफारिश की गई है। उदाहरण के लिए, अनेक आधारभूत प्रोजेक्टों, जैसे कि उत्तरी-पूर्वी क्षेत्र में सड़कें बनाने की भारतमाला योजना का प्रथम चरण पूरा करना और भारत नेट जैसी योजनाओं के

माध्यम से देश भर की 2,50,000 ग्राम पंचायतों को डिजिटली जोड़ना आदि पर काफी जोर दिया गया है। साथ ही भारत की अर्थव्यवस्था में सकल राष्ट्रीय आय के सापेक्ष निवेश दर का जो अनुपात है, उसे मौजूदा 29 प्रतिशत से बढ़ाकर वित्तीय वर्ष 2023 में 36 प्रतिशत तक करने का लक्ष्य रखा गया है।

इसके अलावा रेल विकास प्राधिकरण की स्थापना के सुझावों के माध्यम से भारतीय रेल को एकीकृत व पारदर्शी विकास की ओर बढ़ाया जा सकेगा। देश भर में सामानों की आवाजाही को सुगम बनाने के लिए तटीय नौवहन (कोस्टल शिपिंग) व अंतरदेशीय जलमार्गों को अहमियत दी जाएगी। आर्थिक विकास के साथ-साथ समावेशी विकास की ओर अनेक कदम उठाए जाने को भी इस रणनीति में शामिल किया गया है। यहाँ मुख्यत: स्वास्थ्य, शिक्षा और सामान्यत: हाशिए पर रहनेवाले लोगों तक को भी विकास की मुख्यधारा से जोड़ने की बात की गई है। उदाहरण के लिए, 'आयुष्मान भारत योजना' के तहत देश भर में 1,50,000 स्वास्थ्य एवं उपचार केंद्र खोलने, शिक्षा क्षेत्र में नई खोज प्रेरित करनेवाले, सुधार लाने और गाँव-गाँव में सस्ते घर उपलब्ध कराने जैसे उपाय करने की बात सुझाई गई है।

इसके अतिरिक्त, चूँकि भारत एक कृषि प्रधान देश है, यह कहना अतिशयोक्ति नहीं होगी कि भारत की तरक्की का रास्ता कहीं-न-कहीं गाँवों से होकर गुजरता है। कुछ इसी तर्ज पर नई आर्थिक रणनीति में कृषि क्षेत्र में किसानों को उद्यमी के तौर पर प्रोत्साहित करने के लिए राष्ट्रीय कृषि बाजारों को विस्तारित करने और कृषि तथा पशुपालन के विनियमन में उचित बदलाव करने की बात भी कही गई है। साथ ही कृषि लागत कम करने और कृषि योग्य भूमि की गुणवत्ता बढ़ाने जैसे उपाय भी बताए गए हैं।

भारत एक युवा देश है और प्रतिवर्ष यहाँ लाखों की तादाद में नए श्रमिक रोजगार प्राप्त करने के लिए मौजूदा श्रम संख्या में जुड़ जाते हैं। जाहिर तौर पर देश के तीव्रतम गति से विकास करने का लक्ष्य लेकर चलनेवाली कोई भी रणनीति तभी सफल मानी जा सकती है, जब उसमें युवाओं के लिए रोजगार के नए अवसर जुटाने की योजना निहित हो। नई रणनीति में अधिकतम रोजगार सुनिश्चित करने के लिए श्रम-कानूनों का पूर्ण संहिताकरण करने और प्रशिक्षुता बढ़ाने जैसे उपाय बताए गए हैं।

इस प्रकार नीति आयोग की भावी आर्थिक रणनीति में निवेश, उत्पादन, रोजगार बढ़ाने के साथ समावेशी विकास बढ़ाने पर भी बल दिया गया है। सही मायने में आर्थिक तरक्की का अभिप्राय सिर्फ देश की सकल राष्ट्रीय आय में इजाफा हासिल करने तक सीमित नहीं है, बल्कि इस तरक्की का लाभ लोगों के लिए जीवन जीने की

गुणवत्ता बढ़ाने और समाज के हर तबके और क्षेत्र तक पहुँच पाने से भी है। फिलहाल नीति आयोग की इस पेशकश को महत्त्वाकांक्षी अवश्य समझा जा सकता है, लेकिन फिर भी पारदर्शिता के साथ समावेशी विकास की अवधारणा को आर्थिक नीतियों का केंद्रबिंदु बनाना वाकई एक सकारात्मक कदम है।

21-12-2018, 'हमारा महानगर'

□

52

एफ.डी.आई. के नियमों में सख्ती से प्रभावित होंगी ई-कॉमर्स कंपनियाँ

हाल ही में औद्योगिक नीति एवं संवर्धन विभाग द्वारा जारी अतिरिक्त निर्देशिका (एडीशनल गाइडलाइन) के तहत अब एमेजॉन प्राइम और फ्लिपकार्ट सरीखी ई–कॉमर्स कंपनियों, जिन्होंने अपने कारोबार में प्रत्यक्ष विदेशी निवेश के जरिए काफी इजाफा किया है, के लिए नियमों को और अधिक कठिन बनाया गया है, हालाँकि यह नई नियमावली अगले वर्ष 1 फरवरी से लागू की जाएगी, लेकिन माना जा रहा है कि प्रस्तावित नए नियमों का उन ई–कॉमर्स कंपनियों पर विपरीत प्रभाव पड़ेगा, जिनमें प्रत्यक्ष विदेशी निवेश लगा हुआ है।

नई गाइडलाइन के तहत अगर किसी ई–कॉमर्स कंपनी या फिर उसकी ग्रुप कंपनी की किसी अन्य कंपनी की इक्विटी में हिस्सेदारी है या फिर वे उस कंपनी की इन्वेंटरी (बेचने के लिए तैयार सामान) पर 25 प्रतिशत या उससे अधिक नियंत्रण रखने की स्थिति में हैं तो वह अन्य कंपनी इस ई–कॉमर्स कंपनी के मार्केटिंग प्लेटफॉर्म पर कारोबार नहीं कर सकेगी। जाहिर तौर पर ऐसी इकाइयों को अपना 75 प्रतिशत से अधिक सामान बेचने के लिए अन्य प्रतिद्वंद्वी ई–मार्केटिंग कंपनियों के माध्यम से कारोबार करना पड़ सकता है।

गौरतलब है कि भारत में ऑनलाइन ट्रेडिंग प्लेटफॉर्म की सुविधा प्रदान करनेवाली दो बड़ी कंपनियाँ एमेजॉन–प्राइम और फ्लिपकार्ट की भारत में ई–मार्केटिंग क्षेत्र में 80 प्रतिशत से अधिक हिस्सेदारी है और जिस बिजनेस मॉडल को लेकर इन कंपनियों ने अपना कारोबार तेजी से बढ़ाया है, नए नियम सीधे–सीधे उसी को आहत कर सकते हैं।

जाहिर तौर पर लाखों की तादाद में भारतीय खुदरा व्यापारियों को इस नियम के तहत फायदा पहुँचने की संभावना है। एक प्रकार से भारतीय खुदरा व्यापार क्षेत्र में अब

ऑनलाइन ट्रेडिंग और खुदरा दुकानदारों के दरमियान एक बेहतर बराबरी का मैदान बनेगा, जिससे खुदरा व्यापार में वर्चस्व रखनेवाली कंपनियों का रुतबा कुछ कम होगा। केंद्र सरकार द्वारा यह कदम घरेलू खुदरा व्यापारियों के हितों को ध्यान में रखते हुए उठाया गया है।

अब ई-कॉमर्स कंपनियाँ किसी अन्य ईकाई के साथ एक्सक्लूजिव सेल (विशिष्ट विक्रय) का करार नहीं कर सकेंगी। यही नहीं, अब ई-कॉमर्स कंपनियाँ अपनी ग्रुप कंपनियों के माध्यम से नकद छूट (कैश बैक) सुविधा भी नहीं दे पाएँगी और न ही प्रत्यक्ष या परोक्ष रूप से भी किन्हीं भी वस्तुओं या सेवाओं की कीमतों को प्रभावित ही कर पाएँगी।

गौरतलब है कि ई-विक्रेताओं द्वारा ऑनलाइन खरीदी पर दिए जा रहे भारी डिस्काउंट से घरेलू खुदरा व्यापारियों को अपने सामान बेचने में खासी दिक्कतें पेश आ रही थीं और जाहिर तौर पर ई-कॉमर्स कंपनियों के लिए एफ.डी.आई. नियमों को कड़ा बनाने से उन्हें लाभ ही होगा।

उल्लेखनीय है कि इसी वर्ष मई माह में अमेरिकी खुदरा ई-विक्रेता वॉलमार्ट ने भारतीय ई-कॉमर्स कंपनी फ्लिपकार्ट में करीब 16 बिलियन डॉलर का निवेश किया था और तब अखिल भारतीय व्यापारी संघ (सी.ए.आई.टी.) ने एतराज जताते हुए यह आशंका व्यक्त की थी कि वॉलमार्ट सरीखे वैश्विक स्तर पर स्थापित बड़े ई-विक्रेता भारतीय खुदरा व्यवसाय पर खतरनाक मूल्य निर्धारण नीतियों के जरिए कहीं अपना आधिपत्य या नियंत्रण न स्थापित कर लें।

वस्तुतः ई-कॉमर्स क्षेत्र में भारत एक तेजी से उभरते सितारे के समान है। एक स्वतंत्र अनुमान के अनुसार, इस क्षेत्र का कारोबार वर्ष 2017 के 39 बिलियन यू.एस. डॉलर के मुकाबले अगले तीन वर्षों (वर्ष 2020) में बढ़कर 120 बिलियन डॉलर तक हो जाने की संभावना है। फिलहाल मार्केटप्लेस-मॉडल वाले ई-कॉमर्स क्षेत्र में 100 प्रतिशत तक ऑटोमेटिक रूट से प्रत्यक्ष विदेशी निवेश किया जा सकता है। यह क्षेत्र कितनी तेजी से विकास कर रहा है, इसका अंदाजा इससे भी लगाया जा सकता है कि वर्ष 2017 में ही 2.1 बिलियन डॉलर तक के प्राइवेट इक्विटी और वेंचर-कैपिटल सौदे ई-कॉमर्स उद्योग में किए गए हैं और वर्ष 2018 में प्रथम छह महीनों में ही 1,129 मिलियन डॉलर तक के सौदे हो चुके हैं।

जिस तेजी से ई-कॉमर्स कंपनियों ने अपना कार्यक्षेत्र बढ़ाया है, उसने तो भारत के पारंपरिक खुदरा व्यापार की तसवीर ही बदलकर रख दी, फिर इंटरनेट और स्मार्टफोन की दुनिया ने मानो इसे और भी बल दिया। फिलहाल देखना होगा कि नई ई-कॉमर्स नीति

का भारतीय खुदरा विकास पर कैसा प्रभाव पड़ेगा। आखिर ई–कॉमर्स उद्योग का विकास देश की आर्थिक विकास दर को बल ही देगा।

उम्मीद की जानी चाहिए कि बड़ी ई–कामर्स कंपनियाँ अपने बिजनेस मॉडल में यथोचित् बदलाव कर पाने में सफल होंगी और यह उद्योग नए नियमों के तहत एक बेहतर प्रतिस्पर्धात्मक वातावरण के साथ आगे बढ़ पाने में समर्थ होगा।

28–12–2018, 'हमारा महानगर'

□

53

आधारभूत क्षेत्र में धीमी पड़ रही हैं विकास दर

हाल ही में केंद्र सरकार के वाणिज्यिक एवं उद्योग मंत्रालय द्वारा जारी आँकड़ों के अनुसार, नवंबर 2018 में आठ प्रमुख उद्योगों का सूचकांक 128.5 था, जो कि नवंबर 2017 के मुकाबले 3.5 प्रतिशत अधिक रहा। यद्यपि यह विकास दर सकारात्मक रही, परंतु उल्लेखनीय बात यह है कि यह अक्तूबर माह के 4.8 प्रतिशत विकास दर से कुछ कमजोर हुई है।

गौरतलब है कि इस आधारभूत उद्योग क्षेत्र में कोयला, विद्युत्, सीमेंट, कच्चा तेल, प्राकृतिक गैस, रिफाइनरी उत्पाद, खाद (फर्टिलाइजर) और स्टील उद्योग शामिल हैं, जिनका भारत के उद्योग जगत् में रणनीतिक महत्त्व है। भारत के औद्योगिक उत्पादन सूचकांक के गणन में इन उद्योगों की सम्मिलित हिस्सेदारी 40.27 प्रतिशत है और इस लिहाज से भी इन उद्योगों की विकास दर के स्तर से औद्योगिक उत्पादन दर के संभावित रुख का अनुमान भी एक हद तक लगाया ही जा सकता है।

सबसे पहले यदि कोयला क्षेत्र की बात करें तो यहाँ नवंबर 2017 के मुकाबले विकास दर 3.7 प्रतिशत रही, जो कि लगभग औसत विकास दर के करीब ही रही, हालाँकि अप्रैल 2018 से नवंबर 2018 तक के अंतराल की तुलना करें तो पिछले वर्ष के मुकाबले विकास दर 9 प्रतिशत रही।

लेकिन दूसरी ओर कच्चे तेल का उत्पादन नवंबर 2017 के मुकाबले 3.5 प्रतिशत से कम हुआ और यही रुख अप्रैल से नवंबर तक के सम्मिलित उत्पादन दर में भी परिलक्षित हुआ है। प्राकृतिक गैस का उत्पादन तो नवंबर 2018 में 0.5 प्रतिशत की नगण्य विकास दर हासिल कर सका, जबकि यदि पिछले 8 महीनों के प्रदर्शन की चर्चा करें तो भी लगभग यही रुख कायम रहा है।

एक ओर जहाँ रिफाइनरी उत्पादन 2.3 प्रतिशत से बढ़ा, वहीं फर्टिलाइजर्स का उत्पादन 8.1 प्रतिशत से घटा है, हालाँकि स्टील, सीमेंट और विद्युत् क्षेत्र, जिनकी इस सूचकांक के गणन में क्रमशः 17.92, 5.37 एवं 19.85 प्रतिशत की भागीदारी है, वहाँ नवंबर 2017 के मुकाबले यह सूचकांक क्रमशः 6.0 प्रतिशत, 8.8 प्रतिशत एवं 5.4 प्रतिशत से बढ़ा है। जाहिर तौर पर इन तीन अत्यधिक महत्त्वपूर्ण उद्योगों का प्रदर्शन औसत से कहीं अधिक रहा है और इसी वजह से धीमी गति से ही सही, इन 8 उद्योग समूहों की औसत उत्पादन दर 3.5 प्रतिशत से बढ़ी है।

नवंबर माह में आधारभूत उद्योगों की सम्मिलित विकास दर का धीमा पड़ना चिंताजनक समझा जा सकता है, लेकिन अच्छी बात यह है कि 21 दिसंबर, 2018 को समाप्त हुए पखवाड़े में बैंकों की क्रेडिट विकास दर 15.11 प्रतिशत के ऊँचे स्तर पर पहुँच गई है। साथ ही बैंक डिपाजिट दरें भी 9.22 प्रतिशत से बढ़ी हैं। रिजर्व बैंक द्वारा जारी एक रिपोर्ट के अनुसार, इस दरमियान जहाँ एक ओर बैंक ऋणों (क्रेडिट) का स्तर 92.87 ट्रिलियन रुपए तक जा पहुँचा, वहीं बैंक डिपॉजिट की मात्रा 118.18 ट्रिलियन रुपए तक पहुँच गई। यह प्रदर्शन न सिर्फ इससे पूर्व, अर्थात् 7 दिसंबर, 2018 को समाप्त हुए पखवाड़े से बेहतर प्रदर्शन है, बल्कि पिछले वर्ष की तुलना में भी काफी बढ़िया प्रदर्शन है।

बैंक क्रेडिट दर बढ़ने से आनेवाले समय में आर्थिक विकास दर और रोजगार के अवसर दोनों बढ़ने के अच्छे आसार नजर आ रहे हैं। खासतौर पर गैर-खाद्य ऋणों की विकास दर नवंबर 2018 में 13.8 प्रतिशत रही, जो कि पिछले वर्ष इसी माह में 8.8 प्रतिशत रही थी।

कुल मिलाकर आठ प्रमुख उद्योग क्षेत्रों की औसत विकास दर भले ही कमजोर पड़ी हो, पर आनेवाले समय में औद्योगिक उत्पादन दर में सुधार आने की संभावना भी फिलहाल नजर आ रही है।

04-01-2019, 'हमारा महानगर'

□

54

विश्व बैंक को दिख रहा है भारतीय अर्थव्यवस्था में दम

विश्व बैंक द्वारा जारी एक रिपोर्ट में यह अनुमान लगाया गया है कि मौजूदा वित्तीय वर्ष 2018-19 में भारत की सकल राष्ट्रीय आय करीब 7.3 प्रतिशत तक बढ़ने की संभावना है। साथ ही चीन, जो कि विश्व की दूसरी सबसे बड़ी अर्थव्यवस्था है, उसकी विकास दर इस अंतराल में 6.3 प्रतिशत ही रहने का पूर्वानुमान लगाया गया है। उल्लेखनीय है कि विश्व बैंक की 'वैश्विक आर्थिक परिप्रेक्ष्य : धुँधला पड़ता आसमान' नामक इस रिपोर्ट में ज्यादातर वैश्विक अर्थव्यवस्थाओं के नकारात्मक या यूँ कहें, कठिन दौर से गुजरने की बात कही गई है, जबकि उसमें भारत सहित अन्य कई दक्षिणी एशियाई देशों में आर्थिक विकास की बेहतर तसवीर पेश की गई है।

विश्व बैंक की मानें तो जहाँ सन् 2018 में विकसित अर्थव्यवस्थाओं में से 80 प्रतिशत से अधिक देशों में आर्थिक विकास की दर कमजोर पड़ी है, वहीं करीब एक-तिहाई विकासशील अर्थव्यवस्थाओं में भी विकास दर धीमी पड़ी है। खासतौर पर वैश्विक बाजार में बढ़ते तनाव और सख्त वित्तीय नीतियों की वजह से अनेक देशों के निर्यातों, औद्योगिक उत्पादन दर और निवेश के स्तर पर नकारात्मक प्रभाव पड़ा है। यही नहीं, वैश्विक वित्तीय बाजारों में मची उथल-पुथल का सिलसिला मौजूदा वित्तीय वर्ष में भी चालू रहने की संभावना है और अनेक उदयीमान अर्थव्यवस्थाओं पर भी आनेवाले समय में इसका नकारात्मक प्रभाव पड़ने के काफी आसार हैं।

साथ ही कुछ देशों द्वारा अपनाई जा रही संरक्षणनात्मक व्यापार नीति तथा विश्व की टॉप दो अर्थव्यवस्थाओं—अमेरिका और चीन में आर्थिक विकास दर कमजोर होने के साइड इफेक्ट्स भी इन उदयीमान अर्थव्यवस्थाओं को आहत कर सकते हैं। इस प्रकार विश्व बैंक ने जहाँ एक ओर औसत वैश्विक विकास दर के पूर्वानुमान को सन् 2018 के

3.0 प्रतिशत से घटाकर वर्ष 2019 के लिए 2.9 प्रतिशत और वर्ष 2020–21 के लिए 2.8 प्रतिशत कर दिया है, वहीं उदयीमान देशों में भी आर्थिक विकास दर में कोई सुधार की उम्मीद उसे नजर नहीं आ रही। विश्व बैंक की रिपोर्ट के अनुसार, उदयीमान और विकासशील देशों में महँगाई की औसत दर सन् 1974 के 17.3 प्रतिशत के मुकाबले सन् 2018 में 3.5 प्रतिशत तक कम हो चुकी है और विकसित अर्थव्यवस्थाओं में तो महँगाई की दर और तीव्रता से कम हुई है।

हालाँकि कहीं–कहीं महँगाई की दर बढ़ी भी है, लेकिन ज्यादातर मामलों में मुद्रा स्फीति की दर को सामान्य स्तर पर बनाए रखना काफी चुनौतीपूर्ण साबित हो सकता है। कारण यह है कि जहाँ कई देशों द्वारा अपनाई जा रही संरक्षणात्मक नीतियों के चलते वैश्विक व्यापार पर प्रतिकूल प्रभाव पड़ने की संभावना है, वहीं मौद्रिक नीतियों और राजकोषीय नीतियों में लोकलुभावन नीतियों के बढ़ते दबाव के चलते कई देशों में उनकी उपादेयता पर संशय उत्पन्न हुआ है।

इन सबके बीच विश्व बैंक को भारत की आर्थिक विकास क्षमताओं में दम नजर आ रहा है। भारत सरकार द्वारा देश की अर्थव्यवस्था में लाए गए आर्थिक सुधारों जैसे कि जी.एस.टी. और बैंकों का पुन: पूँजीकरण आदि के कारण यहाँ घरेलू माँग का स्तर बढ़ा है। वहीं दूसरी ओर बड़ी संख्या में लोग गरीबी के कुचक्र से बाहर भी निकले हैं और यह सिलसिला आगे भी चलते रहने की संभावना विश्व बैंक को दिखाई दे रही है, हालाँकि भारत में महँगाई दर बढ़ने और ब्याज की दरों के ऊँचे स्तर पर बने रहने की संभावना भी उसे नजर आ रही है।

इसके अलावा भारत का राजकोषीय घाटा भी पूर्वानुमानित स्तर से कहीं अधिक हो चला है, इसका जिक्र भी इस रिपोर्ट में किया गया है, लेकिन फिर भी तमाम विश्लेषणों के आधार पर विश्व बैंक ने भारत की आर्थिक विकास दर के मौजूदा वित्तीय वर्ष में 7.3 प्रतिशत और अगले वित्तीय वर्ष के उपरांत 7.5 प्रतिशत तक बढ़ने की उम्मीद जताई है।

कुल मिलाकर विश्व बैंक को भारत की ग्रोथ स्टोरी में दम दिख रहा है, लेकिन फिर भी महँगाई, राजकोषीय घाटा और बढ़ते एन.पी.ए. जैसी चुनौतियों को गंभीरता से लिये जाने और उचित कदम उठाए जाने की आवश्यकता अभी भी बनी हुई है।

11-01-2019, 'हमारा महानगर'

□

55

निर्यातों की वृद्धि दर कमजोर पड़ना चिंताजनक

हाल ही में भारत सरकार के वाणिज्यिक विभाग द्वारा जारी आँकड़ों के अनुसार, दिसंबर 2018 में निर्यातों की विकास दर महज 0.34 प्रतिशत रही, जो कि पिछले तीन महीनों का न्यूनतम स्तर है, हालाँकि इस दरमियान आयातों का स्तर भी कम हुआ है और वे सितंबर 2016 के बाद पहली बार कुछ कम हुए।

अगर आँकड़ों के संदर्भ में बात करें तो दिसंबर माह में भारत से 27.93 बिलियन डॉलर के मूल्य का निर्यात हुआ, जबकि दिसंबर 2017 में इनका मूल्य करीब 27.83 बिलियन डॉलर था। इस प्रकार डॉलर मूल्यों में निर्यात भले ही 0.34 प्रतिशत की नगण्य दर से बढ़े हों, पर अगर रुपए के संदर्भ में निर्यातों के मूल्य का आकलन करें तो जहाँ दिसंबर 2017 में करीब 1,78,802 करोड़ रुपए के निर्यात भारत से किए गए, वहीं दिसंबर 2018 में इनका मूल्य बढ़कर 1,97,535 करोड़ रुपए हो गया, अर्थात् रुपए के संदर्भ में निर्यातों के मूल्य में 10.48 प्रतिशत की वृद्धि हुई है।

अब उन सामानों की बात करें, जहाँ निर्यातों का प्रदर्शन अच्छा रहा। एक ओर जहाँ पेट्रोलियम पदार्थ और रसायन (केमिकल्स) के निर्यातों में क्रमश: 13.18 व 5.5 प्रतिशत की वृद्धि हुई, वहीं इलेक्ट्रॉनिक सामानों व प्लास्टिक आदि से बनी चीजों के निर्यात में क्रमश: 50.81 व 20.18 प्रतिशत की वृद्धि हुई है। इस प्रकार कुछ क्षेत्रों में प्रदर्शन अगर कमजोर रहा है तो कुछ अन्य क्षेत्रों में हमारे निर्यातकों ने दमदार प्रदर्शन भी किया है।

अगर अप्रैल से दिसंबर तक के अंतराल के आँकड़ों का विश्लेषण करें तो पिछले वर्ष के मुकाबले निर्यातों में जहाँ डॉलर मूल्यों के संदर्भ में 10.18 प्रतिशत की वृद्धि दर अर्जित की गई, वहीं दूसरी ओर रुपए के संदर्भ में यह 19.16 प्रतिशत रही है। इस प्रकार भले ही दिसंबर माह में निर्यातों की वृद्धि दर कमजोर पड़ी है, पर मौजूदा वित्तीय वर्ष में अब तक

निर्यातों का प्रदर्शन पिछले वर्ष के मुकाबले बेहतर बन पड़ा है।

उधर दिसंबर 2018 में आयातों का डॉलर मूल्य 41.01 बिलियन यू.एस. डॉलर रहा, जो कि दिसंबर 2017 में 42.03 बिलियन डॉलर था, हालाँकि दिसंबर माह में हमारे आयात भले ही कुछ कम हुए हों, लेकिन अप्रैल से दिसंबर 2018 के दरमियान हमारे आयात डॉलर के संदर्भ में 12.61 प्रतिशत और रुपए के संदर्भ में 21.81 प्रतिशत से बढ़े ही हैं। यहाँ भी विभिन्न क्षेत्रों में आयातों की विकास दर में अंतर रहा है। प्रमुख कमोडिटीज के आयात कुछ बढ़े ही हैं। इनमें पेट्रोलियम पदार्थ 3.16 प्रतिशत, मशीनरी 8.38, कोयला 11.39 प्रतिशत व आयरन एवं स्टील 15.61 प्रतिशत से बढ़े हैं। कुल मिलाकर दिसंबर माह में निर्यात भले ही तेजी से न बढ़ पाए हों, पर आयातों में कमी आने से भारत का व्यापार घाटा दिसंबर 2017 के 14.20 बिलियन डॉलर के मुकाबले कुछ कम होकर करीब 13.08 बिलियन डॉलर रहा।

हाल ही में रिजर्व बैंक ऑफ इंडिया द्वारा जारी आँकड़ों के अनुसार, नवंबर माह में सर्विसेज के निर्यातों में अक्तूबर 2018 के सापेक्ष 0.82 प्रतिशत की कमी आई है, जबकि दूसरी ओर इसी अंतराल में सर्विसेज (सेवाओं) के आयात महज 0.10 प्रतिशत से बढ़े हैं। दरअसल भारत के निर्यातों में कमजोर पड़ती विकास दर को वैश्विक अर्थव्यवस्था की शिथिल पड़ती विकास दर से जोड़कर भी देखना चाहिए।

विश्व बैंक की एक रिपोर्ट के अनुसार, अनेक विकसित अर्थव्यवस्थाओं में न सिर्फ सन् 2018 में विकास दर कम हुई है, बल्कि मौजूदा वर्ष 2019 में इसके और भी शिथिल पड़ जाने के आसार नजर आ रहे हैं। जाहिर तौर पर अनेक उदयीमान देशों, विशेष रूप से चीन जैसे निर्यात आधारित विकास मॉडल को लेकर चलनेवाली अर्थव्यवस्थाओं में वैश्विक स्तर पर आर्थिक क्रियाओं का स्तर कमजोर पड़ने से निर्यातों पर बुरा प्रभाव पड़ा है, लेकिन फिर भी अगर डॉलर के सापेक्ष रुपए का मूल्य कम होने के बावजूद भारत अपने निर्यातों में उल्लेखनीय सुधार न कर पाए तो यह उस अवसर को खोने के समान है, जहाँ भारत अपने पारंपरिक प्रतिद्वंद्वी देशों के मुकाबले वैश्विक बाजारों में अपनी हिस्सेदारी कुछ बढ़ा सकता है।

ऐसे में निर्यात क्षेत्र में किए जा रहे विभिन्न प्रयासों को और भी तेजी से लागू किए जाने तथा निर्यात किए जानेवाले सामानों में विविधता बढ़ाने से मौजूदा वित्तीय वर्ष की अंतिम तिमाही में इस प्रदर्शन को बेहतर करने की कोशिश अवश्य की जा सकती है।

18-01-2019, 'हमारा महानगर'

□

56

धीमी पड़ रही है ड्रैगन की रफ्तार

हाल ही में चीन के राष्ट्रीय सांख्यिकी कार्यालय (नेशनल ब्यूरो ऑफ स्टेटिस्टिक्स) द्वारा जारी आँकड़ों के अनुसार, कैलेंडर वर्ष 2018 की चौथी तिमाही में चीन की सकल राष्ट्रीय आय की विकास दर 6.4 प्रतिशत रही, जो कि पिछले 28 वर्षों के इतिहास में उसकी न्यूनतम विकास दर के रूप में दर्ज की गई है।

उल्लेखनीय है कि वर्ष की तृतीय तिमाही में भी चीन की आर्थिक विकास दर करीब 6.5 प्रतिशत ही रही थी और इसमें और भी गिरावट हो सकती है, ऐसे कयास भी लगाए जा रहे थे। वर्ष की अंतिम तिमाही में जिस प्रकार गिरावट का सिलसिला बरकरार रहा है, उससे तो चीन की अर्थव्यवस्था में वार्षिक औसत विकास दर कुछ और सिकुड़कर 6.6 प्रतिशत हो गई है, जो सन् 1990 के बाद का सबसे खराब प्रदर्शन माना जा सकता है।

जाहिर तौर पर वैश्विक स्तर पर यह चर्चा गरम हो चली है कि आखिर नब्बे के दशक और 21वीं सदी के शुरुआती दौर में धमाकेदार प्रदर्शन करनेवाली चीन की अर्थव्यवस्था में विगत सात वर्षों में ऐसा क्या हुआ कि उसकी आर्थिक विकास दर लगातार कमजोर ही होती जा रही है? दरअसल इसके मूल में अनेक संरचनात्मक भू-राजनीतिक और वैश्विक व्यापार से जुड़े मसले हैं, जो न सिर्फ घरेलू स्तर पर, बल्कि अंतरराष्ट्रीय स्तर पर भी चीन के लिए गंभीर चुनौतियाँ पेश करते रहे हैं।

एक ओर चीन की घरेलू अर्थव्यवस्था में उत्पादों की डिमांड कमजोर हो चली है तो दूसरी ओर उसके सबसे बड़े ट्रेडिंग पार्टनर अमेरिका द्वारा अपनाई जा रही संरक्षणनात्मक व्यापार नीतियों के चलते वहाँ के बाजारों में ऊँचे आयात शुल्क की वजह से उसके उत्पादों की प्रतिस्पर्धात्मक क्षमता आहत हुई है। विश्व की दो प्रमुख अर्थव्यवस्थाओं में पारस्परिक व्यापारिक रिश्तों में आई कड़वाहट से चीन के उत्पादों के लिए उपभोक्ताओं में कहीं-न-कहीं उदासीनता पनपी है, जिसकी वजह से घरेलू और वैश्विक बाजारों में न सिर्फ चीनी, बल्कि चीन में कार्यरत दिग्गज बहुराष्ट्रीय कंपनियों के उत्पादों की प्रभावी

माँग का स्तर कमजोर पड़ा है और वाकई अब समस्या काफी गंभीर हो चली है।

हालाँकि चीन की अर्थव्यवस्था में विकास दर कमजोर होते जाने का रुख अनेक प्रतिष्ठित अंतरराष्ट्रीय वित्तीय संस्थानों जैसे कि आई.एम.एफ., विश्व बैंक आदि द्वारा जारी रिपोर्ट्स में भी काफी प्रखरता से दर्ज किया जाता रहा है, लेकिन अब जिस प्रकार चीन की सरकार के सांख्यिकी विभाग द्वारा जारी आधिकारिक आँकड़ों से इसकी पुष्टि हो चुकी है, तब समझा जा सकता है कि वाकई चीन में सबकुछ सामान्य नहीं है।

शायद यही कारण है कि अब चीन के राष्ट्रपति जिन पिंग ने धीमी पड़ती आर्थिक विकास दर और वहाँ के सामाजिक वातावरण पर इसके संभावित दुष्परिणामों के प्रति चिंता व्यक्त की है। पिछले कई वर्षों से चीन की आर्थिक विकास दर के लगातार कमजोर पड़ते जाने से जाहिर तौर पर चीन के समक्ष दीर्घकाल में अपनी विकास की रणनीति को फिर से परखने की आवश्यकता है। किसी भी देश की आर्थिक विकास दर का यूँ थमना वहाँ के लोगों में एक नकारात्मक दृष्टिकोण पैदा कर सकता है, जिससे कि वे भविष्य में व्यापार संबंधी निर्णय लेते समय जोखिम लेने से कतराते हैं और तटस्थता का रुख भी अख्तियार कर सकते हैं और इसके फलस्वरूप आर्थिक क्रियाओं का भावी स्तर कमजोर ही होता चला जाता है।

यही कारण है कि अनेक जानकारों के मुताबिक चीन की आर्थिक विकास दर के और भी शिथिल पड़ जाने के आसार फिलहाल दिखाई दे रहे हैं। खासतौर पर तब, जबकि अमेरिका के साथ व्यापार वार्त्ता करने के लिए उस पर लगभग एकतरफा दबाव है और चीन के लिए तो अमेरिकी शर्तों को मानने या न मानने पर दोनों ही सूरतों में कुछ घाटे का ही सौदा है। ऐसे में चीन अपने घरेलू उत्पादकों के लिए राजकोषीय या वित्तीय प्रोत्साहन दे सकता है, ताकि किसी प्रकार वहाँ पर आर्थिक क्रियाओं का स्तर कुछ बढ़े।

देखना दिलचस्प होगा कि चीन किस प्रकार मौजूदा चुनौतियों के दौर से बाहर निकल पाता है।

25-01-2019, 'हमारा महानगर'

□

57

भारत में बढ़ रहा है प्रत्यक्ष निवेश

हाल ही में रिजर्व बैंक द्वारा जारी एक रिपोर्ट में प्रत्यक्ष विदेशी निवेशवाली भारतीय कंपनियों की विदेशी देनदारियों और उनके सापेक्ष उपलब्ध एफ.डी.आई. से अर्जित संपत्तियों का ब्योरा प्रस्तुत किया गया है। वर्ष 2017–18 के वित्तीय वर्ष के लिए कराए गए इस सर्वेक्षण में कुल 23,605 कंपनियों ने भाग लिया और इनमें से 20,732 कंपनियाँ ऐसी हैं, जिनके कारोबार में किसी–न–किसी रूप में प्रत्यक्ष विदेशी निवेश लगा हुआ है।

उल्लेखनीय है कि इस सर्वेक्षण में मुख्यत: प्रत्यक्ष विदेशी निवेश के मूल्यांकन के बारे में जानकारी दी गई है, जो कि बाजार मूल्यों पर आधारित है और इस लिहाज से भी इसमें दी गई जानकारी भारत के भुगतान संतुलन द्वारा प्रदान किए जानेवाले लेखे–जोखे से कुछ अलग है। सर्वेक्षण में सूचीबद्ध (लिस्टेड) एवं गैर–लिस्टेड दोनों ही प्रकार की कंपनियों को शामिल किया गया है।

अब यदि कंपनी की इक्विटी (शेयर कैपिटल) में निवेश की बात हो तो यहाँ लिस्टेड कंपनियों के मुकाबले प्राइवेट या गैर–सूचीबद्ध कंपनियों में प्रत्यक्ष विदेशी निवेश की संख्या या मात्रा काफी अधिक है। दूसरी ओर प्रत्यक्ष विदेशी निवेश पानेवाली कंपनियों में वित्तीय (फाइनेंशियल) कंपनियों की हिस्सेदारी महज पाँच प्रतिशत पाई गई, जबकि बाकी 95 प्रतिशत कंपनियों, जो कि गैर–वित्तीय क्षेत्र में कार्यरत हैं, में प्रत्यक्ष विदेशी निवेश कहीं ज्यादा है।

एक ओर जहाँ सर्वे में शामिल वित्तीय कंपनियों की कुल इक्विटी कैपिटल में एफ.डी.आई. का योगदान 69.9 प्रतिशत पाया गया, वहीं गैर–वित्तीय कंपनियों में इसका अनुपात 81.1 प्रतिशत था, अगर भारतीय कंपनियों में विदेशी कंपनियों द्वारा किए गए प्रत्यक्ष निवेश की बात करें तो बाजार मूल्यों के आधार पर वित्तीय वर्ष 2017–18 में इसमें 4,33,300 करोड़ रुपए की वृद्धि हुई है और इसका संचयी मूल्य बढ़कर

28,24,600 करोड़ रुपए हो गया है, उधर भारतीय कंपनियों ने भी इस दौरान विदेशी कंपनियों में 5.28 लाख करोड़ रुपए का निवेश किया, जो कि पिछले वर्ष के मुकाबले 0.25 लाख करोड़ रुपए अधिक था।

खास बात यह है कि भारत में अंदर आनेवाले (इनवर्ड) एफ.डी.आई. और भारत से बाहर जानेवाले (आउटवर्ड) एफ.डी.आई. का जो अनुपात है, वह भी वित्तीय वर्ष 2017-18 में बढ़कर 5.3 हो गया, जो कि सन् 2016-17 में महज 4.8 था। एक अन्य महत्त्वपूर्ण जानकारी भी इस रिपोर्ट में दी गई है। भारत में प्रत्यक्ष निवेश करनेवाले देशों की फेहरिस्त में मॉरीशस अभी भी अग्रणी बना हुआ है, जिसका योगदान कुल एफ.डी. आई. में 19.7 प्रतिशत है। इसके अलावा अमेरिका, इग्लैंड (यू.के.), सिंगापुर और जापान आदि देशों ने भी भारतीय कंपनियों में निवेश किया है।

अगर सेक्टर आधारित विश्लेषण करें तो मुख्यत: विनिर्माण क्षेत्र में कार्यरत एफ.डी.आई. कंपनियों के पूँजीगत ढाँचे में 8.3 प्रतिशत प्रत्यक्ष विदेशी निवेश लगा है। इसके अलावा सूचना एवं प्रौद्योगिकी तथा अन्य सेवाएँ भी प्रत्यक्ष पूँजी निवेश आकर्षित करती हैं। इसके अलावा विदेशी कंपनियों की सब्सिडियरीज ने वर्ष 2017-18 में अपने कारोबार में 11.8 प्रतिशत का इजाफा किया और अपने कुल कारोबार का लगभग 31 प्रतिशत उन्होंने निर्यात भी किया।

हालाँकि रिजर्व बैंक ने अपने इस वार्षिक सर्वेक्षण के नतीजों को फिलहाल प्रोविजनल (अंतरिम) परिणाम के रूप में पेश किया है, लेकिन भारत में पिछले वर्ष एफ.डी.आई. निवेश जितनी प्रखरता से बढ़ा है, उसे भारत की अर्थव्यवस्था के संदर्भ में काफी सकारात्मक रुख के नजरिए से देखा जा सकता है। उम्मीद है कि मेक-इन-इंडिया और आर्थिक सुधार के क्षेत्र में प्रयास जारी रहने पर भारत में प्रत्यक्ष निवेश को और भी अधिक प्रोत्साहन मिल सकेगा।

01-02-2019, 'हमारा महानगर'

□

58

रिजर्व बैंक ने किया नीतिगत दरों में बदलाव

रिजर्व बैंक ने वित्तीय वर्ष 2018-19 की अंतिम द्विमासिक मौद्रिक नीति के अंतर्गत नीतिगत ब्याज दरों में 25 बेसिस अंकों की कटौती की है। परिणामस्वरूप रेपो रेट अब मौजूदा 6.50 प्रतिशत से कम होकर 6.25 प्रतिशत और रिवर्स रेपो रेट 6.25 से घटाकर 6.00 प्रतिशत कर दिया गया है। गौरतलब है कि रेपो रेट ब्याज की वह दर है, जिस पर कमर्शियल बैंक आवश्यकता पड़ने पर रिजर्व बैंक से रकम उधार ले सकते हैं। दूसरी ओर रिवर्स रेपो रेट वह ब्याज दर है, जो कमर्शियल बैंकों द्वारा रिजर्व बैंक में जमा कराए गए अल्पकालिक कैश डिपॉजिट पर रिजर्व बैंक द्वारा अदा की जाती है।

वस्तुत: रिजर्व बैंक महँगाई के मौजूदा और अपेक्षित स्तर के आकलन या विश्लेषण के आधार पर रेपो रेट और रिवर्स रेपो रेट तय करता है और घरेलू तथा वैश्विक स्तर पर महँगाई के स्तर को प्रभावित करनेवाले तत्त्वों के समीकरण बदलने पर इन्हें ऊपर या नीचे की ओर यथास्थिति समायोजित करता है।

पहले वैश्विक अर्थव्यवस्था में हो रहे बदलावों की बात करें तो दिसंबर माह की पाँचवीं मौद्रिक समीक्षा में वैश्विक आर्थिक क्रियाओं के गिरते स्तर को लेकर चिंता व्यक्त की गई थी, हालाँकि अमेरिका और चीन सहित यूरोप के अनेक देशों में अभी भी आर्थिक विकास दर में शिथिलता का रुख देखा जा रहा है, लेकिन विश्व की कई अन्य अर्थव्यवस्थाओं, जैसे कि जापान, ब्राजील और दक्षिण अफ्रीका आदि में आर्थिक क्रियाओं के स्तर में सुधार आता नजर आ रहा है।

वैश्विक अर्थव्यवस्था के संदर्भ में एक अन्य महत्त्वपूर्ण तत्त्व है, पेट्रोलियम की कीमतें, जहाँ दिसंबर 2018 के मुकाबले कीमतें थोड़ी बढ़ी जरूर हैं, लेकिन वे अभी भी अक्तूबर माह के अपने उच्चतम स्तर से कुछ कम ही हैं, उधर कई मैटल्स और कमोडिटीज की कीमतों में सुधार आया है। इसके अलावा वैश्विक वित्तीय बाजारों में भी दिसंबर माह की तुलना में उथल-पुथल कुछ कम होती देखी गई है। वस्तुत: वैश्विक स्तर

पर आर्थिक वातावरण पहले से बेहतर बन पड़ा है।

दूसरी ओर घरेलू अर्थव्यवस्था में भी सरकार द्वारा जारी आधिकारिक आँकड़ों के अनुसार, 2018-19 में आर्थिक विकास दर 7.2 प्रतिशत रहने का पूर्वानुमान लगाया गया है और साथ ही सकल पूँजी निर्माण दर में भी वृद्धि का रुख देखा गया है। भारत के निर्यातों में भी पहले के मुकाबले कुछ सुधार आता दिखाई दे रहा है, उधर औद्योगिक उत्पादन दर में भी कुछ वृद्धि होने की संभावना रिजर्व बैंक को फिलहाल दिखाई दे रही है।

इसके अलावा महँगाई की खुदरा दर (सी.पी.आई.) अक्तूबर माह के 3.4 प्रतिशत से और भी कम होकर दिसंबर माह में महज 2.2 प्रतिशत रही, जो कि महँगाई दर के बेंचमार्क स्तर से काफी कम है। यही नहीं, रिजर्व बैंक द्वारा कराए गए एक सर्वेक्षण में आनेवाले तीन महीनों व अगले वर्ष में भी महँगाई दर के क्रमशः 80 व 130 बेसिस अंकों से कम होने की उम्मीद सर्वे में शामिल लोगों ने जताई है।

इस प्रकार रिजर्व बैंक ने वैश्विक और घरेलू स्तर पर बदलते आर्थिक वातावरण का संज्ञान लेते हुए नीतिगत दरों में कटौती का निर्णय लिया है। जाहिर तौर पर नीतिगत दरों में कटौती से देश में आर्थिक क्रियाओं को बल मिलेगा। रिजर्व बैंक ने वर्ष 2018-19 के लिए आर्थिक विकास दर का पूर्वानुमान 7.4 प्रतिशत लगाया है, जो कि सरकारी आँकड़ों से भी कुछ बेहतर तसवीर पेश कर रहा है।

हालाँकि इन सबके बीच, अंतरराष्ट्रीय बाजारों में तेल की कीमतों में उतार-चढ़ाव, मानसून के बदलते मिजाज और यूनियन बजट में कल्याणकारी उपायों से लोगों की क्रय-शक्ति में इजाफा जैसे तत्त्व महँगाई की दर को प्रभावित कर सकते हैं और इनके प्रति सजग रहने की आवश्यकता है।

08-02-2019, 'हमारा महानगर'

☐

59

भारतीय अर्थव्यवस्था में नजर आ रहे हैं सकारात्मक रुझान

हाल ही में भारत सरकार के केंद्रीय सांख्यिकी विभाग द्वारा जारी आँकड़ों के अनुसार, जहाँ एक ओर दिसंबर माह में औद्योगिक उत्पादन दर पिछले वर्ष की तुलना में 2.4 प्रतिशत से बढ़ी है, वहीं दूसरी ओर जनवरी माह में खुदरा महँगाई दर और भी कम होकर पिछले 19 महीनों के न्यूनतम स्तर पर पहुँच गई। वाकई इन दोनों ही रुझानों को भारतीय अर्थव्यवस्था के संदर्भ में काफी उत्साहजनक समझा जा सकता है।

पहले औद्योगिक उत्पादन दर में आई वृद्धि के बारे में चर्चा करें तो यहाँ अप्रैल 2018 से दिसंबर 2018 के दरमियान देश में औद्योगिक उत्पादन पिछले वर्ष के सापेक्ष 4.6 प्रतिशत से बढ़ा है। खासतौर पर खनन क्षेत्र में 3.1 प्रतिशत, विनिर्माण क्षेत्र में 4.7 प्रतिशत और विद्युत् उत्पादन में 6.4 प्रतिशत की विकास दर रही। सर्वे में शामिल कुल 23 उद्योग समूहों में से 13 में दिसंबर माह में पिछले वर्ष की तुलना में विकास दर सकारात्मक रही है। सबसे अधिक तेजी से विकास करनेवाले उद्योगों में तंबाकू उत्पाद (27.9 प्रतिशत), अन्य यातायात उपकरण (17.9 प्रतिशत) तथा कपड़ा उद्योग (16.5 प्रतिशत) रहे, जबकि फर्नीचर, कुछ विनिर्मित वस्तुओं तथा कोयला व पेट्रोलियम पदार्थों के उत्पादन में क्रमशः 18.7, 16.4 व 5.4 प्रतिशत की कमी आई है।

अगर उपयोग आधारित विश्लेषण करें तो वहाँ पूँजीगत वस्तुओं का उत्पादन 5.9 प्रतिशत तो दूसरी ओर इंफ्रास्ट्रक्चर व कंस्ट्रक्शन क्षेत्र 10.1 प्रतिशत से बढ़ा है। उपभोक्ता वस्तुओं के उत्पादन में भी 2.9 प्रतिशत की वृद्धि हुई है। कुल मिलाकर ये रुझान आर्थिक क्रियाओं के बढ़ते स्तर की ओर इशारा कर रहे हैं और इस लिहाज से इन्हें भारतीय अर्थव्यवस्था के संदर्भ में सकारात्मक रुझान के तौर पर देखा जा सकता है। खासतौर पर इसलिए भी, क्योंकि जिन प्रमुख उद्योगों में विकास दर अधिक तेजी से बढ़ी है, वे

ज्यादातर श्रम-सघन उद्योग समझे जा सकते हैं और यह भावी रोजगार अवसरों के सृजन की दृष्टि से भी काफी महत्त्वपूर्ण है।

दूसरी ओर अब अगर खुदरा महँगाई दर के विषय पर चर्चा करें तो यहाँ एक ओर खाद्य वस्तुओं की कीमतों में गिरावट का दौर जारी रहा तो दूसरी ओर ईंधन की कीमतों पर दबाव में कमी आई है और इस वजह से खुदरा महँगाई दर में पिछले कई महीनों से चला आ रहा गिरावट का दौर बरकरार रहा है।

गौरतलब है कि खुदरा महँगाई दर में लगातार हो रही गिरावट के मद्देनजर रिजर्व बैंक ने भी अपनी हाल ही में घोषित मौद्रिक नीति में नीतिगत दरों में कटौती की घोषणा की थी और अब ऐसा प्रतीत होता है कि यदि खुदरा महँगाई दर यूँ ही बनी रही या फिर इसमें और भी कमी आई तो अप्रैल माह में घोषित की जानेवाली मौद्रिक नीति में ब्याज दरों में और भी कटौती की जा सकती है, हालाँकि इस दौरान राजकोषीय घाटे का आकार नियंत्रण में रख पाने में सरकार कितना कामयाब होती है, यह भी एक महत्त्वपूर्ण तत्त्व है, जो खुदरा महँगाई के भावी स्तर को प्रभावित कर सकता है।

अब अगर उन वस्तुओं की बात करें, जिनकी कीमतें खुदरा महँगाई दर के औसत स्तर से भी कम रहीं तो उनमें प्रमुख हैं—फल, सब्जियाँ, दालें और शक्कर, जहाँ कीमतों में क्रमश: 4.18, 13.32, 5.5 व 8.16 प्रतिशत से कीमतें घटी हैं। इसके अलावा अनाज, दूध, तेल व मसाले आदि की कीमतें भी औसत से काफी कम स्तर से बढ़ी हैं। गैर-खाद्य वस्तुओं की श्रेणी में हालाँकि औसत से कहीं ज्यादा तीव्रता से महँगाई बढ़ी है, विशेष रूप से स्वास्थ्य सेवाओं और घरेलू उपभोग की वस्तुओं की कीमतें क्रमश: 8.93 व 6.45 प्रतिशत से बढ़ी हैं।

कुल मिलाकर औद्योगिक उत्पादन और खुदरा महँगाई की दर में जो सकारात्मक रुझान नजर आ रहे हैं, वे यदि कायम रहे तो रिजर्व बैंक, जो प्राय: महँगाई के मसले को प्राथमिकता देता रहा है, उसे अब आर्थिक विकास पर बल देने के लिहाज से नीतिगत दरों में कटौती करने का प्रयोजन मिल सकता है।

15-02-2019, 'हमारा महानगर'

□

60

कमजोर पड़ रही है वैश्विक विकास दर

हाल ही में विश्व बैंक ने वैश्विक व्यापार आउटलुक का रुख बतानेवाले संकेतक के माध्यम से विश्वभर के नीति निर्धारकों को मौजूदा व्यापार गतिरोध की नीतियों के चलते आनेवाले वक्त में वैश्विक व्यापार की मात्रा व मूल्य में भारी गिरावट आने की आशंका व्यक्त की है। गौरतलब है कि 8 जुलाई, 2016 को चीन के शंघाई शहर में विश्व व्यापार संगठन द्वारा स्थापित किया गया यह संकेतक वास्तविक समय काल के परिप्रेक्ष्य में वैश्विक व्यापार के रुख की ताजातरीन जानकारी उपलब्ध कराता रहता है, जिससे कि न सिर्फ वैश्विक व्यापार के मौजूदा स्वरूप के संबंध में जानकारी मिलती है, बल्कि इस बात की भी भनक लगती है कि आनेवाले समय में वैश्विक व्यापार के क्षेत्र में किस प्रकार के ट्रेंड पनप सकते हैं।

खासतौर पर अंतरराष्ट्रीय व्यापार के क्षेत्र में आनेवाले टर्निंग पॉइंट्स के संदर्भ में जानकारी भी इस संकेतक के माध्यम से मिलती है। यह कुछ इस प्रकार से कार्य करता है कि यदि इस संकेतक पर वैश्विक व्यापार का स्तर 100 पर दर्ज हुआ तो यह अपेक्षित ट्रेंड के अनुरूप ही विकास दर का रुख दरशाता है। अब अगर 108 से अधिक अंक दर्ज हुए तो इसका अभिप्राय यह हुआ कि अपेक्षित ट्रेंड से कहीं बेहतर विकास दर पनप रही है।

जाहिर है कि यदि संकेतक ने 100 से कम का आँकड़ा दिखाया तो इसका मतलब यह है कि वैश्विक व्यापार की विकास दर अपने अपेक्षित ट्रेंड से कमजोर हो चली है। 19 फरवरी, 2019 को जारी आँकड़ों के अनुसार, इस संकेतक ने 96.3 का जो स्कोर बताया है, वो जाहिर तौर पर वैश्विक व्यापार की कमजोर तसवीर तो पेश कर ही रहा है, साथ ही मामले की गंभीरता भी समझा रहा है, क्योंकि यह स्कोर सन् 2010 के बाद का न्यूनतम स्तर है। अब क्योंकि सन् 2010 में वैश्विक बाजार महामंदी के दौर से पस्त था, वाकई वैश्विक व्यापार की विकास दर का इतना कमजोर पड़ जाना चिंता का सबब माना जा सकता है।

अगर इस संकेतक के गणन में शामिल उपवर्गों की बात करें, लगभग सभी क्षेत्रों में वैश्विक विकास दर नकारात्मक रुख दरशा रही है। उदाहरण के लिए, जहाँ एक्सपोर्ट ऑर्डर्स का सूचकांक 96.5 रहा, वहीं अंतरराष्ट्रीय हवाई यात्रा भाड़ा सूचकांक 96.8, ऑटो मोबाइल उत्पादन सूचकांक 92.5, विद्युत् उपकरण सूचकांक 88.7 तथा कृषि आधारित कच्चा माल सूचकांक 94.3 पर अंकित किया गया। इन सभी क्षेत्रों में प्रदर्शन ग्लोबल मंदी के दौर के समकक्ष तो कहीं-कहीं उससे भी बुरा रहा है। राहत की बात यह है कि महज कंटेनर पोर्ट सूचकांक में 100.3 का स्कोर रहा, जो लगभग अपेक्षित ट्रेंड के अनुसार या उससे कुछ तो बेहतर ही रहा।

हो सकता है, इस सूचकांक को शायद कुछ अस्थायी तत्त्वों ने भी प्रभावित किया हो, जैसे कि अमेरिका और चीन के बीच आयात शुल्क को लेकर चल रही तनातनी के मद्देनजर कुछ क्षेत्रों में कंटेनर तेजी से भेजे गए हों। कुल मिलाकर विश्व व्यापार आउटलुक संकेतक अधिकतर नकारात्मक रुख ही दरशा रहा है। ऐसे में प्रश्न उठता है कि आखिर वो कौन से तत्त्व हैं, जिन्होंने वैश्विक व्यापार की मात्रा या मूल्य को यूँ प्रभावित किया है ?

विश्व व्यापार संगठन के अनुसार, व्यापार मतभेद, राजनीतिक उठा-पटक और वित्तीय अस्थिरता वे प्रमुख कारण हैं, जिनकी वजह से वैश्विक व्यापार पर लगातार दबाव बना हुआ है और जब चौतरफा, अर्थात् लगभग हर क्षेत्र में ट्रेंड नकारात्मक है तो जाहिर तौर पर व्यापारिक मतभेदों, राजनीतिक जोखिमों और वित्तीय अस्थिरता जैसे मसलों को गंभीरता से लिये जाने की आवश्यकता है। खासतौर पर तब, जबकि नए वर्ष 2019 की प्रथम तिमाही में भी कुछ इसी प्रकार के नकारात्मक ट्रेंड्स के जारी रहने की आशंका जताई जा रही है।

22-02-2019, 'हमारा महानगर'

□

61

ई-कॉमर्स क्षेत्र में लाए जा सकते हैं बड़े बदलाव

हाल ही में भारत सरकार के औद्योगिक नीति एवं संवर्धन विभाग ने नई राष्ट्रीय ई-कॉमर्स नीति का मसौदा पेश किया, जिसमें भारत से संबंधित जानकारी (डेटा) को भारत के ही विकास के लिए काम में लिये जाने की आवश्यकता को ध्यान में रखते हुए ई-कॉमर्स क्षेत्र में काम कर रही विदेशी कंपनियों के लिए नियमों को और भी कड़ा करने का प्रस्ताव किया गया है।

इसके अलावा इस मसौदे में ई-कॉमर्स क्षेत्र के आधारभूत ढाँचे (इंफ्रास्ट्रक्चर), ई-कॉमर्स बाजार और इसके विनियमन से संबंधित मुद्दों पर भी चर्चा की गई है। साथ ही घरेलू अर्थव्यवस्था में डिजिटलाइजेशन बढ़ाने और ई-कॉमर्स के जरिए भारतीय उत्पादों का निर्यात (एक्सपोर्ट) बढ़ाने के संबंध में भी चर्चा की गई है।

दरअसल ई-कॉमर्स और उससे जुड़ी जानकारियों की बदलते डिजिटल भारत के परिप्रेक्ष्य में देश के आर्थिक विकास में एक अहम भूमिका है। आनेवाले समय में इस क्षेत्र का भारतीय अर्थव्यवस्था में योगदान बढ़े, इसके लिए यह आवश्यक समझा गया कि इस क्षेत्र के लिए समुचित प्रशासनिक, विनियमन और कानूनी तंत्र बनाए जाएँ, ताकि एक ओर उपभोक्ता संरक्षण और उनसे जुड़ी जानकारियों की गोपनीयता से जुड़े मसलों को हल किया जा सके तो दूसरी ओर इस क्षेत्र में कार्यरत सभी हितधारकों, जैसे कि निवेशक, निर्माता, मध्यम व छोटे आकार के उद्योग (एम.एस.एम.ई.), व्यापारीगण, खुदरा व्यवसायी, स्टार्ट अप्स एवं उपभोक्ता आदि के पारस्परिक हितों में सामंजस्य बैठाया जा सके।

दूसरी ओर ई-कॉमर्स क्षेत्र के विकास के लिए बनाई जा रही नीति का मौजूदा 'मेक इन इंडिया' और 'डिजिटल इंडिया' जैसी महत्त्वाकांक्षी नीतियों के साथ सामंजस्य

बैठाने की कोशिश भी की गई है। दरअसल पिछले कुछ वर्षों से भारत में ई-कॉमर्स व्यवसाय ने अभूतपूर्व तरक्की की है। यही नहीं, आगे भी यह रुख कायम रहेगा, ऐसा माना जा रहा है। नई नीति के अनुसार, भारत के ई-कॉमर्स के उपभोक्ताओं के साथ (बी.टू.सी.) व्यवसाय का मूल्यांकन, जो कि सन् 2017 में 38.5 बिलियन यू.एस. डॉलर था, उसके सन् 2026 में बढ़कर 200 बिलियन डॉलर हो जाने की संभावना है।

इस दौरान बिजनेस-टू-बिजनेस (बी2बी) कारोबार का आकार भी 300 बिलियन डॉलर हो जानेवाला है, लेकिन खास बात यह है कि इतनी तीव्रता से विकास करने की क्षमता दिखाने के बावजूद 860 बिलियन डॉलर के मूल्यांकनवाले खुदरा व्यवसाय के सामने फिलहाल उसका वजूद काफी सीमित है। दूसरे शब्दों में कहा जा सकता है कि ई-कॉमर्स क्षेत्र में विकास की काफी गुंजाइश है और इस लिहाज से इस क्षेत्र का विकास करने के लिए एक ठोस नीति और आधारभूत ढाँचे का समुचित विकास किया जाना बहुत आवश्यक है।

इसी कड़ी में प्रस्तावित मसौदे में यह प्रावधान है कि सभी ई-कॉमर्स वेबसाइट्स को भारत में पंजीकरण कराना आवश्यक होगा। इस क्षेत्र में विदेशी निवेश सिर्फ मार्केट प्लेस, अर्थात् बाजार आधारित मॉडल पर काम कर रही ई-कॉमर्स कंपनियों में ही किया जा सकेगा। भारत की सीमाओं के बाहर भारतीय उपभोक्ताओं आदि से जुड़ी जानकारियों को ले जाने की प्रक्रिया पर नियंत्रण लगाने, छोटे व नवीन उद्योगों के लिए परिचालन लागत कम करने तथा नकली उत्पादों से बचने के तरीकों जैसे संवेदनशील मुद्दों पर इस मसौदे में चर्चा की गई है।

इसके अलावा विदेशों से सीधे तौर पर भेजे जानेवाले उपहारों पर भी तुरंत प्रभाव से रोक लगाए जाने की बात की गई है, हालाँकि जीवनरक्षक दवाइयों को इस दायरे में नहीं रखा गया है। निश्चित तौर पर नई नीति ई-कॉमर्स क्षेत्र में काम कर रही विदेशी कंपनियों के मुकाबले भारतीय मूल की कंपनियों को कुछ हद तक बराबरी का दरजा दिलाने की कोशिश करती प्रतीत होती है। साथ ही ई-कॉमर्स के जरिए विदेशों से आयातित वस्तुओं को सीमा शुल्क के सिस्टम के साथ एकीकृत करने का भी प्रस्ताव किया गया है।

नकली उत्पादों से बचने के लिए ऐसी व्यवस्था की जा सकती है कि अब ई-कॉमर्स कंपनियों को हर उस विक्रेता के बारे में जरूरी जानकारियाँ देनी होंगी, जो अपनी चीजें उनके प्लेटफॉर्म पर बेचने के लिए उपलब्ध करा रहे हैं। उन्हें अब अपने उत्पादों की प्रामाणिकता (विशुद्धता) के बारे में दायित्व लेना भी अनिवार्य किया जा सकता है।

फिलहाल ई-कॉमर्स की नीति का यह मसौदा व्यापक चर्चा हेतु सभी हितधारकों के समक्ष प्रस्तुत किया गया है, जिनके सुझावों पर विचार करने के बाद ही इसे मूर्त रूप दिया जा सकेगा।

01-03-2019, 'हमारा महानगर'

□

62

धीमी पड़ रही है आर्थिक विकास दर

हाल ही में केंद्रीय सांख्यिकी विभाग द्वारा जारी आँकड़ों के अनुसार, मौजूदा वित्तीय वर्ष 2018-19 की तृतीय तिमाही में भारत की आर्थिक विकास दर स्थिर मूल्यों पर 6.6 प्रतिशत रही, जो कि प्रथम तिमाही (8 प्रतिशत) और द्वितीय तिमाही (7 प्रतिशत) से कुछ कम ही रही।

हालाँकि वैश्विक अर्थव्यवस्था में भारत की अर्थव्यवस्था ने सबसे तेज गति से विकास करते हुए प्रतिद्वंद्वी देश चीन (6.4 प्रतिशत) को फिर से पीछे छोड़ दिया है और इस लिहाज से मौजूदा आर्थिक वातावरण के मद्देनजर भारत की आर्थिक विकास दर थोड़ी शिथिल भले ही पड़ी हो, पर उसका प्रदर्शन इतना भी खराब नहीं है।

लेकिन फिर भी जिस प्रकार सकल राष्ट्रीय आय की विकास दर में शिथिलता का रुख कायम है, उसे चिंताजनक अवश्य समझा जा सकता है। विशेष रूप से कृषि क्षेत्र, जो आज भी करीब 60 प्रतिशत लोगों की आजीविका का स्रोत है, वहाँ विकास दर 2.7 प्रतिशत रही है, जबकि वर्ष 2017-18 में यह 5 प्रतिशत रही थी, उधर खनन क्षेत्र में भी विकास दर कुछ कमजोर ही रही, जो कि वर्ष 2017-18 के 5.1 प्रतिशत के मुकाबले महज 1.2 प्रतिशत रही, हालाँकि विनिर्माण क्षेत्र में प्रदर्शन दमदार रहा और यहाँ विकास दर सन् 2017-18 के 5.9 प्रतिशत से कहीं बेहतर 8.1 प्रतिशत रही।

इसके अलावा कंस्ट्रक्शन क्षेत्र में भी प्रदर्शन अच्छा रहा, जहाँ 8.9 प्रतिशत की दर से विकास हुआ है, जबकि पिछले वर्ष यह दर 5.6 प्रतिशत ही रही थी, उधर विद्युत्, गैस आदि की विकास दर भी 8 प्रतिशत के स्कोर तक पहुँची, हालाँकि यह फिर भी वर्ष 2017-18 के 8.6 प्रतिशत से कुछ कम ही रही। इसके अतिरिक्त व्यापार, होटल व्यवसाय और संचार आदि सेवाओं में भी विकास दर ठीक-ठाक रही। उधर, वित्तीय, रियल एस्टेट और प्रोफेशनल क्षेत्र में प्रदर्शन पिछले वर्ष के 6.2 प्रतिशत के मुकाबले 7.3 प्रतिशत रहा।

कुल मिलाकर यह कहा जा सकता है कि मुख्यत: कृषि क्षेत्र में कमजोर प्रदर्शन के चलते भारत की औसत विकास दर में कुछ शिथिलता आई है। कारण जो भी हो, आर्थिक विकास दर कमजोर पड़ने पर अब यह अनुमान भी लगाया जा रहा है कि अगली मौद्रिक समीक्षा में रिजर्व बैंक अपनी नीतिगत दरों में कुछ कटौती करेगा, ऐसी संभावना बन सकती है।

दरअसल भारत की आर्थिक विकास दर को लेकर जिस प्रकार के पूर्वानुमान लगाए गए हैं, वे सभी एक मिश्र तसवीर पेश कर रहे हैं और इस लिहाज से फिलहाल यह अनुमान लगाना मुश्किल है कि आखिर भारत की आर्थिक विकास दर किस रेंज में दर्ज होगी। ऐसे में यदि रिजर्व बैंक आर्थिक विकास को तरजीह देते हुए नीतिगत दरों में कटौती करता है तो भारत की अर्थव्यवस्था में विकास दर फिर से गति पकड़ सकने में सक्षम हो सकती है। विशेष रूप से यह भी माना जा रहा है कि नॉन-बैंकिंग फाइनेंस कंपनी (एन.बी.एफ.सी.) क्षेत्र में आई शिथिलता से टिकाऊ उपभोक्ता वस्तुओं की प्रभावी माँग पर कुछ विपरीत असर पड़ा है।

यदि इस क्षेत्र में व्याप्त समस्याओं को समुचित निदान संभव हो सके तो भी स्थितियाँ बेहतर बन सकती हैं, उधर भारत के निर्यातों का प्रदर्शन शानदार रहा है, जो कि वर्ष 2017-18 के 3.6 प्रतिशत के मुकाबले वर्ष 2018-19 की तृतीय तिमाही में 14.6 प्रतिशत से बढ़े हैं। एक ऐसे आर्थिक वातावरण में, जहाँ वैश्विक अर्थव्यवस्था की विकास दर भी कुछ सुस्त हो चली है, भारत के निर्यातक अच्छा प्रदर्शन तो कर रहे हैं, पर आनेवाले समय में विकास की यह रफ्तार बनाए रख पाना खासा चुनौतीपूर्ण साबित हो सकता है।

कुल मिलाकर भारत की आर्थिक विकास दर कुछ शिथिल अवश्य पड़ी है, पर भारत में आर्थिक सुधारों का सिलसिला यूँ ही कायम रहा तो भारत की ग्रोथ स्टोरी दमदार बनी रहेगी।

08-03-2019, 'हमारा महानगर'

□

63

कमजोर पड़ सकती है वैश्विक विकास दर

हाल ही में आर्थिक सहयोग तथा विकास संगठन (ओ.ई.सी.डी.) द्वारा जारी अंतरिम आर्थिक दृष्टिकोण (आउटलुक) रिपोर्ट में वैश्विक अर्थव्यवस्था में बढ़ते व्यापारिक तनाव और राजनीतिक अस्थिरता के चलते आर्थिक विकास दर कमजोर पड़ने की आशंका जताई गई है। चिंता की बात तो यह भी है कि लगभग सभी जी-20, अर्थात् टॉप विकसित अर्थव्यवस्थाओं में भी आनेवाले दो वर्षों में आर्थिक विकास दर कमजोर पड़ने के आसार नजर आ रहे हैं।

गौरतलब है कि पिछले वर्ष नवंबर माह में भी ओ.ई.सी.डी. ने वैश्विक विकास दर के संबंध में जारी अपने पूर्वानुमानों को घटाया था, लेकिन अफसोस, उसके बाद भी उसे मौजूदा हालात में कोई उल्लेखनीय सुधार होता नजर नहीं आया, बल्कि परिस्थितियाँ कुछ अधिक विकट ही हो चली हैं, जिसकी वजह से सन् 2019 में वैश्विक विकास दर 3.3 प्रतिशत और सन् 2020 में 3.4 प्रतिशत ही रहने का अनुमान लगाया गया है। उल्लेखनीय है कि वर्ष 2018 के लिए वैश्विक विकास दर का अनुमान 3.8 प्रतिशत था।

दरअसल एक ओर यूरो जोन तो दूसरी ओर चीन की आर्थिक विकास दर लगातार कमजोर पड़ रही है, वैश्विक व्यापार विकास दर में भारी गिरावट आई है और फिर ब्रेक्सिट को लेकर भी अनिश्चितता का माहौल बना हुआ है। ऐसे में यदि व्यापारिक रुकावटों का सिलसिला जारी रहा या फिर यूरोपियन यूनियन से यू.के. का पलायन (ब्रेक्सिट) सुचारु रूप से न हो सका या अनेक देशों में बढ़ते ऋणों के भार से वित्तीय अस्थिरता का माहौल पनपा तो वैश्विक अर्थव्यवस्था पर मँडरा रहे जोखिम बढ़ सकते हैं और जाहिर है कि इन सबके सम्मिलित प्रभाव से आर्थिक विकास दर कमजोर पड़ सकती है।

उल्लेखनीय है कि ओ.ई.सी.डी. का मुख्यालय पेरिस (फ्रांस) में स्थित है और

यह 36 सदस्य देशों की सरकारों के माध्यम से गठित एक ऐसा आर्थिक संगठन है, जो वैश्विक स्तर पर आर्थिक तरक्की और अंतरराष्ट्रीय व्यापार को प्रोत्साहन देने की दिशा में सन् 1961 से लगातार कार्यरत है। इसके सदस्य राष्ट्रों में ज्यादातर उच्च आय वर्ग में आनेवाली अर्थव्यवस्थाएँ हैं, जिनकी मानव विकास सूचकांक में भी काफी ऊँची वरीयता है। अब ऐसा हाई प्रोफाइल संगठन यदि वैश्विक विकास दर के संदर्भ में अपना आउटलुक जारी करता है तो उसे गंभीरता से लिया जाना लाजिमी है।

वस्तुत: उसे लगता है कि पिछले कुछ अरसे से वैश्विक विकास की गति कुछ मंद पड़ती जा रही है। कारण भी काफी स्पष्ट है। वैश्विक अर्थव्यवस्था की सेहत पर विभिन्न देशों के मध्य क्रॉस बार्डर व्यापार के स्तर का काफी प्रभाव पड़ता है। यहाँ व्यापार विकास दर वर्ष 2017 के 5.25 प्रतिशत के मुकाबले वर्ष 2018 में 4 प्रतिशत रह गई और बढ़ते व्यापारिक तनाव की वजह से व्यवसायियों में आत्मविश्वास और निवेश के प्रति रुचि दोनों कमजोर पड़े हैं।

चिंता की बात तो यह है कि आनेवाले समय में परिस्थितियाँ बद से बदतर हो सकती हैं, ऐसे संकेत भी उसे मिल रहे हैं। दरअसल वैश्विक स्तर पर यदि व्यापारिक तनाव बढ़ते हैं तो उसका प्रतिकूल प्रभाव उपभोक्ताओं के जीवन स्तर पर तो पड़ता ही है, बल्कि उत्पादन लागत बढ़ने से उत्पादकों और व्यापारिक वर्ग से लोगों को भी खामियाजा भुगतना पड़ सकता है। इसका उदाहरण है यू.एस. और चीन के बीच पिछले कुछ अरसे से चल रहा व्यावसायिक तनाव, जिसके चलते इन देशों में न सिर्फ महँगाई बढ़ी है, बल्कि इनकी आर्थिक विकास दर भी आहत हुई है।

ऐसे में ओ.ई.सी.डी. ने विश्व भर के नीति निर्धारकों से उचित मौद्रिक नीति अपनाने और आर्थिक क्रियाओं को प्रोत्साहन देने की रणनीति अपनाने की सलाह दी है। साथ ही विभिन्न देशों को बढ़ते संरक्षणवाद की प्रवृत्ति से बचने और नीतिगत अनिश्चितता की स्थितियों से दूर ही रहने की गुजारिश भी की है।

कुल मिलाकर विभिन्न देशों के द्वारा घरेलू स्तर पर मौद्रिक और राजकोषीय नीतियों में आर्थिक विकास को तरजीह देने और अंतरराष्ट्रीय स्तर पर अन्य देशों के साथ व्यापारिक सहयोग बढ़ाने से स्थितियाँ बेहतर हो सकती हैं और इस दिशा में सार्थक प्रयासों से तेजी लाने की आवश्यकता है।

15-03-2019, 'हमारा महानगर'

□

64

तटस्थ फेड नीति के पड़ेंगे सकारात्मक प्रभाव

हाल ही में अमेरिकी केंद्रीय बैंक (फेड) ने अपनी आर्थिक पूर्वानुमान समीक्षा के साथ-साथ नीतिगत दरों के संदर्भ में अपना नजरिया पेश किया, जिसमें यह संकेत दिया गया है कि मौजूदा वर्ष 2019 में फिलहाल वहाँ पर ब्याज दरें और अधिक नहीं बढ़ाई जाएँगी। गौरतलब है कि करीब तीन महीने पूर्व ही फेड की ओर से यह संकेत दिए गए थे कि वर्ष 2019 में ब्याज दरों में कम-से-कम दो दफे इजाफा किया जा सकता है।

ऐसे में जहन में सवाल उठना लाजिमी है कि आखिर फेड के रुख में यह बदलाव क्यों आया? जाहिर है कि अमेरिकी केंद्रीय बैंक ने नीतिगत दरों के संबंध में कोई उचित निर्णय लेने हेतु मौद्रिक तत्त्वों के अलावा अर्थव्यवस्था में मौजूद अन्य महत्त्वपूर्ण तत्त्वों जैसे कि आर्थिक विकास दर, रोजगार संबंधी आँकड़े व महँगाई दर आदि का भी संज्ञान लिया है और नीतिगत दरों में किसी प्रकार का बड़ा बदलाव लाने से पूर्व एक व्यापक दृष्टिकोण रखते हुए फिलहाल अपना रुख तटस्थ रखा है।

उदाहरण के लिए, अमेरिकी अर्थव्यवस्था में महँगाई की दर पिछले करीब एक दशक से भी अधिक समय से लगातार निचले स्तर पर बनी हुई है। इसके अलावा अमेरिका की सकल राष्ट्रीय आय की विकास दर का पूर्वानुमान भी कुछ कम हुआ है और साथ-ही-साथ बेरोजगारी बढ़ने के आसार भी नजर आ रहे हैं।

उल्लेखनीय है कि जहाँ एक ओर महँगाई की दर 0.1 आधार अंकों से कम होकर 1.8 प्रतिशत के नगण्य स्तर पर है, वहीं दूसरी ओर आर्थिक विकास दर दिसंबर 2018 में लगाए गए 2.5 प्रतिशत के पूर्वानुमान से भी कुछ कम होकर 2.1 प्रतिशत ही रहने का अनुमान लगाया गया है, जो कि काफी कमजोर स्तर समझा जा सकता है, उधर अमेरिका

में बेरोजगारी की दर 3.7 प्रतिशत जा पहुँची है, जो कि दिसंबर माह के मुकाबले 0.2 आधार अंक बढ़ ही गई है।

यही कारण है कि नीतिगत दरों के संदर्भ में निर्णय लेनेवाली कमेटी में जहाँ दिसंबर माह में सिर्फ दो सदस्यों ने वर्ष 2019 में ब्याज दरें नहीं बढ़ाने को उचित ठहराया था, वहीं मार्च माह में 11 सदस्यों ने ब्याज दरें नहीं बढ़ाने के पक्ष में अपना रुख पेश किया है। जाहिर है कि कठिन दौर से गुजर रही अमेरिकी अर्थव्यवस्था में वहाँ के शेयर बाजार से लेकर राष्ट्रपति तक ने फेड के निर्णय का स्वागत ही किया है।

हालाँकि अमेरिकी सकल राष्ट्रीय आय के संदर्भ में अमेरिकी सरकार और फेड के द्वारा लगाए गए पूर्वानुमानों में काफी अंतर है। जहाँ वित्तीय वर्ष 2020 के लिए पेश बजट में वहाँ की जी.डी.पी. के 3.2 प्रतिशत से बढ़ने का पूर्वानुमान लगाया गया है, वहीं फेड के विचार से आर्थिक विकास दर कहीं अधिक कमजोर रहने के आसार हैं। हालाँकि, फेड के अनुसार, अमेरिकी श्रम बाजार में मजबूती बरकरार है, लेकिन बावजूद इसके आर्थिक विकास दर कहीं-न-कहीं शिथिल पड़ती जा रही है। इस प्रकार न सिर्फ घरेलू फ्रंट पर फेड को हालात कुछ ठीक नहीं लग रहे, बल्कि वैश्विक स्तर पर जिस प्रकार यूरोपियन और चीनी अर्थव्यवस्था में विकास दर कमजोर पड़ रही है, उससे भी अमेरिकी अर्थव्यवस्था पर नकारात्मक असर पड़ने की आशंका फेड को नजर आ रही है।

जो भी हो, फेड द्वारा फिलहाल नीतिगत दरों में वृद्धि न करने का निर्णय विश्व भर के शेयर बाजारों के लिए राहत भरी खबर है और भारतीय इक्विटी-मार्केट पर भी इसके सकारात्मक प्रभाव पड़ेंगे।

22-03-2019, 'हमारा महानगर'

□

65

सतत विकास लक्ष्यों के स्कोर निराशाजनक

हाल ही में जारी एस.डी.जी. (सस्टेनेबल डेवलपमेंट गोल्स) सूचकांक एवं डैशबोड्र्स रिपोर्ट 2018 में संयुक्त राष्ट्र जनरल असेंबली द्वारा निर्धारित 17 सतत विकास लक्ष्यों का पीछा कर रहे देशों के प्रदर्शन और तदनुसार उनकी वरीयता का लेखा-जोखा प्रस्तुत किया गया है। उल्लेखनीय है कि वैश्विक स्तर पर निर्धारित इन लक्ष्यों का एजेंडा है—वर्ष 2030 तक समूचे विश्व को एक बेहतर स्वरूप में बदल डालना।

जाहिर है कि लक्ष्य न सिर्फ व्यापक हैं, बल्कि वे सब एक-दूसरे पर आश्रित भी हैं। वर्ष 2015 में अंतरराष्ट्रीय समुदाय द्वारा स्वीकार किए गए ये लक्ष्य काफी महत्त्वाकांक्षी हैं और इस लिहाज से बहुत जल्दी कुछ बड़ी सफलता इसमें मिलेगी, यह भी अनुमान लगाना कठिन है, फिर भी जब लक्ष्य बड़ा हो तो ज्यादा महत्त्वपूर्ण यह है कि क्या आप अपने लक्ष्य को हासिल करने के लिए सभी जरूरी कदम उठा रहे हैं और क्या आप उस दिशा में कुछ आगे बढ़ पा रहे हैं या नहीं?

पहले तो हम यह समझने का प्रयास करें कि आखिर इन सतत विकास लक्ष्यों का दायरा कितना व्यापक या जटिल है। सबसे पहला लक्ष्य है, वैश्विक अर्थव्यवस्था से गरीबी का उन्मूलन करना, फिर चाहे वह कहीं भी अथवा किसी भी रूप में मौजूद हो। गरीबी की व्याख्या सिर्फ किसी व्यक्ति की आय या संसाधनों के आधार पर ही नहीं की जा सकती, बल्कि किसी भी व्यक्ति के लिए सामाजिक सुरक्षा, स्वास्थ्य और शिक्षा के अवसरों की उपलब्धता की पर्याप्तता से भी इसका सरोकार है।

अब इस लक्ष्य को तय समय-सीमा, अर्थात् सन् 2030 तक हासिल करना इतना भी आसान नहीं है। खासकर तब, जबकि अनेक विकासशील या गरीब देशों में यह समस्या न सिर्फ काफी गंभीर बनी हुई है, बल्कि जलवायु संरक्षण जैसे अन्य लक्ष्यों को

भी यह आहत किए हुए हैं। दूसरा ऐसा ही महत्त्वाकांक्षी लक्ष्य है, भुखमरी निवारण। यहाँ इस लक्ष्य से सतत कृषि विकास और खाद्य सुरक्षा जैसे मुद्दे जुड़े हैं।

वैश्विक स्तर पर प्रति 9 व्यक्तियों में से एक व्यक्ति कुपोषण का शिकार है और इनमें से ज्यादातर लोग विकासशील देशों में बसर करते हैं। वैश्विक स्तर पर 52 मिलियन बच्चे कुपोषण के कुप्रभावों से आहत हैं। अंतरराष्ट्रीय स्तर पर किए जा रहे भरसक प्रयासों के बावजूद इस दिशा में सन् 2030 तक भुखमरी से निजात पाना फिलहाल काफी मुश्किल नजर आ रहा है।

तीसरा लक्ष्य है अच्छा स्वास्थ्य, जहाँ दवाइयों की उपलब्धता और टीकाकरण आदि से मलेरिया, पोलियो, टी.बी. जैसी गंभीर और अन्य जानलेवा बीमारियों से निजात पाने का लक्ष्य है। इसके अलावा शिक्षा की गुणवत्ता बढ़ाना, लैंगिक समानता, स्वच्छ पीने का जल और स्वच्छता, हर घर बिजली पहुँचाना, आर्थिक विकास के माध्यम से हर किसी के लिए रोजगार के अवसर जुटाना, औद्योगिक विकास की गति और आधारभूत सेवाओं का दायरा बढ़ाना, आर्थिक असमानता दूर करना, जैसे बड़े-बड़े लक्ष्यों को हासिल करना आवश्यक समझा गया है।

साथ ही जलवायु संरक्षण, भूमिगत जल स्रोतों का संरक्षण, शांति व न्याय की स्थापना और परस्पर सहयोग बढ़ाना जैसे लक्ष्य भी कम महत्त्वाकांक्षी नहीं हैं। जाहिर है कि बड़े-छोटे अनेक देशों में प्रदर्शन कुछ खास अच्छा नहीं बताया गया है। जहाँ तक विकसित देशों का प्रश्न है, वहाँ आर्थिक विकास और सामाजिक सुरक्षा जैसे मसलों पर काफी अच्छा स्कोर है, लेकिन उनके विकास मॉडल के वैश्विक जलवायु और अर्थव्यवस्था पर कहीं-न-कहीं कुछ नकारात्मक प्रभाव भी पड़े दिखाई देते हैं। वहीं विकासशील देशों में प्रदर्शन कुछ खास अच्छा नहीं बताया गया है।

विशेष रूप से दक्षिण एशियाई देशों का स्कोर वैश्विक औसत से कुछ कम ही है। रिपोर्ट में शामिल 156 देशों में भारत की वरीयता 112वीं है। इसके अलावा भूटान, श्रीलंका, नेपाल व बांग्लादेश का स्कोर भले ही भारत से थोड़ा बेहतर है, लेकिन वैश्विक औसत से कुछ कम ही है।

खास बात यह है कि भारत में गरीब उन्मूलन, भुखमरी हटाने, स्वच्छता, जल आपूर्ति, आर्थिक विकास जैसे क्षेत्रों में स्थितियाँ लगातार बेहतर बन रही हैं, लेकिन अन्य पहलुओं पर गंभीरता से उचित कदम उठाए जाने पर ही एस.डी.जी. सूचकांक में भारत के प्रदर्शन को बेहतर बनाया जा सकता है।

29-03-2019, 'हमारा महानगर'

□

66

दिवालियापन कोड के तहत संकुचित हुई केंद्रीय बैंक की भूमिका

हाल की में सर्वोच्च न्यायालय ने रिजर्व बैंक द्वारा 12 फरवरी, 2018 को सभी अनुसूचित बैंकों में दबाव झेल रहे असेट्स (एन.पी.ए.) के त्वरित निवारण हेतु जारी सर्कुलर को निरस्त कर दिया है। जाहिर तौर पर ऋण अथवा ब्याज की अदायगी में प्रस्तावित समयावधि के पश्चात् एक दिवस की भी देरी होने पर डिफाल्टर कंपनियों को दिवालिएपन कोड (आई.बी.सी.) की परिधि में खींचे जाने के प्रावधान पर रोक लगा दी गई है।

दरअसल रिजर्व बैंक द्वारा जारी सर्कुलर को आई.बी.सी. कोड की धारा 35एए के सापेक्ष उचित नहीं समझा गया, जहाँ सभी प्रकार के डिफाल्ट मामलों में एक सामान्य मानदंड को अपनाकर उन्हें अनिवार्य रूप से दिवालिएपन कोड के तहत कार्यवाही हेतु सौंप देने जैसी कठोर व्यवस्था को किसी भी प्रकार से उपयुक्त करार नहीं दिया जा सकता। कारण यह है कि किसी भी समयावधि में विशिष्ट उद्योगों पर विशिष्ट आर्थिक वातावरण के सकारात्मक और नकारात्मक पहलुओं का पृथक्-पृथक् प्रभाव पड़ता है।

लेकिन ऋणों के समाधान (रिजोल्यूशन) के लिए उपलब्ध 180 दिनों के अंतराल के बाद रिजर्व बैंक द्वारा सुझाई गई 'एक आकार सभी को फिट बैठता है', अर्थात् सभी के लिए समान दृष्टिकोण अपनाना जैसी अवधारणा इस बात को साफतौर पर नकार रही थी कि अलग-अलग उद्योगों पर एक ही समयावधि में आर्थिक समीकरणों का अलग-अलग प्रभाव पड़ता है और यदि किसी उद्योग पर पड़े नकारात्मक असर की वजह से उसमें संलग्न कंपनियों की ऋण या फिर ब्याज अदा करने की क्षमता आहत होती है तो इन बाहरी तत्त्वों की मार से त्रस्त कंपनियों का सामान्य पैमाने पर आकलन करना ठीक नहीं समझा जा सकता।

यही कारण है कि अनेक विद्युत् उत्पादन कंपनियों और कुछ वस्त्र, शक्कर व शिपिंग आदि उद्योगों से जुड़ी कंपनियों ने सर्वोच्च न्यायालय में गुहार लगाई थी। दरअसल रिजर्व बैंक के सर्कुलर की वजह से करीब 70 बड़े ऋण खातों में अटके करीब 4 ट्रिलियन रुपए के ऋणों की अदायगी का मसला भी कम गंभीर नहीं था। गौरतलब है कि इनमें ज्यादातर विद्युत् क्षेत्र में कार्यरत पावर कंपनियाँ थीं, जो प्रतिकूल परिस्थितियों के सापेक्ष अपने ऋणों का समाधान करने के लिए संबद्ध ऋणदाताओं के साथ निरंतर प्रयास भी कर रही थीं। ये कंपनियाँ अकसर राजनीतिक फैसलों या उनके वितरकों द्वारा बकाया रकम न चुकाने जैसे कारणों से दबाव झेल रही थीं, जिन पर उनका अपना नियंत्रण भी नहीं था।

वाकई, बिना समग्र विश्लेषण किए, किसी कंपनी द्वारा ऋणों को अदायगी में एक दिन की भी देर होने पर उसे एन.पी.ए. (खराब ऋणों) की श्रेणी में वर्गीकृत कर देना, यह काफी कठोर नियम समझा गया है। इसमें भी 2,000 करोड़ रुपए से अधिक डिफाल्टवाले सभी मसलों को प्रस्तावित समयावधि के गुजरने के बाद अनिवार्य रूप से राष्ट्रीय कंपनी कानून न्यायाधिकरण के दायरे में घसीट लेना उन कारणों को नजरअंदाज करते हुए सजा देने के समकक्ष है, जिन पर संबंधित कंपनियों के प्रबंधकों की कोई भूमिका नहीं थी।

कुल मिलाकर कठिन परिस्थितियों से टक्कर ले रही अनेक कंपनियों के प्रबंधकों को जाहिर तौर पर सुप्रीम कोर्ट के इस फैसले से राहत मिली है, हालाँकि यदि किसी भी कारण से ऋणों के समाधान की सभी उपलब्ध प्रक्रियाएँ विफल हो जाएँ तो बैंकों के पास डिफाल्टर कंपनियों को दिवालिएपन की प्रक्रिया में धकेलने का विकल्प हमेशा खुला रहेगा। फर्क बस इतना ही है कि अब यह सामान्य प्रक्रिया के तहत न होकर केस-टू-केस आधार पर हो सकेगा, जो कि निश्चित तौर पर एक बेहतर व्यवस्था सिद्ध होगी।

05-04-2019, 'हमारा महानगर'

□

67

नीतिगत दरों में कटौती से मिलेगा निवेश को प्रोत्साहन

हाल ही में रिजर्व बैंक द्वारा घोषित वर्ष 2019-20 की प्रथम द्विमासिक मौद्रिक समीक्षा में नीतिगत दरों में 25 बेसिस अंकों की कटौती की गई है। परिणामस्वरूप अब बैंकों पर लागू रेपो रेट कम होकर 6 प्रतिशत तक आ पहुँचा है, हालाँकि बाकी सभी नीतियों के संदर्भ में उसने अपना तटस्थ रुख बरकरार रखने का फैसला भी किया है।

प्रश्न उठता है कि आखिर रिजर्व बैंक द्वारा नीतिगत दरों में की गई इस कटौती का भारतीय अर्थतंत्र पर क्या प्रभाव पड़ेगा? दरअसल किसी भी देश की मौद्रिक नीति के निर्धारण में समकालीन वैश्विक और घरेलू तत्त्वों का खासा महत्त्व होता है और जाहिर है कि नीतिगत दरों पर फैसला लेते वक्त दोनों ही स्तर पर अर्थतंत्र में हो रहे बदलावों का संज्ञान लिया जाता है।

जहाँ तक वैश्विक अर्थव्यवस्था का प्रश्न है, रिजर्व बैंक को लगता है कि फरवरी 2019 में की गई मौद्रिक समीक्षा के सापेक्ष वैश्विक आर्थिक विकास दर में और भी गिरावट देखी गई है। चिंता की बात तो यह है कि न सिर्फ विकसित देशों की आर्थिक विकास दर कमजोर पड़ी है, बल्कि अनेक उदयीमान अर्थव्यवस्थाओं में भी ऐसा ही रुख नजर आ रहा है।

जाहिर तौर पर प्रभावित देशों के केंद्रीय बैंकों ने ब्याज दर को लेकर या तो नरमी का या फिर ब्याज दरें और अधिक न बढ़ाने का फैसला किया है। साथ ही तेल की कीमतों में आई वृद्धि और कुछ अन्य कमोडिटीज में भी सप्लाई दबाव होने के बावजूद वैश्विक महँगाई दर कुछ नरम ही रही है, उधर पूँजी बाजारों में रौनक रही और डॉलर के मजबूत होने के साथ ही अनेक देशों की मुद्रा का मूल्य डॉलर के सापेक्ष कमजोर भी हुआ।

ऐसे में भारतीय अर्थव्यवस्था के समक्ष अपने निर्यात बढ़ा पाना काफी चुनौतीपूर्ण लग रहा है, उधर भारतीय सांख्यिकी विभाग ने वर्ष 2018–19 के संदर्भ में भारतीय अर्थव्यवस्था की विकास दर के पूर्वानुमान को 7.2 प्रतिशत से कम करके 7 प्रतिशत कर दिया है और साथ ही कुछ अन्य सूचकांकों के माध्यम से यह भी ज्ञात हुआ है कि विनिर्माण और निवेश विकास दर भी कुछ शिथिल पड़ी है, हालाँकि जहाँ एक ओर लघु और मध्यम वर्ग के उद्योगों में निवेश दर कुछ खास नहीं रही, वहीं बड़े उद्योग अपनी क्षमताओं का उपयोग जिस स्तर पर कर रहे हैं, वह उनके दीर्घकालीन औसत से कहीं अधिक है। इसके अलावा निवेश सेंटीमेंट में सुधार के संकेत भी रिजर्व बैंक को नजर आ रहे हैं।

साथ ही महँगाई की दर में पिछले चार महीनों से चला आ रहा गिरावट का दौर कुछ थमा जरूर है, लेकिन फिर भी यह 2.6 प्रतिशत रही है, जो कि रिजर्व बैंक की लक्षित महँगाई दर से कम ही है। इसके अलावा मार्च 2019 में समाप्त हुई तिमाही में कराए गए सर्वेक्षण से ज्ञात हुआ है कि उपभोक्ताओं में देश की अर्थव्यवस्था को लेकर खासा उत्साह है और आय, खर्च, रोजगार तथा महँगाई जैसे प्रमुख आर्थिक संकेतकों के संदर्भ में उनका दृष्टिकोण काफी आशावादी है। 13 चुनिंदा शहरों में आर्थिक परिस्थिति के साथ–साथ आनेवाले एक वर्ष की परिस्थिति का आकलन करनेवाले इस सूचकांक ने जो उछाल ली है, वह आज तक के सभी सर्वेक्षणों का टॉप स्कोर है, जिससे पता चलता है कि भारत की ग्रोथ स्टोरी अभी भी दमदार नजर आ रही है और ऐसे में रिजर्व बैंक द्वारा नीतिगत दरों में कटौती का निर्णय फिलहाल यथोचित् है।

कुल मिलाकर ब्याज दरें कम होने से भारत में आर्थिक क्रियाओं के स्तर में सुधार की अपेक्षा की जा सकती है।

12-04-2019, 'हमारा महानगर'

□

68

क्या विकसित हो चुकी है भारत की अर्थव्यवस्था?

हाल ही में विश्व की सबसे ताकतवर समझी जानेवाली अर्थव्यवस्था अमेरिका के प्रेसीडेंट डोनाल्ड ट्रंप ने विश्व व्यापार संगठन से भारत सहित कुछ अन्य उदयीमान अर्थव्यवस्थाओं को विकासशील देशों की फेहरिस्त से बाहर निकाल देने की गुजारिश की है। जाहिर तौर पर अमेरिका को लग रहा है कि सन् 1995 में विश्व व्यापार संगठन की स्थापना के उपरांत भारत और चीन जैसी अर्थव्यवस्थाओं में काफी तेजी से आर्थिक व सामाजिक विकास हुआ है और अब उसे तकलीफ इस बात की है कि आखिर कब तक इन विकासशील देशों को विशिष्ट और बेहतर सुविधाएँ मिलती रहेंगी?

उदाहरण के लिए, यदि विकासशील देशों से किए जानेवाले निर्यातों की बात करें तो ये देश अपने निर्यातकों को सब्सिडी दे सकते हैं, ताकि उनके यहाँ उत्पादित वस्तुओं की अंतरराष्ट्रीय बाजारों में प्रतिस्पर्धात्मक क्षमताएँ बढ़ सकें, जबकि विकसित देशों को उनके यहाँ विनिर्मित वस्तुओं के निर्यात पर किसी भी प्रकार की सब्सिडी दिए जाने की अनुमति नहीं है, हालाँकि विकासशील अर्थव्यवस्थाओं को भी सब्सिडी दिए जाने की अनुमति तब तक ही है, जब तक कि वे निर्धारित मानदंडों तक अपने निर्यात नहीं बढ़ा लेतीं।

इस प्रकार विकासशील अर्थव्यवस्थाओं को वैश्विक बाजारों में अपना प्रदर्शन सुधारने के सभी संभव प्रयास करने के लिए विकसित देशों की तुलना में अधिक लचीला फ्रेमवर्क हासिल है। साथ ही विश्व व्यापार संगठन द्वारा प्रस्तावित प्रतिबद्धताओं को पूरा करने के लिए भी अपेक्षाकृत अधिक समयावधि उपलब्ध है। उदाहण के लिए भारत जैसे अनेक देश, जिन्होंने स्वयं को विकासशील देश के रूप में घोषित कर रखा है, वे अपने उत्पादों में प्रयुक्त कच्चा माल या उपकरण आदि पर छूट तो दे ही सकते हैं, साथ ही कृषि उत्पादों पर विकसित देशों के मुकाबले लगभग दुगनी मात्रा में सब्सिडी भी दे सकते हैं।

जाहिर तौर पर अमेरिका विकासशील देशों की लिस्ट में शामिल चीन, सिंगापुर, दक्षिण कोरिया, सउदी अरब, ब्रूनेई, हांगकांग व कतर जैसे काफी हद तक विकसित या उन्नत हो चुके देशों की तर्ज पर भारत को विकासशील अर्थव्यवस्था नहीं मान रहा है। शायद इसलिए कि भारत की आर्थिक विकास दर पिछले कुछ वर्षों से लगातार सबसे तेज बनी हुई है और इस मामले में उसने चीन जैसे बाहुबली देश को भी पीछे छोड़ दिया है, लेकिन यहाँ यह बात ध्यान देने योग्य है कि भारत अपने दमदार प्रदर्शन के बल पर भले ही आज विश्व की टॉप पाँच सबसे बड़ी अर्थव्यवस्थाओं में शामिल हो चुका हो, पर अमेरिका, यूरोपियन यूनियन और चीन की सकल राष्ट्रीय आय के आँकड़ों से वह अब भी काफी दूर है। दरअसल कोई राष्ट्र तब तक पूरी तरह से विकसित नहीं माना जा सकता, जब तक कि उसमें रहनेवाले लोगों की प्रति व्यक्ति आय उसे गरीबी के कुचक्र से परे प्रोजेक्ट करे। 135 करोड़ की आबादीवाले भारत में सन् 2017 में प्रति व्यक्ति आय 1800 डॉलर तक तो पहुँची, पर अब भी यह अपेक्षाकृत विकसित समझे जानेवाले देशों, जैसे कि सिंगापुर (54,530 डॉलर), दक्षिण कोरिया (28,380 डॉलर) और चीन (8,890 डॉलर) से कहीं पीछे है।

इसके अलावा वैश्विक प्रतिस्पर्धात्मकता सूचकांक और ग्लोबल इनोवेशन सूचकांक में भारत भले ही टॉप 60 देशों में तथा ईज ऑफ डूइंग बिजनेस में टॉप 80 फेहरिस्त में शामिल हो चुका हो, लेकिन भुखमरी, मानव विकास सूचकांक जैसे मानकों में अभी उसे एक लंबा सफर तय करना है। आज भी भारत के करीब 20 प्रतिशत लोग गरीब हैं, जो कि विश्व बैंक के अनुसार, चीन के 7.9 प्रतिशत से कहीं अधिक है। कुल मिलाकर भारत और चीन सरीखे अन्य उदयीमान देशों को एक ही नजरिए से नहीं देखा जा सकता है और भारत द्वारा इसका विरोध किया जाना वाजिब ही है।

19-04-2019, 'हमारा महानगर'

□

69

फिलहाल विकास ही है फेड की प्राथमिकता

हाल ही में अमेरिकी केंद्रीय बैंक फेडरल रिजर्व (फेड) द्वारा जारी एक रिपोर्ट में जानकारी दी गई है कि यद्यपि वहाँ बेरोजगारी की दर निम्न स्तर पर बनी हुई है और इस वजह से वहाँ के श्रम बाजार में मजबूती का दौर अभी भी बरकरार है, लेकिन फिर भी वहाँ की आर्थिक विकास दर में पिछली तिमाही के मुकाबले कुछ गिरावट नजर आ रही है। यही नहीं, बल्कि वहाँ के परिवारों द्वारा उपभोग पर किए जानेवाले खर्च और कॉरपोरेट द्वारा किए जानेवाले अचल निवेश में भी कमी आने का रुख देखा जा रहा है।

अगर विगत एक वर्ष की बात करें तो ऊर्जा लागत में कमी आने से महँगाई की दर करीब दो प्रतिशत के सामान्य स्तर पर बनी हुई है। यहाँ तक कि महँगाई दर के भावी रुख को मापनेवाले सर्वेक्षणों में दीर्घकाल में भी इसके औसत स्तर में वृद्धि की संभावना नहीं जताई गई है। अब ऐसे में फेडरेशन रिजर्व ने अधिकतम रोजगार के अवसर उपलब्ध कराने और कीमतों में स्थिरता बनाए रखने के उद्देश्यों को प्राथमिकता दी है और यही कारण है कि उसने अमेरिकी नीतिगत ब्याज दरों को लगभग दो प्रतिशत पर बरकरार रखा है।

जाहिर तौर पर जब महँगाई की दर फेड द्वारा लक्षित सवा दो से ढाई प्रतिशत की रेंज में बनी हुई है, तब आर्थिक विकास दर को किसी प्रकार फिर से पटरी पर ले आने को प्राथमिकता दी गई है, उधर अंतरराष्ट्रीय स्तर पर मौजूदा वैश्विक आर्थिक वातावरण और वित्तीय बाजारों में पनप रहे रुझान और वस्तुओं की कीमतों में नरमी का रुख कुछ इस प्रकार की परिस्थिति बना रहे हैं, जहाँ फेड ने नीतिगत दरों को फिलहाल यथावत् रखना ही उचित समझा है।

जिस प्रकार अमेरिका में घरेलू फ्रंट पर सन् 2018 के मुकाबले आर्थिक विकास दर

कमजोर पड़ती नजर आ रही है और अंतरराष्ट्रीय स्तर पर भी ब्रेक्सिट जैसे जोखिमपूर्ण फैसले और सामान्यतया पनप रही कमजोर आउटलुक के चलते बेहतर वातावरण बनने की संभावना नहीं दिखाई पड़ रही तो ऐसे में फेड द्वारा नीतिगत दरों में वृद्धि करने का जोखिम न उठाना काफी तर्कसंगत लग रहा है, हालाँकि उसकी फेडरल ओपन मार्केट कमेटी के कुछ सदस्यों के अनुसार, यदि वहाँ की नीतिगत दरों को लंबे समय तक निम्न स्तर पर रखा गया तो भविष्य में इससे वित्तीय अस्थिरता जैसे जोखिम पनप सकते हैं।

उल्लेखनीय है कि पहले भी फेड के चेयरमैन पॉवेल ने खुले तौर पर चेताया है कि पिछली दफे जब कभी मौद्रिक प्रसार नीति का दौर काफी लंबे समय तक चला है, तब भले ही महँगाई न बढ़ी हो पर कभी 'डॉटकाम' तो कभी 'हाउसिंग बबल' जैसे आर्थिक संकटों से अमेरिकी अर्थव्यवस्था आहत हुई है।

जाहिर तौर पर फेड के समक्ष अल्पकालीन और दीर्घकालीन हितों के बीच सामंजस्य (समन्वय) बैठाने की दुविधा है। जहाँ एक ओर फिलहाल ब्याज दरों को निचले स्तर पर बनाए रखने पर अमेरिकी अर्थव्यवस्था में स्थिरता बरकरार रखने की कवायद की गई है तो दूसरी ओर दीर्घकाल में निवेशकों द्वारा जोखिमपूर्ण रवैया अख्तियार करने की प्रवृत्ति उसे चोट पहुँचा सकती है।

फेड के समक्ष एक ओर दुविधा यह भी है कि यदि वह दीर्घकालीन हितों के मद्देनजर ब्याज दरें बढ़ाता है, जैसा कि उसने दिसंबर माह में एक छोटा सा प्रयास किया भी था, तो मौद्रिक नीति और राजकोषीय नीति में विसंगति का प्रश्न उठ खड़ा हो सकता है। वस्तुतः किसी भी देश के केंद्रीय बैंक द्वारा अपनाई गई मौद्रिक नीति तभी सार्थक समझी जा सकती है, जब वह अन्य आर्थिक नीतियों से तालमेल बैठाते हुए अल्पकालीन और दीर्घकालीन हितों में सामंजस्य बैठाने में सक्षम हो। देखना होगा कि फेड की नीति किस प्रकार इन चुनौतियों का सामना करने में सफल होती है।

26-04-2019, 'हमारा महानगर'

□

70

जी.एस.टी. ने बनाया नया कीर्तिमान

हाल ही में जारी आँकड़ों के अनुसार, अप्रैल माह में अप्रत्यक्ष करों के प्रमुख स्रोत जी.एस.टी. द्वारा 1,13,865 करोड़ का राजस्व सरकारी खजाने में जमा हुआ, जो अब तक का सर्वोच्च कीर्तिमान है। गौरतलब है कि न सिर्फ टैक्स कलेक्शन ही बढ़ा है, बल्कि अप्रैल माह में दाखिल की गई जी.एस.टी.आर-3बी रिटर्न्स की संख्या भी बढ़कर 72.13 लाख हो गई है। पिछले दो महीनों से जी.एस.टी. कलेक्शन का आँकड़ा एक लाख करोड़ रुपए के पार पहुँचना अनेक प्रकार के संकेत प्रेषित कर रहा है।

सर्वप्रथम तो यह समझा जा सकता है कि अब जी.एस.टी. दौर में स्थायित्व आता नजर आ रहा है। आधिकारिक रूप से 01 जुलाई, 2017 को लागू किए गए इस टैक्स से प्राप्त होनेवाली राजस्व आय में 10 प्रतिशत की वृद्धि हुई है। उल्लेखनीय है कि दिसंबर 2018 में जी.एस.टी. काउंसिल ने 23 उत्पादों व सेवाओं पर लागू जी.एस.टी. दरों को घटाया था। इससे पूर्व जुलाई 2018 में छोटे टी.वी., फ्रिज और वाशिंग मशीन जैसे मध्यम वर्ग द्वारा उपयोग में लाए जा रहे उपकरणों पर भी जी.एस.टी. की दरें 28 प्रतिशत से कम करके 18 प्रतिशत की गईं थीं।

हालाँकि शुरुआती दौर में भी नवंबर 2017 में 178 वस्तुओं पर जी.एस.टी. की दरें घटा दी गई थीं। जाहिर है कि जब टैक्स की दरें कम हुईं हैं तो फिर राजस्व में वृद्धि का स्पष्ट संकेत यह है कि टैक्स अदायगी की प्रवृत्ति बढ़ी है या यूँ कहें कि टैक्स आधार बढ़ा है। सही मायने में इसे जी.एस.टी. की सफलता का द्योतक तो समझा ही जा सकता है, साथ ही भारतीय अर्थव्यवस्था के लिए भी यह एक सकारात्मक उपलब्धि है।

खासतौर पर तब जबकि जी.एस.टी. की परिकल्पना को मूर्त रूप देने में 10 वर्ष से अधिक का समय लगा और काफी मशक्कत के बाद जब इसे लागू किया गया तो इसने भारत में अप्रत्यक्ष करों के समूचे सिस्टम को बदल डाला। वस्तुतः केंद्रीय, राज्य-स्तरीय और केंद्र प्रशासित सरकारों द्वारा लागू कुल 17 अलग-अलग तरह के अप्रत्यक्ष करों के

मकड़जाल को जब 'एक राष्ट्र, एक कर' की तर्ज पर जी.एस.टी. में समाहित कर दिया गया, तब समूची भारतीय अर्थव्यवस्था एक समान बाजार (कॉमन मार्केट) बन गया।

जी.एस.टी. सिस्टम के ढाँचे में भी समय-समय पर बदलाव किए गए और इसकी अनुपालना से जुड़ी प्रक्रियाओं को न सिर्फ सरल बनाने का प्रयास किया गया, बल्कि सरकार और करदाता के मध्य रोजमर्रा के सौदों और उनके मूल्यांकन की प्रक्रिया को लेकर इंटरफेस को कम करने की कोशिश भी की गई। वित्त मंत्री की मानें तो विभिन्न वस्तुओं और सेवाओं पर लागू अनेक प्रकार के अप्रत्यक्ष करों के बोझ से आम उपभोक्ताओं को निजात तो मिली ही है, साथ ही नए जी.एस.टी. सिस्टम में निरंतर टैक्स दरों के कम किए जाने से उपभोक्ताओं को करीब 80,000 करोड़ रुपए की राहत भी पहुँचाई गई है।

उदाहरण के लिए, सिनेमाघरों में जाकर फिल्म देखनेवालों के लिए टैक्स की दर 50 प्रतिशत से कम होकर आज 12 प्रतिशत है। यही नहीं, रोजमर्रा काम आनेवाले ज्यादातर उत्पादों पर जीरो से पाँच प्रतिशत तक की ही साधारण दर लगाई गई है। जी.एस.टी. के इस प्रदर्शन को इसलिए भी दमदार समझा जा सकता है, क्योंकि छोटे दुकानदारों के लिए छूट की सीमा 20 लाख रुपए से बढ़ाकर 40 लाख रुपए कर दी गई है। इसके अलावा 1.5 करोड़ रुपए तक के कारोबार करनेवालों के लिए एक प्रतिशत की दर से सालाना रिटर्न भरने की सुविधा भी दी गई है।

अब सरकार 90 प्रतिशत करदाताओं के लिए जी.एस.टी. अदा करने की अवधि को मासिक की बजाय त्रैमासिक करने की दिशा में प्रयासरत है, ऐसी जानकारी भी वित्त मंत्रालय द्वारा जारी की गई है। कुल मिलाकर जी.एस.टी., जिसे एक बड़े आर्थिक सुधार के तौर पर प्रोजेक्ट किया गया था, आज आम उपभोक्ता, दुकानदार, व्यवसायी से लेकर सरकार तक सभी के लिए एक बेहतर टैक्स मॉडल के रूप में विकसित हो रहा है। जाहिर है कि भारतीय अर्थव्यवस्था भी इससे लाभान्वित ही होगी।

03-05-2019, 'हमारा महानगर'

□

71

कॉरपोरेट क्षेत्र में बढ़ रहा है बाह्य वाणिज्यिक ऋणों का आकार

भारतीय रिजर्व बैंक द्वारा जारी आँकड़ों के अनुसार, वित्तीय वर्ष 2018-19 में भारतीय कंपनियों द्वारा विदेशी वित्त बाजार से जुटाए गए कारोबारी ऋणों का आँकड़ा 41 बिलियन डॉलर तक पहुँच चुका है, जो कि एक रिकॉर्ड स्तर है। खास बात यह भी है कि पिछले वित्तीय वर्ष 2017-18 के मुकाबले इन बाह्य स्रोतों से लिये गए कमर्शियल ऋणों में 58 प्रतिशत की वृद्धि हुई है और यह भी काफी अच्छी उछाल है।

बाह्य वाणिज्यिक ऋणों (ई.सी.बी.) का स्तर किस कदर तेजी से बढ़ा है, उसका अंदाजा इसी बात से लगाया जा सकता है कि ऐतिहासिक तौर पर पिछला रिकॉर्ड सन् 2014-15 में ही बना था और तब भी इन ऋणों का स्तर महज 31 बिलियन डॉलर था। जानकारों की मानें तो घरेलू अर्थव्यवस्था में ऋणों पर देय ब्याज दरें विदेशी वित्तीय बाजार से लिये गए ऋणों के सापेक्ष कुछ अधिक ही है। इसके साथ ही घरेलू वित्तीय बाजारों में तरलता की कुछ कमी है और घरेलू उधारकर्ताओं ने भी कुछ जोखिम से परहेज करने का रवैया अख्तियार किया हुआ है। यही सब वे संभावित कारण हैं, जिनके परिणामस्वरूप भारतीय कंपनियों का बाह्य वाणिज्यिक ऋणों के प्रति रुझान बढ़ा है।

इसके अलावा रिजर्व बैंक द्वारा हाल ही में घरेलू वित्तीय सिस्टम में तरलता बढ़ाने की दृष्टि से जारी की गई फोरेक्स स्वॉप्स (विदेशी मुद्रा विनिमय) प्रक्रिया के अंतर्गत ऋण-कर्ताओं के लिए हैजिंग लागत भी कुछ कम की जा सकी है।

यदि मार्च महीने की बात करें तो यहाँ भी ई.सी.बी. का स्तर 12.17 बिलियन डॉलर रहा, जो कि किसी एक माह के आँकड़ों के संदर्भ में ऐतिहासिक तौर पर सबसे बेहतरीन प्रदर्शन समझा जा सकता है, हालाँकि इसमें ज्यादातर बड़ी कंपनियों व तेल वितरक कंपनियों की हिस्सेदारी रही है। जाहिर तौर पर इतना सबकुछ न तो अकस्मात्

और न ही अप्रत्याशित ही समझा जा सकता है।

दरअसल रिजर्व बैंक पिछले करीब एक वर्ष से ई.सी.बी. के जरिए ऋण उठाने की प्रक्रिया को निरंतर और अधिक युक्तिसंगत बनाने की दिशा में भरसक प्रयास कर रहा है। पिछले वर्ष अप्रैल 2018 से बाह्य वाणिज्यिक ऋणों की पात्रता रखनेवाले क्षेत्रों की सूची का दायरा बढ़ाया था और हाउसिंग फाइनेंस तथा पोर्ट-ट्रस्टों को भी इसमें शामिल किया था। इसके अलावा 16 जनवरी, 2019 को जारी एक सर्कुलर में रिजर्व बैंक ने एक नया ई.सी.बी. ढाँचा प्रस्तुत किया था, जिसके तहत बाह्य वाणिज्यिक ऋण लेने के लिए उचित पात्रता रखनेवाले सभी उधारकर्ताओं के लिए लागू क्षेत्रीय आधार पर तय ऋण सीमाओं को हटाते हुए सीधे तौर पर किसी भी एक या अधिक क्षेत्रों में 750 मिलियन डॉलर तक की परिसीमा निर्धारित कर दी थी।

यही नहीं, तेल वितरक कंपनियों को तो 10 बिलियन डॉलर तक की रोजमर्रा की कारोबारी जरूरतों (वर्किंग कैपिटल) हेतु भी वाणिज्यिक ऋणों की इजाजत दी गई थी। इसके अलावा ई.सी.बी. की पात्रता रखनेवाले क्षेत्र का और अधिक विस्तार किया गया है, जिसमें विशिष्ट आर्थिक जोन (एस.ई.जेड.) में कार्यरत इकाइयों, माइक्रोफाइनेंस कंपनियों, नॉन प्रोफिट (लाभ हेतु नहीं) सोसाइटी, ट्रस्ट को-ऑपरेटिव (सहकारी संस्था) तथा गैर-सरकारी संस्थानों को भी जोड़ दिया गया था।

हालाँकि कुछ ऐसे क्षेत्र भी हैं, जैसे कि रियल एस्टेट कारोबार, पूँजी बाजार में निवेश और पूँजी निवेश आदि जहाँ पर बाह्य वाणिज्यिक ऋणों के जरिए निवेश नहीं किया जा सकता है। जाहिर तौर पर ई.सी.बी. नियमों के सरलीकरण से अनेक क्षेत्रों में ऋणों को प्राप्त करने के लिए एक आकर्षक विकल्प मिला है, जिससे कि वे अपने संसाधनों का विस्तार कर सकेंगे। इस प्रकार वित्तीय क्षेत्र में तरलता का विस्तार तो होगा ही, साथ ही कॉरपोरेट ऋणों पर घरेलू वित्तीय सिस्टम के तहत प्रचलित ब्याज दरों पर दबाव भी कुछ कम हो सकेगा।

विशेष रूप से ई.सी.बी. नियमों के सरलीकरण से फिलहाल वित्तीय तरलता की कमी से जूझ रही नॉन बैंकिंग फाइनेंस कंपनियों को अपने संसाधन बढ़ाने में सहायता मिलेगी। जाहिर सी बात है कि एन.बी.एफ.सी. कंपनियों के संसाधन बढ़ने से फिलहाल वित्तीय तरलता की कमी से त्रस्त मध्यम व छोटे आकारवाली कंपनियों को अपनी कारोबारी जरूरतों के लिए ऋणों की उपलब्धता बढ़ेगी, जिससे न सिर्फ संबंधित कंपनियाँ अपना कारोबार बढ़ा सकेंगी, बल्कि यह समूची अर्थव्यवस्था के लिए भी लाभकारी सिद्ध होगा।

कुल मिलाकर रिजर्व बैंक द्वारा किए जा रहे सतत प्रयासों का अच्छा प्रतिसाद मिला है, जिसकी वजह से ई.सी.बी. के माध्यम से भारतीय अर्थव्यवस्था में आनेवाले

कारोबारी ऋणों की मात्रा में अभूतपूर्व विस्तार हुआ है, हालाँकि जहाँ ई.सी.बी. पर ब्याज और मूल धन का भुगतान विदेशी मुद्रा में करना होता है, वहाँ मुद्रा विनिमय दर में उतार-चढ़ाव और अत्यधिक ऋण लेने की प्रवृत्ति के प्रति सचेत रहना होगा।

10-05-2019, 'हमारा महानगर'

□

72

रिजर्व बैंक ने जारी की भावी भुगतान सिस्टम की रूपरेखा

हाल ही में रिजर्व बैंक ऑफ इंडिया ने हर भारतीय के लिए डिजिटल भुगतान की प्रक्रिया को सुरक्षित, मजबूत, आरामदायक, त्वरित और किफायती बनाने के मकसद से अपना विजन जारी किया है। डिजिटल भुगतान सिस्टम से जुड़े अनेक हितधारकों के पक्ष को जानने के बाद तैयार किया गया यह 'डिजिटल पेमेंट एंड सेटलमेंट सिस्टम इन इंडिया–विजन 2021' एक ऐसे लक्ष्य को लेकर बनाया गया है, जहाँ भारत को 'अत्यधिक डिजिटल और कैश लाइट' (नकदी का प्रयोग कम करनेवाले) भुगतान सिस्टम की ओर ले जाने में प्रतिस्पर्धा, लागत प्रभावशीलता, सुविधा और आत्मविश्वास जैसे तत्त्व महत्त्वपूर्ण भूमिका अदा करेंगे।

गौरतलब है कि इससे पूर्व वर्ष 2015–18 के अंतराल में भी रिजर्व बैंक ने भारत में डिजिटल भुगतान सिस्टम के संदर्भ में जो दृष्टिकोण अपनाया था, उसके अनेक सकारात्मक परिणाम सामने आए थे। इस दौरान अनेक नवीन और आविष्कारी डिजिटल सिस्टम ईजाद किए गए और डिजिटल पेमेंट ने नकद भुगतान के प्रचलन को कम करने में जो भूमिका अदा की, उसका अभूतपूर्व प्रतिसाद भी भारतीय अर्थव्यवस्था को मिला। वर्ष 2016 में जहाँ भारत की सकल राष्ट्रीय आय (जी.डी.पी.) के सापेक्ष डिजिटल पेमेंट सौदों का अनुपात 7.14 प्रतिशत था, वह वर्ष 2017 में 7.85 प्रतिशत और वर्ष 2018 में इससे भी कहीं अधिक 8.12 प्रतिशत हो गया। साथ ही खरीदारी के वक्त डेबिट कार्ड का प्रयोग भी ए.टी.एम. के सापेक्ष 30.1 प्रतिशत रहा, जो कि वर्ष 2014–15 में महज 10.4 प्रतिशत था, हालाँकि इस दौरान अनेक चुनौतियाँ भी प्रकट हुईं और इस लिहाज से आनेवाले अगले तीन वर्षों के लिए रिजर्व बैंक ने खासा महत्त्वाकांक्षी विजन तैयार किया है।

नए विजन के तहत डिजिटल भुगतान का आकार चार गुना तक बढ़ाने, नकदी के रूप में भुगतान को कम करने, ग्राहकों की समस्याओं को बेहतर तरीके से निपटाने, मोबाइल के माध्यम से भुगतान को प्रोत्साहन देने जैसे अनेक लक्ष्य निर्धारित किए गए हैं। इनमें खुदरा भुगतान के सौदों को 100 प्रतिशत और एन.ई.एफ.टी. भुगतानों को 40 प्रतिशत तक बढ़ाने की बात की गई है। वस्तुओं और सेवाओं की खरीदी के लिए डेबिट कार्ड के प्रयोग को 35 प्रतिशत तक बढ़ाने का लक्ष्य भी रखा गया है। साथ ही डिजिटल भुगतान की लागत कम करने की बात की गई है।

जाहिर तौर पर डिजिटल भुगतान को बढ़ावा देने के लिए उसे सस्ता और सुरक्षित बनाने की आवश्यकता होगी और साथ ही इसके विस्तार के लिए उचित इंफ्रास्ट्रक्चर भी तैयार करना होगा। यही कारण है कि विजन-पत्र में डिजिटल भुगतान की लागत 100 आधार अंकों तक घटाने का लक्ष्य रखा गया है। इसके अलावा डिजिटल भुगतान को जनसंख्या के उन तबकों तक भी पहुँचाने का प्रयास किया जाएगा, जो फिलहाल इस प्रकार की भुगतान सुविधाओं से महरूम हैं। यह भी उम्मीद की जा रही है कि इंटरनेट सेवाओं को सुदूर इलाकों तक पहुँचाने का प्रयास निरंतर जारी रहेगा, जिससे डिजिटल भुगतान सेवाओं का विस्तार करना संभव हो सकेगा। साथ ही धोखेबाजी और पेमेंट में गड़बड़ी के मामलों पर लगाम कसने की भी कोशिश की जाएगी, ताकि लोगों में डिजिटल पेमेंट सिस्टम के प्रति भरोसा बढ़े।

कुल मिलाकर भारत में पिछले कुछ वर्षों से डिजिटलाइजेशन को जबरदस्त प्रोत्साहन दिया जा रहा है। उम्मीद की जानी चाहिए कि केंद्रीय बैंक के सकारात्मक प्रयासों से न सिर्फ डिजिटल भुगतान करना सहज और सुरक्षित बनाया जा सकेगा, बल्कि इसकी लागत भी कम की जा सकेगी। जाहिर तौर पर भारतीय अर्थव्यवस्था में भी वित्तीय समावेश के साथ विकास करने में डिजिटल भुगतान सिस्टम महत्त्वपूर्ण योगदान दे सकेगा।

17-05-2019, 'हमारा महानगर'

□

73

ग्रामीण क्षेत्र में विकास से मिलेगा अर्थव्यवस्था को बल

हाल ही में आर्थिक सहयोग एवं विकास संगठन ने कमजोर वैश्विक अर्थव्यवस्था की आउटलुक के बावजूद भारत की अर्थव्यवस्था के संदर्भ में काफी सकारात्मक रुख दरशाया है। ओ.ई.सी.डी. के अनुसार, वर्ष 2020 तक भारत की आर्थिक विकास दर 7.5 प्रतिशत के शानदार स्तर तक पहुँच जाएगी। गौरतलब है कि ओ.ई.सी.डी. के इस दृष्टिकोण का आधार है ग्रामीण भारत में उपभोग के लिए प्रभावी माँग (डिमांड) का स्तर बढ़ने और महँगाई का स्तर निचले स्तर पर ही बने रहने की संभावना।

जहाँ तक भारत में घरेलू स्तर पर उपभोग बढ़ने का प्रश्न है तो इसका कारण है भारत में वित्तीय स्थिरता, राजकोषीय प्रोत्साहन की नीति और ग्रामीण किसानों की आय संवर्धन के उपाय और हाल ही में किए गए संरचनात्मक सुधार। दूसरी ओर, अंतरराष्ट्रीय स्तर पर कच्चे तेल की कीमतों में कमी आने और रुपए के विनिमय मूल्य में भी कुछ सुधार आने के सम्मिलित प्रभाव से भारत की अर्थव्यवस्था न सिर्फ लाभान्वित हुई, बल्कि महँगाई पर भी दबाव कुछ कम रहा।

गौरतलब है कि अक्तूबर से दिसंबर माह के दरमियान भारत की अर्थव्यवस्था का प्रदर्शन कुछ फीका माना जा रहा था, क्योंकि उसकी विकास दर 6.6 प्रतिशत रही, जो कि हाल ही के आँकड़ों के परिप्रेक्ष्य में कुछ शिथिल-सी पड़ती दिखाई दी। यहाँ तक कि जनवरी से मार्च माह के दरमियान भी आर्थिक विकास दर का पूर्वानुमान 7 प्रतिशत के करीब लगाया गया है, जो भारत को विश्व की तीव्रतम गति से विकास करनेवाली अर्थव्यवस्था के रूप में प्रोजेक्ट तो करती है, पर फिर भी विकास दर का यह स्तर उसकी क्षमताओं से कमी ही आँका गया, लेकिन अब जब ओ.ई.सी.डी. सरीखे वैश्विक स्तर पर प्रतिष्ठित संगठन ने भारत की आर्थिक विकास दर के तेजी से बढ़ने का अनुमान लगाया

है तो यह काफी मायने तो रखता ही है, साथ ही अंतरराष्ट्रीय स्तर पर भारत की आर्थिक मजबूती में बढ़ते विश्वास का प्रतीक भी है।

खासतौर पर तब जबकि वैश्विक अर्थव्यवस्था के संदर्भ में ओ.ई.सी.डी. का दृष्टिकोण इतना सकारात्मक नहीं है। वस्तुतः इस रिपोर्ट में मौजूदा वर्ष के लिए वैश्विक सकल राष्ट्रीय आय के पूर्वानुमान को 3.5 प्रतिशत से घटाकर 3.2 प्रतिशत कर दिया गया है, हालाँकि वर्ष 2020 तक इसके 3.4 प्रतिशत तक बढ़ जाने की संभावना भी जताई गई है।

दरअसल पिछले वर्ष की अंतिम तिमाही में वैश्विक व्यापार जगत् में प्रमुख देशों के बीच बढ़ते व्यापारिक तनावों का वैश्विक अर्थव्यवस्था पर नकारात्मक प्रभाव पड़ा है। वस्तुतः सभी टॉप 20 विकसित देशों की आर्थिक विकास दर इस वजह से काफी आहत भी हुई। अब जब भारत में फिर एक बार मौजूदा सरकार को जनमत मिला है, जाहिर तौर पर आर्थिक सुधारों की श्रृंखला आगे भी निर्दिष्ट लक्ष्यों के साथ निर्बाध रूप से चलने की उम्मीद की जा सकती है। ऐसे में ओ.ई.सी.डी. का दृष्टिकोण निश्चित तौर पर उत्साहजनक समझा जा सकता है।

24-05-2019, 'हमारा महानगर'

□

74

व्यापारिक मतभेदों से आहत होगी वैश्विक अर्थव्यवस्था

विश्व व्यापार संगठन द्वारा हाल ही में जारी एक रिपोर्ट में मौजूदा कैलेंडर वर्ष की दूसरी तिमाही में वैश्विक व्यापार के विकास के शिथिल पड़ने की आशंका जताई गई है। वैश्विक उदारीकरण के इस युग में आज समग्र विश्व में एक ऐसा आर्थिक वातावरण है, जहाँ सभी प्रमुख देशों की अर्थव्यवस्थाएँ एक-दूसरे के साथ जुड़ी हैं।

आज विश्व के किसी एक देश में उत्पादित उपकरणों को किसी अन्य देश में भेजा जा सकता है, जहाँ कि विभिन्न देशों से आयातित उपकरणों से तैयार माल बनाया जाता है। खुले वैश्विक बाजार की अवधारणा के तहत विभिन्न देशों में क्रॉस बॉर्डर शुल्क में कमी आई है, जिसकी वजह से एक ही वस्तु के उत्पादन में काम आनेवाले पुर्जे या पार्ट्स अलग-अलग देशों से भी मँगाए जाते हैं।

यही कारण है कि सन् 1990 के बाद वैश्विक व्यापार विकास दर तेजी से बढ़ी, हालाँकि विभिन्न कारणों से वर्ष 2008 में छाई ग्लोबल मंदी ने इसे आहत ही किया। अनेक विकसित और समृद्ध समझी जानेवाली अर्थव्यवस्थाओं की आर्थिक विकास दर काफी कमजोर भी पड़ी। जाहिर तौर पर आर्थिक मंदी और बढ़ती बेरोजगारी के दौर से बाहर निकलने की जद्दोजहद में अनेक देशों में संरक्षणवाद पनपा और इससे व्यापारिक तनाव भी वैश्विक स्तर पर बढ़े।

हाल ही में विश्व व्यापार संगठन ने वर्ष 2018 में पहले से ही कमजोर 2.9 प्रतिशत की विश्व व्यापार विकास दर के मौजूदा वर्ष 2019 व 2020 में और कम होने का अनुमान लगाया है। डब्ल्यू.टी.ओ. की रिपोर्ट के मुताबिक अब यह विकास दर आनेवाले इन दो वर्षों में 2.6 प्रतिशत पर टिकी रह सकती है। गौरतलब है कि वर्ष 2017 में वैश्विक व्यापार विकास दर 4.6 प्रतिशत रही थी और इस लिहाज से कुछ देशों में

पिछले एक वर्ष में जिस प्रकार व्यापारिक मतभेद बढ़ा है, उससे उनके पारस्परिक हितों को नुकसान ही पहुँचा है।

हालाँकि विश्व व्यापार संगठन की इस रिपोर्ट में चीन और अमेरिका का जिक्र भले ही न किया गया हो, पर इन दोनों देशों के बीच बढ़ते तनाव की स्थिति जग-जाहिर है। हालत यह है कि वैश्विक स्तर पर निर्यातों का सूचकांक 96.6 का नकारात्मक स्तर दिखा रहा है, जबकि इलेक्ट्रॉनिक उपकरणों के व्यापार का स्तर भी ठंडा पड़ता जा रहा है।

जहाँ तक भारत का सवाल है, यहाँ भी निर्यातों का स्तर काफी निराशाजनक रहा है। अप्रैल माह में भारत के निर्यात महज 0.64 प्रतिशत से बढ़े, जो कि पिछले चार महीनों का न्यूनतम स्तर है। इसके परिणामस्वरूप भारत का व्यापार घाटा भी बढ़कर 15.3 बिलियन डॉलर हो चला है। चिंता की बात तो यह भी है कि अनेक ऐसे क्षेत्रों में निर्यात घटे हैं, जो कि श्रम-सघन माने जाते हैं। ऐसे में जल्द हालात नहीं सुधरे तो भारत की अर्थव्यवस्था को कमजोर वैश्विक व्यापार विकास दर के दुष्परिणाम झेलने पड़ सकते हैं।

31-05-2019, 'हमारा महानगर'

□

75

ब्याज दरों में कटौती कितनी सार्थक?

हाल ही में घोषित मौद्रिक नीति में रिजर्व बैंक द्वारा नीतिगत दरों में तुरंत प्रभाव से 0.25 बेसिस अंकों की कटौती की गई है, जिसके परिणामस्वरूप रेपो रेट 6 प्रतिशत से कम होकर 5.75 प्रतिशत कर दिया गया है। साथ ही रिवर्स रेपो रेट भी अब 5.50 प्रतिशत कर दिया गया है। उल्लेखनीय है कि रेपो रेट वह ब्याज दर है, जिस पर कोई भी कमर्शियल बैंक जरूरत पड़ने पर रिजर्व बैंक से रकम उधार ले सकता है और रिवर्स रेपो रेट वह ब्याज दर है कि जिस पर वह अपने अतिरिक्त संसाधन रिजर्व बैंक में पार्क कर सकता है।

गौरतलब है कि नीतिगत दरों में कटौती एक ऐसे वक्त में की गई है, जबकि भारतीय अर्थव्यवस्था में आर्थिक विकास दर के शिथिल पड़ने का रुख सामने आ रहा था। भारतीय सांख्यिकी विभाग द्वारा पिछले वित्तीय वर्ष में भारत की सकल राष्ट्रीय आय के 6.8 प्रतिशत की औसत दर से बढ़ने का अंदाजा लगाया गया है, जो कि उम्मीद से कुछ कम ही रही है।

उधर चिंता इस बात को लेकर भी है कि पिछले वित्तीय वर्ष की अंतिम तिमाही में भारत की आर्थिक विकास दर 5.8 प्रतिशत ही रही, जो कि वर्ष 2017-18 में इसी अंतराल में 8.1 प्रतिशत रही थी। यही नहीं, सकल पूँजी विनिर्माण दर काफी तेजी से कम होकर 3.6 प्रतिशत तक जा पहुँची, जबकि वो पिछली पाँच तिमाहियों में लगातार डबल डिजिट की विकास दर दिखा रही थी।

कृषि क्षेत्र में भी रबी फसलों का उत्पादन पिछले वर्ष के मुकाबले 0.6 प्रतिशत कम ही रहा। इसके अलावा विनिर्माण (मैन्युफैक्चरिंग) क्षेत्र में भी, जहाँ वर्ष 2018-19 की तृतीय तिमाही में विनिर्माण विकास दर 6.4 प्रतिशत रही थी, वहीं वर्ष की चतुर्थ तिमाही में यह घटकर 3.1 प्रतिशत हो गई। यही नहीं, कंस्ट्रक्शन क्षेत्र में भी आर्थिक क्रियाओं के स्तर में काफी गिरावट देखी गई, हालाँकि सेवा क्षेत्र में प्रदर्शन कुछ बेहतर रहा, लेकिन

यहाँ भी यदि भावी रुख की बात करें तो सेवा क्षेत्र में निक्केई द्वारा जारी पी.एम.आई. सूचकांक मार्च के 52.7 प्रतिशत के मुकाबले अप्रैल माह में 51.7 के स्तर पर दर्ज किया गया है।

यही हाल विनिर्माण क्षेत्र का भी है, जहाँ यह सूचकांक मार्च महीने के 52.6 से कम होकर 51.8 का स्तर दरशा रहा है। जानकारों की मानें तो व्यवसायियों को नए ऑर्डर्स मिलने में कठिनाई आ रही है, जिसके चलते उत्पादन की वृद्धि दर कमजोर पड़ी है और इस वजह से रोजगार और बिजनेस भी आहत हो सकते हैं।

लेकिन दूसरी ओर जिस प्रकार महँगाई की दर रिजर्व बैंक द्वारा लक्षित दर से कुछ कम ही रही है, सभी को यह अपेक्षा थी कि इस बार रिजर्व बैंक आर्थिक विकास के मसले को तरजीह देते हुए नीतिगत दरों में कुछ कटौती की घोषणा करेगा और ऐसा हुआ भी। गौरतलब है कि पिछले दो महीनों से उपभोक्ता मूल्य सूचकांक 2.9 प्रतिशत पर बना हुआ है, हालाँकि खाद्य वस्तुओं की कीमतें कुछ बढ़ी जरूर हैं, लेकिन कुछ मिलाकर औसत खुदरा महँगाई दर निचले स्तर पर ही बनी हुई है।

इसके अलावा रिजर्व बैंक द्वारा कराए गए एक सर्वेक्षण में, बल्कि खुदरा महँगाई करीब 20 बेसिस अंकों से, बल्कि और भी कम होने की संभावना जताई गई है। शायद यही कारण है कि रिजर्व बैंक को वह जगह मिल पाई, जहाँ वह भारत की अर्थव्यवस्था में आर्थिक क्रियाओं का स्तर बढ़ाने के प्रयोजन से नीतिगत दरों में कुछ कटौती कर सके।

जिस प्रकार विश्व के प्रमुख आर्थिक संगठनों जैसे कि विश्व बैंक, अंतरराष्ट्रीय मुद्रा कोष, विश्व व्यापार संगठन आदि को विश्व के कुछ प्रमुख देशों के बीच बढ़ते व्यापारिक तनावों, ब्रिटेन के यूरोपियन यूनियन से पलायन (ब्रेक्सिट) की प्रक्रिया में जारी अनिश्चितता और गंभीर भू-राजनीतिक संकटों आदि के मद्देनजर वैश्विक आर्थिक विकास दर कमजोर पड़ने के आसार नजर आने के बावजूद उन्हें भारत की आर्थिक विकास दर मजबूत बने रहने की संभावना दिख रही है, यह कहना उचित ही होगा कि रिजर्व बैंक ने उदार नीति अपनाकर जो नीतिगत दरों में कटौती की है वह भारतीय अर्थव्यवस्था के लिए हितकारी सिद्ध होगी।

07-06-2019, 'हमारा महानगर'

□

76

एन.पी.ए. निवारण के नए नियमों में भी दिखी पुरानी सोच

हाल ही में रिजर्व बैंक ने बैंकों के दबाव झेल रहे ऋणों (एन.पी.ए.) के निवारण हेतु एक नवीन विवेकपूर्ण ढाँचा बनाया है। गौरतलब है कि इससे पूर्व भी 12 फरवरी, 2018 को रिजर्व बैंक ने इसी परिप्रेक्ष्य में एक सर्कुलर जारी किया था, लेकिन दबाव झेल रही कुछ विद्युत् (पावर) कंपनियों द्वारा चुनौती पेश किए जाने पर सुप्रीम कोर्ट ने रिजर्व बैंक के अधिकार क्षेत्र से बाहर घोषित करते हुए इस सर्कुलर को निरस्त कर दिया था।

दरअसल इस सर्कुलर में 2000 करोड़ रुपए से अधिक के खराब ऋणों वाली कंपनियों को अपने ऋणदाताओं के साथ 180 दिनों में निवारण कर लेने का निर्देश दिया गया था और इस प्रकार निवारण न होने पर उनके द्वारा ऋण वसूली हेतु बैंकरप्टसी कोड (दिवालियापन प्रक्रिया) तक खींचकर जाने का प्रस्ताव किया गया था।

जाहिर तौर पर रिजर्व बैंक का सर्कुलर सभी प्रकार की कंपनियों को एक ही साँचे में ढालने की कोशिश करता नजर आ रहा था, जबकि बाह्य कारणों से दबाव झेल रही कुछ कंपनियों को शिकायत थी कि उन्हें भी जान-बूझकर डिफाल्ट करनेवाली कंपनियों के समकक्ष खड़ा कर दिया गया था और उन्हें तो आई.बी.सी. (दिवालियापन कोड) के तहत आमतौर पर एन.पी.ए. निवारण हेतु उपलब्ध 180 से 270 दिनों की परिसीमा से भी कम समय मिलने जा रहा था।

दूसरी ओर, खराब ऋणों के निवारण हेतु दिवालियापन की प्रक्रिया ही को एकमात्र विकल्प के तौर पर पेश किए जाने का मतलब एन.पी.ए. निवारण के अन्य चिर-परिचित विकल्प, जैसे कि कॉरपोरेट ऋण, पुनर्गठन, रणनीतिक ऋण पुनर्गठन और तनावग्रस्त परिसंपत्तियों की स्थायी संरचना के लिए योजना तैयार करना आदि को खारिज करने

जैसा था। यही नहीं, 12 फरवरी, 2018 के सर्कुलर में ऋणों की अदायगी में एक दिन का डिफाल्ट करने पर भी डिफाल्टर घोषित करने का प्रावधान था, जिसे काफी सख्त नियम समझा गया। जाहिर तौर पर पावर, शिपिंग, स्टील, टेलीफॉम इंफ्रास्ट्रक्चर और शक्कर जैसे दबाव झेल रहे उद्योगों में कार्यरत कंपनियों को सुप्रीम कोर्ट द्वारा विवादित सर्कुलर को निरस्त करने पर बड़ी राहत मिली।

हालाँकि भारतीय बैंकों के समक्ष प्रस्तुत बढ़ते एन.पी.ए. के दबाव को निरंतर देख रहे रिजर्व बैंक ने सुपीम कोर्ट के फैसले के महज दो महीनों बाद एक नया सर्कुलर 7 जून, 2019 को घोषित किया है। रिजर्व बैंक ने एन.पी.ए. के निवारण के लिए एक संशोधित रूपरेखा प्रस्तुत की है, जिसमें 2,000 करोड़ रुपए से अधिक के ऋणों के लिए बैंकों, वित्तीय संस्थानों और गैर-बैंकिंग वित्त कंपनियों (एन.बी.एफ.सी.) द्वारा वक्त रहते डिफाल्ट की पहचान करना और उसकी रिपोर्ट देने की आवश्यकता को पहले की तरह महत्त्व तो दिया ही गया है, साथ ही निर्धारित समय-सीमा में, स्वतंत्र ऋण मूल्यांकन प्रक्रिया के तहत बैंकों (ऋणदाताओं) को अपने दबाव झेल रहे ऋणों के निवारण के तरीकों और कार्यान्वयन की योजना के संदर्भ में पूर्ण विवेकाधिकार दे दिया है। जाहिर तौर पर अब बैंकों के निदेशक-मंडल दबाव झेल रहे ऋणों के लिए अपनी नीति बना सकेंगे और उसके तहत समय-सीमाएँ भी तय कर सकेंगे।

डिफाल्ट होने पर अब 30 दिनों में समीक्षा करने का समय उपलब्ध कराया गया है, जिसमें वे ऐसे ऋणों से निपटने के लिए रिजोल्यूशन प्लान (निवारण नीति) बना सकेंगे। हाँ, अगर वे चाहें तो डिफाल्टर कंपनियों को दिवालिएपन की प्रक्रिया में भी ले जा सकते हैं। फर्क इतना ही है कि अब यह एकमात्र या अनिवार्य विकल्प न होकर बैंकों के विवेकपूर्ण निर्णयों पर आधारित होगा।

इसके अलावा खराब ऋणों के लिए प्रस्तावित संकल्प योजना (रिजोल्यूशन प्लान) को 75 प्रतिशत मूल्य और 60 प्रतिशत संख्या के ऋणदाता लागू कर सकेंगे। यदि इस संकल्प योजना को समीक्षा अंतराल के समाप्त होने के 180 दिनों के दरमियान लागू नहीं किया गया तो 20 प्रतिशत अतिरिक्त प्राविधिकरण और 365 दिनों की देरी होने पर 15 प्रतिशत अतिरिक्त प्राविधिकरण करना होगा।

कुल मिलाकर बढ़ते एन.पी.ए. की समस्या से निपटने की आवश्यकता पर रिजर्व बैंक ने अपनी कटिबद्धता दोहराई है, हालाँकि 07 जून, 2019 का सर्कुलर पुराने सर्कुलर जितना सख्त नहीं है, पर फिर भी एन.पी.ए. की पहचान वक्त रहते करने की अनिवार्यता बरकरार रखी गई है। साथ ही बैंकों को, जो भी निवारण योजना वे तैयार करें, उसे दृढ़ता से निर्धारित समयावधि में लागू कराने की भी कोशिश की गई है।

उम्मीद की जानी चाहिए कि नई नीति के तहत एन.पी.ए. की समस्या का समयबद्ध तरीके से निवारण करने हेतु अब बैंक अपने विवेक का इस्तेमाल करते हुए डिफाल्ट के हर केस में उचित विकल्प ढूँढ़ सकेंगे।

14-06-2019, 'हमारा महानगर'

□

77

क्या धीमी पड़ रही है भारत की आर्थिक विकास दर?

हाल ही में प्रतिष्ठित अंतरराष्ट्रीय रेटिंग एजेंसी फिच ने अपनी वैश्विक आर्थिक आउटलुक रिपोर्ट में बढ़ते व्यापारिक तनावों के चलते वैश्विक अर्थव्यवस्था में जोखिम बढ़ने से निवेश सेंटीमेंट पर दबाव बढ़ने को लेकर चिंता जताई है। विशेष तौर पर विश्व की दो प्रमुख अर्थव्यवस्थाएँ चीन और अमेरिका के दरमियान बढ़ रहे व्यापारिक मतभेदों के संदर्भ में बनी अनिश्चितता की स्थिति इतनी गंभीर है कि अनेक कंपनियाँ पूँजी विनिर्माण के लिए निवेश करने में संकोच कर रही हैं।

दूसरी ओर चीन में उपभोक्ता खर्च का स्तर लगातार कम हो रहा है और उदयीमान अर्थव्यवस्थाओं की आर्थिक विकास दर भी कमजोर पड़ रही है। हालात इतने विकट हैं कि कुछ विकसित अर्थव्यवस्थाओं में आर्थिक विकास दर का स्तर बेहतर बनने के बावजूद वैश्विक विकास दर के औसत प्रदर्शन में कोई उछाल आने की संभावना फिलहाल दिखाई नहीं दे रही है।

यहाँ तक कि अनेक देशों में मौद्रिक नीति में कहीं या तो ढील दी गई या कहीं उसे कठोर बनाने से परहेज भी किया गया, परंतु वैश्विक अर्थव्यवस्था को इससे कोई बड़ी राहत नहीं मिली, उधर फिच को कई उदयीमान देशों की आउटलुक भी कमजोर ही दिखाई दे रही है, जिससे वैश्विक आउटलुक भी आहत हो रही है। फिच के दृष्टिकोण का नकारात्मक होना वाजिब ही प्रतीत होता है। उदाहरण के लिए, अमेरिका के केंद्रीय बैंक द्वारा वर्ष 2019 में ब्याज दर और न बढ़ाए जाने के फैसले के बावजूद वहाँ बिजनेस निवेश में कुछ सुधार आना तो दूर, बल्कि इसमें कुछ शिथिलता ही आ रही है। अब मौद्रिक प्रसार की नीति भले ही क्यों न अपनाई जाए, यह कारगर तभी होगी, जबकि वैश्विक व्यापार आउटलुक में कुछ सकारात्मक रुझान दिखाई पड़ें।

इन्हीं सब कारणों से फिच ने वैश्विक आर्थिक विकास दर का पूर्वानुमान 2.8 प्रतिशत बताया है, जो कि वर्ष 2018 में 3.2 प्रतिशत रही थी। जहाँ एक ओर उसे अमेरिका, यूरो जोन, इंग्लैंड और चीन की आर्थिक विकास दर में कुछ सुधार होता नजर आ रहा है, वहीं ब्राजील, रूस, मेक्सिको, दक्षिण कोरिया, कनाडा और ऑस्ट्रेलिया सहित अनेक उदयीमान अर्थव्यवस्थाओं में भी आर्थिक विकास दर कम होने की संभावना है, जिससे कि वैश्विक अर्थव्यवस्था के औसत स्तर में कुछ गिरावट ही आने की आशंका फिच ने जताई है।

अब ऐसे में भारत सरीखी विकासशील अर्थव्यवस्था पर कमजोर वैश्विक आउटलुक का नकारात्मक असर पड़ना तो स्वाभाविक है, उधर घरेलू फ्रंट पर भी विनिर्माण और कृषि क्षेत्र में विकास दर कमजोर पड़ने की आशंका के चलते भारत की विकास दर के वर्ष 2019-20 में 6.6 प्रतिशत तक पहुँच जाने का अनुमान फिच ने लगाया है। उल्लेखनीय है कि इससे पूर्व मार्च 2019 में फिच ने भारत की आर्थिक विकास दर के अपने पूर्वानुमान को 7 प्रतिशत से घटाकर 6.8 प्रतिशत किया था। अब आगामी 5 जुलाई को पेश होनेवाले केंद्रीय बजट के परिप्रेक्ष्य में आर्थिक विकास दर के शिथिल पड़ने की खबर को काफी गंभीरता से लिया जाना चाहिए।

हाल ही में नीति आयोग की गवर्निंग काउंसिल की सभा में आनेवाले पाँच वर्षों में भारत को 5 ट्रिलियन डॉलर मूल्य की अर्थव्यवस्था बनाने का विजन हमारे प्रधानमंत्री ने पेश किया है। उनके अनुसार, यह लक्ष्य चुनौतीपूर्ण समझा जा सकता है, लेकिन यह नामुमकिन भी नहीं, हालाँकि कई प्रदेशों में सूखे की स्थिति और मानसून के विलंब से आने की वजह से विशेषकर कृषि क्षेत्र में विकास दर बढ़ाना फिलहाल एक बड़ी समस्या बन सकता है।

उम्मीद की जानी चाहिए कि आगामी बजट में आर्थिक विकास दर बढ़ाने के लिए कारगर उपाय किए जाएँगे, जिससे कि भारत की आर्थिक विकास दर को बल मिल सके।

21-06-2019, 'हमारा महानगर'

□

78

रिजर्व बैंक ने जारी की एम.एस.एम.ई. रिपोर्ट

हाल ही में रिजर्व बैंक द्वारा जनवरी माह में मध्यम, छोटे व लघु आकार के उद्योगों (एम.एस.एम.ई.) की संरचनात्मक समस्याओं, तकलीफों और उनके खराब प्रदर्शन के लिए जिम्मेदार तत्त्वों का पता लगाने और उनका निवारण करने हेतु वांछित कदम सुझाने के लिए गठित कमेटी ने अपनी रिपोर्ट पेश की।

इस रिपोर्ट में लघु, छोटे एवं मध्यम आकार के उद्योगों को प्रधानमंत्री मुद्रा योजना के तहत दी जानेवाली कॉलेटरल-मुक्त राशि को मौजूदा 10 लाख से बढ़ाकर 20 लाख रुपए कर देने का प्रस्ताव किया गया है। इसके अलावा 5,000 करोड़ रुपए का स्ट्रेस्ड असेट (दबाव झेल रहे ऋणों हेतु) फंड भी बनाने की सिफारिश की गई है, जो कि ऐसे उद्योगों का संरक्षण करेगा, जो बाह्य कारणों की वजह से मुश्किल हालातों में फँस गए हैं।

अनेक छोटे और मध्यम आकार के उद्योग अपने उत्पादों के खरीदारों द्वारा भुगतान में देरी की समस्या से जूझते रहते हैं और अत्यधिक प्रतिस्पर्धा के चलते उनके विरुद्ध कानूनी प्रक्रिया अपनाने से सामान्यत: परहेज भी करते हैं। अब चूँकि समस्या खरीदारों से जुड़ी है तो उसका निदान उन्हीं के स्तर पर ढूँढ़ना जाहिर सी बात है। इसी परिप्रेक्ष्य में कमेटी द्वारा यह सुझाव दिया गया है कि सभी एम.एस.एम.ई. उद्योग सरकार द्वारा तय सीमा से अधिक मूल्य के बिल सरकार द्वारा संचालित सूचना केंद्र पर अपलोड कर दें। साथ ही कुछ ऐसी व्यवस्था भी करें कि किसी प्रकार इन उद्योगों के बिलों का भुगतान न कर रहे खरीदारों का नाम ऑटोमेटिक तरीके से उजागर भी किया जाए, ताकि ऐसे खरीदारों पर एक प्रकार से समय पर भुगतान करने हेतु नैतिक या यूँ कहें, मानसिक दबाव बढ़े।

दूसरी ओर, एम.एस.एम.ई. विकास कानून के तहत जो सरकारी खरीद में 25 प्रतिशत सामान छोटे और मध्यम आकार के उद्योगों से खरीदने का प्रावधान है, उसे और अधिक कारगर बनाने के लिए समूची खरीदारी की प्रक्रिया को ऑन-लाइन

पोर्टल के माध्यम से ही करना अनिवार्य बनाने की सिफारिश की गई है। उल्लेखनीय है कि मौजूदा प्रक्रिया के तहत इन एम.एस.एम.ई. उद्योगों को अलग-अलग एजेंसियों जैसे कि उद्योग आधार पोर्टल, जी.एस.टी.एन, एन.एस.आई.सी. आदि में अलग-अलग रजिस्ट्रेशन कराना पड़ता है, जिसमें काफी समय जाया होता है।

अत: कमेटी ने सुझाव दिया है कि क्यों न महज पैन नंबर को ही इन कंपनियों की विशिष्ट पहचान के तौर पर मान्यता दे दी जाए, ताकि उन्हें अपने कामकाज में कुछ राहत मिल सके।

इसके अलावा, एम.एस.एम.ई. उद्योगों के लिए एक बेहतर वातावरण बनाने, टैक्स में छूट देने, आवश्यक आधारभूत सेवाएँ उपलब्ध कराने, कामकाज के नियम अथवा प्रक्रियाएँ सहज बनाने और कामकाज बंद करने की प्रक्रिया को भी सरल बनाने जैसे प्रस्ताव भी इस कमेटी ने पेश किए हैं।

विशेषकर इन उद्योगों में उत्पादों के विकास करने, बेहतर टेक्नोलॉजी अपनाने और उनके उत्पादों के विपणन हेतु उचित रणनीति तैयार करने के लिए उपर्युक्त वातावरण का निर्माण होना चाहिए। वित्तीय संसाधनों की कमी से पीड़ित एम.एस.एम.ई. सेक्टर में वेंचर कैपिटल और प्राइवेट इक्विटी को प्रोत्साहन देने के लिए 10,000 करोड़ रुपए का अतिरिक्त फंड बनाने का प्रस्ताव भी दिया गया है, उधर दबाव झेल रहे छोटे एवं मध्यम आकार के जो उद्योग ऋण पुनर्गठन प्रक्रिया से गुजरें, उन्हें ठीक होने पर एन.पी.ए. से स्टैंडर्ड ऋणों की श्रेणी में वर्गीकृत करने की समय-सीमा को मौजूदा एक वर्ष से घटाकर छह महीने करने का सुझाव भी कमेटी द्वारा दिया गया है।

दरअसल लघु, छोटे एवं मध्यम आकार के उद्योगों का भारत की अर्थव्यवस्था में महत्त्वपूर्ण योगदान है। वे देश में आर्थिक विकास, अन्वेषण और रोजगार बढ़ाने में मुख्य भूमिका निभाते हैं। देश के कुल उत्पादन में इनका सम्मिलित योगदान 45 प्रतिशत, निर्यातों में 40 प्रतिशत, सकल राष्ट्रीय आय में 28 प्रतिशत है और यह करीब 111 मिलियन लोगों के लिए रोजगार प्रदान करते हैं।

उम्मीद की जानी चाहिए कि आनेवाले बजट में ही इस क्षेत्र के चहुँमुखी विकास के लिए अनेक उपायों की रूपरेखा पेश की जा सकती है और यदि ऐसा हुआ तो वाकई न सिर्फ एम.एस.एम.ई. सेक्टर, बल्कि समूची भारतीय अर्थव्यवस्था इससे लाभान्वित होगी।

28-06-2019, 'हमारा महानगर'

□

79

आर.बी.आई. ने जारी की वित्तीय स्थिरता रिपोर्ट

हाल ही में रिजर्व बैंक ने 19वीं वित्तीय स्थिरता रिपोर्ट जारी की, जिसमें भारतीय वित्तीय सिस्टम के मौजूदा हालात और जोखिम संबंधित मसलों का उल्लेख किया गया है। गौरतलब है कि वित्तीय क्षेत्र के परिप्रेक्ष्य में वित्तीय स्थिरता रिपोर्ट एक महत्त्वपूर्ण दस्तावेज है, क्योंकि यह न सिर्फ वित्तीय क्षेत्र के हरेक पहलू पर रोशनी डालता है, बल्कि घरेलू अथवा बाह्य क्षेत्र में मौजूद उन सभी संभावित जोखिम की बात भी करता है, जो कि आनेवाले समय में हमारे वित्तीय सिस्टम को प्रभावित कर सकते हैं।

वित्तीय स्थिरता रिपोर्ट के अनुसार, अनुसूचित बैंकों में क्रेडिट विकास दर पहले से बेहतर हुई है। विशेष रूप से सरकारी बैंकों में ऋण जारी करने की दर डबल डिजिट (अर्थात् 10 प्रतिशत से भी अधिक) बढ़ी है। इसके अलावा अनुसूचित बैंकों के पूँजीकरण की प्रक्रिया के उपरांत पूँजीगत ढाँचा पहले से बेहतर बन पड़ा है। सबसे महत्त्वपूर्ण बात तो यह है कि बैंकों के खराब पड़े ऋणों (एन.पी.ए.) का स्तर मार्च 2019 तक कम होकर 9.3 प्रतिशत हो गया है, जिसके मार्च 2020 में और भी कम होकर नौ प्रतिशत हो जाने की संभावना है।

दरअसल विगत कुछ महीनों में जिस प्रकार अनेक प्रभावी कदम उठाए गए हैं, उससे एन.बी.एफ.सी. क्षेत्र में अनुशासन बढ़ा है। जहाँ एक ओर अच्छे ऋण खातों की संख्या और स्तर लगातार बढ़ रहे हैं, वहीं दूसरी ओर अब ये कंपनियाँ खराब समझे जानेवाले ऋण खातों पर अधिक ब्याज वसूल रही हैं।

जाहिर तौर पर दिवालियापन बोर्ड द्वारा भी दबाव झेल रहे ऋण खातों के निवारण के लिए कई कदम उठाए गए हैं। साथ ही रिजर्व बैंक ने भारतीय वित्तीय सिस्टम में बढ़ती जटिलताओं, विविधता और अंतर्संयोजनात्मकता का संज्ञान लेते हुए अपना निरीक्षण

दायरा बढ़ाया है। विशेषकर दबाव झेल रहे ऋणों के निवारण हेतु जो नए नियम उसने बनाए हैं, उससे लगता है कि इनसे एन.पी.ए. का त्वरित निवारण करने में सहायता मिलेगी, उधर क्रेडिट रेटिंग एजेंसियों पर अपने रेटिंग फ्रेमवर्क को बेहतर बनाने और उनके द्वारा किए जा रहे खुलासों की गुणवत्ता बढ़ाने के लिए भारतीय सिक्योरिटीज मार्केट की नियामक सेबी द्वारा बनाए गए नियमों का अच्छा प्रतिसाद भी भारतीय वित्तीय सिस्टम को मिल रहा है।

इस प्रकार जहाँ घरेलू वित्तीय मार्केट में स्थायित्व बना हुआ है, वहाँ पर कुछ आंतरिक तो कुछ बाह्य तत्त्व ऐसे भी हैं, जिनका संज्ञान लिया जाना आवश्यक है, क्योंकि यदि उनका नकारात्मक प्रभाव पड़ा तो हमारे वित्तीय सिस्टम पर प्रतिकूल असर पड़ सकता है।

जहाँ तक घरेलू अर्थव्यवस्था का प्रश्न है तो यहाँ पर निजी उपभोग, जिसे सकल राष्ट्रीय आय का एक संचालक समझा जाता है, वो कुछ शिथिल पड़ता नजर आ रहा है। इसके अलावा उद्योगों में नए निवेश की रफ्तार कमजोर पड़ने और भारत का चालू खाता घाटा और अधिक चौड़ा होने से राजकोषीय दबाव बढ़ सकता है, उधर वैश्विक स्तर पर अनेक शक्तिमान अर्थव्यवस्थाओं के केंद्रीय बैंकों ने अपनी मौद्रिक नीति का रुख जिस प्रकार बदला है, उससे उदयीमान और विकासशील अर्थव्यवस्थाओं के लिए जोखिम बढ़ सकता है।

कुल मिलाकर रिजर्व बैंक ने जहाँ वित्तीय सिस्टम में स्थायित्व को लेकर संतोष जताया है, वहीं घरेलू स्तर पर निजी उपभोग के स्तर को किसी प्रकार बढ़ाने और वैश्विक वित्तीय बाजारों में बढ़ते जोखिम के प्रति सतर्क रहने की आवश्यकता पर बल दिया है।

05-07-2019, 'हमारा महानगर'

□

80

बदलते भारत की तसवीर है केंद्रीय बजट

हाल में संपन्न हुए लोकसभा चुनावों में फिर से चुनी गई मोदी सरकार का पहला बजट पिछले कुछ अंतराल से दबाव झेल रही भारतीय अर्थव्यवस्था को पाँच ट्रिलियन डॉलर के स्तर पर खींच ले जाने के महत्त्वाकांक्षी लक्ष्य को हासिल करने के प्रयोजन से तैयार किया गया है। जाहिर है, समग्र अर्थव्यवस्था के उन सभी महत्त्वपूर्ण क्षेत्रों के विकास पर बल दिया गया है, जहाँ विकास की गति कुछ शिथिल पड़ रही थी या फिर विकास दर बढ़ने की गुंजाइश है या जो कुछ गतिरोध हैं, जिन्हें दूर करने का प्रयास किया गया है।

सबसे पहले बात करें कृषि क्षेत्र की। यहाँ वर्ष 2018-19 के संशोधित स्तर से भी 73 प्रतिशत ज्यादा खर्चा करने का प्रावधान किया गया है। प्रधानमंत्री किसान सम्मान निधि के तहत दी जानेवाली 6,000 रुपए प्रतिवर्ष की राशि पर 75,000 करोड़ रुपए का प्रावधान किया गया है, जो कि सकल राष्ट्रीय आय का लगभग 0.36 प्रतिशत है। इसके अलावा प्राकृतिक आपदा से त्रस्त किसानों को ब्याज दरों में दो प्रतिशत की छूट देने का भी प्रस्ताव है। साथ ही, समय पर भुगतान करनेवाले किसानों को तीन प्रतिशत की अतिरिक्त छूट दी जाएगी।

जाहिर है कि इन सब उपायों से किसानों की माली हालत में सुधार तो होगा ही, साथ ही वे ऋण उठाकर काम करने के लिए भी उत्साहित होंगे। दूसरा, किसानों की जेब में खर्च करने योग्य आय बढ़ने पर उपभोक्ता वस्तुओं की डिमांड बढ़ेगी, जिसका समूची अर्थव्यवस्था पर सकारात्मक प्रभाव पड़ेगा।

इसी प्रकार जी.एस.टी. के तहत रजिस्ट्रेशन करानेवाले लघु, छोटे और मध्यम आकार के उद्योगों को एक करोड़ रुपए तक के ऋणों पर दो प्रतिशत तक की छूट

ब्याज दरों में दी गई है। इस प्रकार एम.एस.एम.ई. उद्योगों को जी.एस.टी. के तहत रजिस्ट्रेशन कराने के लिए प्रोत्साहन दिया गया है।

कई आधारभूत क्षेत्रों में विकास दर बढ़ाने के लिए प्रस्ताव किए गए हैं। उदाहरण के लिए, राज्य स्तर पर सड़क निर्माण कार्य बढ़ाने की घोषणा की गई है। दूसरी ओर, विश्व भर में तीसरे स्थान पर स्थापित हवाई उड्डयन उद्योग के विस्तार के लिए एयरपोर्टों की संख्या बढ़ाई जा सकती है। इसके अलावा रेलवे और शिपिंग के उत्तरोत्तर विकास की बात की गई है।

21वीं सदी के भारत में देश के कोने-कोने तक डिजिटल सेवाएँ पहुँचाने का विजन रखा गया है, उधर औद्योगिक विकास दर बढ़ाने के लिए निवेश को प्रोत्साहन देने के उपाय बताए गए हैं। यहाँ इंफ्रास्ट्रक्चर क्षेत्र में संस्थागत विदेशी निवेश और पोर्टफोलियो निवेश को प्रोत्साहन देने की बात कही गई है। जहाँ तक प्रत्यक्ष विदेशी निवेश का सवाल है तो वैश्विक स्तर पर एफ.डी.आई. के स्तर में पिछले वित्तीय वर्ष में आई 13 प्रतिशत की गिरावट के सापेक्ष भारत में एफ.डी.आई. 6 प्रतिशत से बढ़ा है। आगे एविएशन, इंश्योरेंस और सिंगल बॉण्ड खुदरा स्टोर्स में प्रत्यक्ष विदेशी निवेश को और अधिक प्रोत्साहन देने का विचार है।

उधर भारत की अर्थव्यवस्था में गाँवों का महत्त्व समझाते हुए 'उज्ज्वला योजना' और 'सौभाग्य योजना' का लाभ घर-घर जाकर पहुँचाने की बात कही गई है। इसी प्रकार 'प्रधानमंत्री आवास योजना' के तहत सभी को वर्ष 2022 तक आवास उपलब्ध कराने का लक्ष्य रखा गया है।

शहरी क्षेत्रों में भी 'प्रधानमंत्री आवास योजना' के तहत सभी को पक्का घर उपलब्ध कराने के लिए चर्चा की गई है। इसके अलावा स्वास्थ्य, शिक्षा, शोध आदि के क्षेत्र में किए जा रहे प्रयासों को गति प्रदान करने का प्रस्ताव है। श्रमिकों के लिए लागू अनेक कानूनों को कम करते हुए महज चार श्रम कानूनों तक इन्हें सीमित किया जा सकता है, जिससे कि देश के उद्योगों को इन कानूनों की अनुपालना करने में सहायता मिलेगी।

इसके अलावा असंगठित क्षेत्र में काम करनेवाले 60 वर्ष से अधिक वय वाले श्रमिकों को 3,000 रुपए प्रतिमाह की पेंशन देने का प्रस्ताव है, उधर देश के सुपर अमीर लोगों पर लागू टैक्स की दर को मौजूदा 39 प्रतिशत से बढ़ाकर 42.74 प्रतिशत किया गया है। गौरतलब है कि देश में एक करोड़ रुपए से अधिक की आय का लेखा-जोखा प्रस्तुत करनेवाले कुल 81,344 लोग हैं। कुल मिलाकर नए वित्त मंत्री ने भारत के

सर्वांगीण विकास के निमित्त एक संतुलित बजट पेश करने की कोशिश की है।

देखना है कि बजट में निहित महत्त्वाकांक्षी लक्ष्यों को हासिल करने के लिए बनाई गई रणनीति कितनी कारगर सिद्ध होती है।

12-07-2019, 'हमारा महानगर'

□

84

आर.बी.आई. ने फिर दी विकास को प्राथमिकता

हाल ही में घोषित मौद्रिक नीति में रिजर्व बैंक ने नीतिगत दरों में 35 बेसिस अंकों की बड़ी कटौती की है, जिससे कि अब ये दरें पिछले नौ वर्षों के न्यूनतम स्तर पर पहुँच चुकी हैं। जाहिर तौर पर मौद्रिक नीति समिति के सदस्यों ने आर्थिक विकास के पक्ष में जबरदस्त रुख अख्तियार किया है। अब जब रेपो रेट 5.40 प्रतिशत और रिवर्स रेपो रेट 5.15 प्रतिशत के स्तर तक पहुँच चुका है तो यह माना जाना चाहिए कि कमर्शियल बैंक भी अब अपनी ब्याज दरें कम करेंगे और ग्राहकों पर ई.एम.आई. का भार भी कुछ कम होगा। फिलहाल देश के सबसे बड़े ऋण जारी करनेवाले बैंक स्टेट बैंक ऑफ इंडिया ने अपनी ब्याज दरों में 15 बेसिस अंकों से कटौती की घोषणा की है।

प्रश्न उठता है कि आखिर नीतिगत दरों में कटौती का दौर लगातार क्यों जारी है? दरअसल रिजर्व बैंक ने भारतीय अर्थव्यवस्था में पिछले कुछ अरसे से आ रही शिथिलता का संज्ञान लिया है। उसे उम्मीद है कि नीतिगत दरें कम होने पर उपभोग के लिए सकल प्रभावी माँग में वृद्धि होगी, जिससे कि आर्थिक विकास दर को बल मिलेगा।

गौरतलब है कि रिजर्व बैंक ने वित्तीय वर्ष 2019-20 के लिए आर्थिक विकास दर का पूर्वानुमान 7 प्रतिशत से घटाकर 6.9 प्रतिशत कर दिया है और साथ ही यह भी कहा है कि आर्थिक विकास दर को प्रभावित करनेवाले तत्त्व काफी जोखिम से भरे हैं, अगर वैश्विक अर्थव्यवस्था की बात करें तो वहाँ बढ़ते व्यापारिक तनावों और भू-राजनीतिक मसलों के कारण आर्थिक विकास दर और भी कमजोर पड़ती नजर आ रही है। यहाँ तक कि अमेरिका जैसे ताकतवर देश में वर्ष की दूसरी तिमाही में सकल राष्ट्रीय आय की विकास दर कम हुई है। साथ ही यूरो जोन, यू.के. और जापान जैसे विकसित देशों में भी उत्पादन कमजोर पड़ा है।

उधर, अनेक उदयीमान अर्थव्यवस्थाओं में भी एक्सपोर्ट डिमांड कमजोर होने की वजह से आर्थिक क्रियाओं के स्तर में कमी देखी जा रही है। खासतौर पर वर्ष की दूसरी तिमाही में चीन की अर्थव्यवस्था में आर्थिक विकास दर पिछले कई वर्षों के निचले स्तर पर जा पहुँची है, जबकि रूस, ब्राजील और दक्षिण अफ्रीका जैसे सामर्थ्यवाले देश भी आर्थिक तौर पर संघर्ष कर रहे हैं।

अनेक देशों में महँगाई की दर भी कुछ अधिक नहीं है और ऐसी परिस्थिति में तो यही कयास लगाए जा सकते हैं कि आनेवाले समय में आर्थिक वातावरण सहज नहीं लग रहा। अब भारत की अर्थव्यवस्था के विषय में चर्चा करें तो यहाँ कृषि क्षेत्र में मानसून भले ही नॉर्मल-सा प्रतीत हो रहा हो, पर वस्तुस्थिति यही है कि इस सीजन में खरीफ की फसल की बुवाई 6.6 प्रतिशत कम हुई है। औद्योगिक क्षेत्र में भी अनेक क्षेत्रों में विकास दर कमजोर पड़ती जा रही है। न सिर्फ पूँजीगत वस्तुओं की उत्पादन दर कम हो रही है, बल्कि उपभोक्ता वस्तुओं का उत्पादन भी कमजोर पड़ रहा है।

यद्यपि रिजर्व बैंक को आनेवाले समय में औद्योगिक उत्पादन के क्षेत्र में कुछ सुधार होने की अपेक्षा है, लेकिन ग्रामीण इलाकों में ट्रैक्टर और मोटरसाइकिल की बिक्री तथा शहरी इलाकों में कमर्शियल वाहन, कार और यातायात के साधनों की माँग का कमजोर पड़ना चिंता का सबब बना हुआ है। इन सबके बीच महँगाई की दर लगातार रिजर्व बैंक द्वारा लक्षित स्तर से कम ही बनी हुई है। यहाँ तक कि फिलहाल आगे भी महँगाई बढ़ने की कोई संभावना दिखाई नहीं दे रही है। जहाँ तक वित्तीय सिस्टम का सवाल है तो यहाँ तरलता की कोई कमी नहीं।

इन्हीं सब बातों के मद्देनजर शायद रिजर्व बैंक को वह आरामदायक जगह मिल पाई कि वह नीतिगत दरों में एक बड़ी कटौती के जरिए भारत में निवेश सेंटीमेंट को सुधार सके, ताकि भारत की कमजोर पड़ती आर्थिक विकास दर को कुछ और प्रभावशाली बनाया जा सके।

जब रिजर्व बैंक ने आर्थिक विकास के प्रति अपनी प्रतिबद्धता जाहिर कर दी है, तब बहुत कुछ दारोमदार कमर्शियल बैंकों पर भी है कि वे रिजर्व बैंक द्वारा की गई इस दमदार कटौती का पूरा फायदा अपने ग्राहकों तक पहुँचाएँ, ताकि नीतिगत दरों में कटौती को सही मायने में सार्थक समझा जा सके।

09-08-2019, 'हमारा महानगर'

□

85

चीन की आर्थिक विकास दर कमजोर पड़ना चिंताजनक

हाल ही में चीन की औद्योगिक उत्पादन दर जुलाई माह में अपेक्षा से भी कहीं अधिक तेज गति से कम होकर पिछले 17 वर्षों के न्यूनतम स्तर पर जा पहुँची है। जाहिर तौर पर अमेरिका के साथ लगातार बढ़ रहे व्यापारिक तनावों का वहाँ की घरेलू अर्थव्यवस्था पर प्रतिकूल प्रभाव पड़ा है। जहाँ एक ओर व्यावसायिक गतिविधियाँ वस्तुतः ठप पड़ गई हैं, वहीं दूसरी ओर सामान्य उपभोग पर किए जानेवाले खर्च में भी कमी आ रही है।

चिंता की बात तो यह भी है कि चीन की सरकार द्वारा आर्थिक विकास दर को किसी प्रकार से प्रोत्साहन देने के लिए किए गए भरसक प्रयासों के बावजूद भी वहाँ की अर्थव्यवस्था ठंडी पड़ती जा रही है, हालाँकि करीब एक माह पूर्व जून में वहाँ की अर्थव्यवस्था में कुछ हरकत अवश्य दिखाई पड़ी थी, लेकिन न तो बैंक क्रेडिट की दर में कोई उल्लेखनीय सुधार आ पाया और न ही वहाँ की फैक्ट्रियों में उत्पादन बढ़ने का रुझान नजर आया। जिस प्रकार विश्व की एक बड़ी आर्थिक ताकत समझा जानेवाला देश चीन आर्थिक मंदी के चक्रव्यूह में फँसता नजर आ रहा है, वाकई यह वैश्विक अर्थव्यवस्था के लिहाज से कोई अच्छा संकेत नहीं है।

अगर जुलाई महीने की ही बात करें तो वहाँ की औद्योगिक उत्पादन दर के संदर्भ में यह पूर्वानुमान लगाया गया था कि यह मौजूदा 6.3 प्रतिशत से कुछ कम होकर 5.8 प्रतिशत हो जाएगी, लेकिन वास्तव में यह 4.8 प्रतिशत तक जा पहुँची। प्राप्त जानकारी के अनुसार, स्टील, इंफ्रास्ट्रक्चर, रियल एस्टेट (प्रॉपर्टी) व्यवसाय, जैसे प्रमुख क्षेत्रों में वहाँ की सरकार द्वारा दिए जा रहे भरपूर प्रोत्साहन के बावजूद न तो उत्पादन दर में सुधार ही आ रहा है और न ही निवेश सेंटीमेंट बेहतर होता दिखाई दे रहा है। यहाँ तक कि अनेक

तकनीकी उत्पादों में वर्चस्व रखनेवाले इस देश में हाईटेक वस्तुओं की उत्पादन दर भी कमजोर पड़ती जा रही है। इसके अलावा ऑटोमोबाइल क्षेत्र में तो उत्पादन डबल डिजिट (10 प्रतिशत से भी अधिक) दर से कम हो रहा है।

हालात इस कदर बिगड़े हैं कि अब ऐसा प्रतीत होता है कि कभी विश्व में सबसे तेज गति से विकास करनेवाली अर्थव्यवस्था समझे जानेवाले इस देश को 5.5 से 6.5 प्रतिशत की विकास दर हासिल करने में भी कड़ी मशक्कत करनी पड़ सकती है, उधर खुदरा बिक्री भी अपेक्षित 8.6 प्रतिशत के मुकाबले महज 7.6 प्रतिशत से बढ़ी है, जो कि जून माह में 9.8 प्रतिशत से बढ़ी थी।

जाहिर सी बात है कि उत्पादन कमजोर पड़ता जा रहा है, अब अगर खुदरा माँग में वृद्धि और सरकारी निवेश बढ़ाने पर भी यदि उत्पादन अपेक्षाओं के अनुरूप नहीं बढ़ पा रहा है तो चिंता होना वाजिब ही है। इसके अलावा उत्पादन दर कम होने का असर वहाँ पर रोजगार के अवसर कम कर सकता है। बढ़ती बेरोजगारी वाकई एक बड़ा मसला है, क्योंकि आबादी के लिहाज से फिलहाल चीन विश्व का सबसे अधिक जनसंख्यावाला देश है। वस्तुतः अमेरिका जैसे ताकतवर देश के साथ पिछले कुछ अरसे से बढ़ते व्यापारिक तनाव का बहुत बुरा असर चीन की अर्थव्यवस्था पर पड़ रहा है। चिंता की बात तो यह भी है कि आनेवाले समय में भी यह विवाद कम होने के आसार नहीं दिखाई दे रहे। हाल ही में अमेरिकी राष्ट्राध्यक्ष डोनाल्ड ट्रंप ने आगामी एक सितंबर से चीनी उत्पादों के आयात पर 10 प्रतिशत शुल्क लगा देने की धमकी दी थी, हालाँकि इस बाबत कोई अंतिम फैसला फिलहाल नहीं लिया गया है।

कुल मिलाकर दोनों देशों के बीच लगातार बढ़ रहे विवाद का कोई स्थायी समाधान फिलहाल नजर नहीं आ रहा और यह मसला समग्र वैश्विक अर्थव्यवस्था के लिए चिंता का सबब बना हुआ है।

16-08-2019, 'हमारा महानगर'

□

86

बढ़ते व्यापारिक तनाव से प्रभावित हुई अमेरिकी मौद्रिक नीति

हाल ही में अमेरिकी फेडरल बैंक द्वारा अपनी नीतिगत दरों में कटौती करने की घोषणा भले ही अप्रत्याशित न रही हो पर जिस प्रकार फेड ने ब्याज दर बढ़ाते जाने के अपने मौजूदा रुख से यू-टर्न लिया तो इस मुद्दे पर चर्चा होना स्वाभाविक ही है।

गौरतलब है कि जुलाई माह के अंतिम सप्ताह में फेडरल ओपन मार्केट समिति ने 25 बेसिस अंकों से कटौती करते हुए नीतिगत ब्याज दर को 2.0 से 2.25 प्रतिशत की रेंज में स्थापित कर दिया है। यहाँ चर्चा का मुख्य बिंदु यह है कि वर्ष 2015 के बाद ही से लगातार 9 दफे ब्याज दरें बढ़ाते जा रहे अमेरिकी केंद्रीय बैंक ने आखिरकार ब्याज दरों में कटौती का निर्णय क्यों लिया ? आमतौर पर यदि नीतिगत दरों में वृद्धि का निर्णय लिया जाता है तो यह धारणा बनती है कि शायद फेड आनेवाले समय में आर्थिक विकास दर के संदर्भ में आश्वस्त है, जबकि नीतिगत दरों में कटौती का निर्णय सामान्यतया आर्थिक विकास दर के कमजोर पड़ने की आशंका दिखाता है।

जाहिर सी बात है कि जब फेड नीतिगत दरें बढ़ाने का निर्णय लेता है तो उसे आर्थिक विकास की नहीं, बल्कि महँगाई पर नियंत्रण रखने की प्राथमिकता नजर आती है, फिर अमेरिकी अर्थव्यवस्था में पिछले करीब एक दशक से आर्थिक विस्तार का रुख लगातार कायम है। यहाँ तक कि बेरोजगारी की दर भी 3.7 प्रतिशत के स्तर पर है, जो कि वहाँ के मानदंडों के अनुसार, काफी कम स्तर पर है। ऐसे में अनेक अर्थ-विशेषज्ञों के अनुसार, अमेरिकी फेड द्वारा नीतिगत कटौती में की जानेवाली कटौती को अप्रासंगिक भी समझा गया है।

जाहिर तौर पर फेड ने अमेरिकी घरेलू अर्थव्यवस्था के सापेक्ष मौजूदा वैश्विक आर्थिक वातावरण को लेकर छाई अनिश्चितता की स्थिति को तरजीह दी है, जो लगातार

कुछ कमजोर होती दिखाई दे रही है। वस्तुतः वैश्विक अर्थव्यवस्था में बढ़ते तनाव से अनेक देशों की आर्थिक विकास दर आहत हुई है। यही कारण है कि वित्तीय बाजारों में जोखिम इतना बढ़ गया है कि उसका ठीक से आकलन कर पाना भी मुश्किल हो गया है।

आर्थिक विकास दर कमजोर पड़ने का असर इतना व्यापक भी हो सकता है कि यह बिजनेस और निवेश सेंटीमेंट को आहत कर सकता है। ऐसे में विश्व के दिग्गज देशों के बीच पनप रहे व्यापारिक तनावों में और भी अधिक जटिलता आ सकती है। आज के इस खुले आर्थिक वातावरण के दौर में सभी छोटी-बड़ी अर्थव्यवस्थाएँ वैश्विक अर्थव्यवस्था के उतार-चढ़ाव से प्रभावित होती हैं और अमेरिका भी इसका अपवाद नहीं।

अब ऐसे समय, जबकि वहाँ की आर्थिक विकास दर एक सकारात्मक रुख लिये हुए है और महँगाई की दर भी फेड द्वारा लक्षित 2 प्रतिशत से कम स्तर पर बनी हुई है, जाहिर तौर पर एक मध्यकालीन रुख अपनाते हुए फेड ने नीतिगत दरों में कटौती का निर्णय लिया है, ताकि अमेरिकी अर्थव्यवस्था में आर्थिक विकास दर आहत न हो। कुल मिलाकर वैश्विक व्यापार को लेकर अमेरिकी विदेश नीति और फेड की मौद्रिक नीति में टकराव की झलक अकसर नजर आ ही जाती है। देखना है कि इस बार नीतिगत दरों में कटौती करने का निर्णय अमेरिकी अर्थव्यवस्था को कितना संबल प्रदान कर पाता है।

23-08-2019, 'हमारा महानगर'

□

87

नई एफ.डी.आई. नीति कितनी सार्थक?

भारत में आर्थिक सुधारों की कड़ी में एक और अध्याय हाल ही में जोड़ दिया गया है। इस दफे भारत में प्रत्यक्ष विदेशी निवेश कैसे बढ़े, इस प्रयोजन से अनेक नीतिगत फैसले सरकार की ओर से लिये गए हैं। उल्लेखनीय है कि अब कमर्शियल कोयला खनन क्षेत्र में 100 प्रतिशत तक का प्रत्यक्ष विदेशी निवेश करने के लिए अनुमति प्रदान की गई है। इसके अलावा कान्ट्रैक्ट विनिर्माण (मैन्युफैक्चरिंग) में 100 प्रतिशत तक का प्रत्यक्ष विदेशी निवेश ऑटोमेटिक रूट के तहत करने की अनुमति भी प्रदान की गई है।

जाहिर तौर पर विश्व की दो बड़ी महाशक्तियों के बीच चली आ रही व्यापारिक तनातनी के बीच भारत अब विदेशी बहुराष्ट्रीय कंपनियों के समक्ष एक आकर्षक विकल्प के रूप में उभरना चाहता है, ताकि देश में निवेश, विनिर्माण और रोजगार के अवसर बढ़ें। गौरतलब है कि सर्विसेज क्षेत्र में भी सरकार पहले ही निर्दिष्ट इंश्योरेंस उपक्रमों में 100 प्रतिशत तक के विदेशी निवेश की अनुमति दे चुकी है।

आज भारत विश्व में एक बड़े उपभोक्ता बाजार के रूप में उभरा है और यही कारण है कि अनेक उत्पादक भारत आकर अपने उत्पाद बेचने के लिए तत्पर हैं। फिलहाल सिंगल ब्रांड खुदरा व्यापारियों के लिए लगाई गईं सख्त पाबंदियों को कुछ ढीला करने की कवायद सरकार की ओर से की गई है। उदाहरण के लिए, अब सिंगल ब्रांड विक्रेता अपने सामानों को सीधे तौर पर ऑनलाइन बेच सकेंगे और उन्हें भारत आते ही पहले ईंट और पत्थर से बने स्टोर खोलने की अनिवार्यता नहीं होगी।

हालाँकि भारत आने के बाद दो वर्षों के भीतर उन्हें खुदरा स्टोर खोलने होंगे। उदाहरण के लिए, मोबाइल कंपनियाँ अपना स्टोर खोलने से पहले अपने उत्पादों को ऑनलाइन बेच सकेंगी। वस्तुतः इस प्रकार के बदलावों से विदेशी कंपनियों को भारतीय बाजारों में अपने उत्पादों की पैठ जमाने और एक नए बाजार में निहित जोखिम और

प्रतिस्पर्धात्मक समीकरणों को समझने का मौका भी मिलेगा।

एक ऐसे समय में, जबकि विश्व के अधिकांश देशों में प्रत्यक्ष विदेशी निवेश का रुख कमजोर पड़ता दिखाई दे रहा है, भारत अपने यहाँ प्रत्यक्ष विदेशी निवेश के लिए लागू नियमों में कहीं कुछ ढील दे रहा है तो कहीं नए विकल्प भी प्रस्तुत कर रहा है। उदाहरण के लिए, सिंगल ब्रांड खुदरा व्यापार को ही लें। यहाँ 51 प्रतिशत से अधिक का ए.डी.आई. होने पर उन्हें अपने कारोबार के 30 प्रतिशत तक का हिस्सा लोकल मार्केट से लेना पड़ता था, लेकिन अब इस लक्ष्य को पाँच वर्षों के अंतराल के औसत के रूप में हासिल करने की सहूलियत दी गई है। नए नियमों के तहत अब भारत के लोकल बाजारों से खरीदी के टारगेट में न सिर्फ भारत में किए कारोबार को गिना जाएगा, बल्कि भारत से उनके द्वारा निर्यात किए गए सामानों के मूल्य को भी शामिल किया जाएगा।

उम्मीद की जा रही है कि एफ.डी.आई. नियमों में किए गए बदलावों से वस्त्र उद्योग फिनिशिंग, फर्नीचर व दैनिक उपभोग की वस्तुओं के कारोबार को बढ़ावा मिलेगा, जिससे कि भारत में पिछले कुछ अरसे से शिथिल पड़ रही अर्थव्यवस्था में कुछ सुधार लाया जा सकेगा। गौरतलब है कि एफ.डी.आई. के रूट से पिछले पाँच वर्षों में 286 बिलियन डॉलर का निवेश हो चुका है और अब यह और भी अधिक बढ़ने की संभावना है।

30-08-2019, 'हमारा महानगर'

□

88

क्या धीमी पड़ रही है भारत की अर्थव्यवस्था?

हाल ही में जारी आधिकारिक आँकड़ों के अनुसार, मौजूदा वित्तीय वर्ष की प्रथम तिमाही में भारत की सकल राष्ट्रीय आय (जी.डी.पी.) की विकास दर 5 प्रतिशत रही, जो कि पिछली 25 तिमाही का न्यूनतम स्तर रहा है। गौरतलब है कि वित्तीय वर्ष 2018-19 की अंतिम तिमाही में जिस प्रकार जी.डी.पी. महज 5.8 प्रतिशत से बढ़ी, तब भी आशंका जताई जा रही थी कि कहीं आर्थिक विकास दर में और अधिक गिरावट न आ जाए।

हालाँकि पिछले वर्ष इसी अंतराल में जी.डी.पी. की विकास दर 8 प्रतिशत रही थी और इस लिहाज से भी आर्थिक विकास दर का प्रतिशत अपेक्षाकृत कुछ कम रहा, लेकिन ज्यादा चिंताजनक बात तो यह है कि आर्थिक विकास दर पर कमजोर पड़ रहे निजी उपभोग खर्च का जबरदस्त प्रभाव पड़ा है, जो कि पिछले 5 वर्षों के न्यूनतम स्तर (3.1 प्रतिशत) पर जा पहुँचा है।

उल्लेखनीय है कि मार्च 2019 में समाप्त हुई तिमाही में यह 10.6 प्रतिशत से बढ़ा था। जाहिर तौर पर निजी उपभोक्ता खर्च में गिरावट ने आर्थिक विकास दर को आहत किया है। उदाहरण के लिए, 2019-20 की पहली तिमाही में विनिर्माण दर 0.6 प्रतिशत रही, जो कि वर्ष 2018-19 में इसी अंतराल में 12.1 प्रतिशत रही थी। इस दौरान औद्योगिक उत्पादन सूचकांक भी 5.1 प्रतिशत के मुकाबले 3.2 प्रतिशत से ही बढ़ा, जो कि आर्थिक क्रियाओं के गिरते स्तर को दरशाता है।

इसी प्रकार कंस्ट्रक्शन क्षेत्र में भी विकास दर कमजोर पड़ी है, जो कि वर्ष की पहली तिमाही में 5.7 प्रतिशत से बढ़ा, जबकि पिछले वर्ष इसी अंतराल में यह 9.6 प्रतिशत से बढ़ा था, उधर कृषि क्षेत्र में भी विकास दर 2.0 प्रतिशत रही, जो कि पिछले वर्ष 5.1

प्रतिशत रही थी, हालाँकि खनन क्षेत्र में विकास दर 0.4 के मुकाबले इस वर्ष 2.7 प्रतिशत हुई है और विद्युत् उत्पादन भी 6.7 प्रतिशत के सापेक्ष 8.6 प्रतिशत से बढ़ा है।

इसके अलावा वित्तीय, रियल एस्टेट एवं व्यावसायिक सेवा क्षेत्र में विकास दर 5.9 प्रतिशत रही, जो कि पिछले वर्ष के 6.5 प्रतिशत से थोड़ा ही कमजोर रही। साथ ही व्यापार, होटल और संचार सेवा क्षेत्र में भी विकास दर 7.1 प्रतिशत के ठीक-ठाक स्तर पर रही है। कुल मिलाकर अनेक प्रमुख उद्योगों और विशेष रूप से कृषि क्षेत्र में आर्थिक विकास दर कमजोर पड़ी है और इसके फलस्वरूप भारत की अर्थव्यवस्था शिथिल पड़ती जा रही है।

हालाँकि भारत में आर्थिक क्रियाओं का स्तर ऊँचे स्तर पर बनाए रखने के लिए सरकार ने हाल ही में अनेक कदम उठाए हैं। विशेष रूप से एफ.डी.आई. नीति में कहीं ढील दी गई तो कहीं इसका दायरा बढ़ाया गया। इसके अलावा बैंकों में वित्तीय तरलता बढ़ाने के उपाय भी किए गए हैं, ताकि अर्थव्यवस्था में क्रेडिट-फ्लो बढ़े। यही नहीं, भारत में पोर्टफोलियो निवेश बढ़ाने की गरज से केंद्रीय बजट में प्रस्तावित टैक्स सरचार्ज को वापस ले लिया गया है। इसके अलावा भारतीय वित्तीय सिस्टम में संरचनात्मक सुधार तक किए जा रहे हैं।

विशेषकर बैंकों में एक ओर पूँजीकरण बढ़ाने की कोशिश की गई है तो दूसरी ओर कई बड़े बैंकों में विलय की प्रक्रिया के तहत उनका आकार बढ़ाने की कवायद भी की गई है, ताकि देश में सार्वजनिक क्षेत्र की कार्यकुशलता, पारदर्शिता और मजबूती बढ़ाई जा सके। गौरतलब है कि हाल ही में घोषित इस रणनीतिक विलय प्रक्रिया के बाद देश में सार्वजनिक क्षेत्र के बैंकों की संख्या 18 से कम होकर 12 हो जाएगी, लेकिन उनकी प्रशासनिक कुशलता और एन.पी.ए. प्रबंधन दोनों ही बेहतर बनने के आसार हैं।

उधर, रिजर्व बैंक द्वारा जारी वार्षिक रिपोर्ट के अनुसार, आर्थिक विकास दर में गिरावट को चक्रीय परिवर्तनों के परिप्रेक्ष्य में भी देखा जा सकता है। ऐसे में नीतिगत दरों में कटौती और सरकार द्वारा समस्याग्रस्त उद्योगों को प्रोत्साहन देने से हालात बेहतर बन सकते हैं। उम्मीद की जानी चाहिए कि आनेवाली इस तिमाही में आर्थिक विकास दर में कुछ सुधार अवश्य होगा।

06-09-2019, 'हमारा महानगर'

□

89

सार्वजनिक बैंकों का विलय कितना सार्थक?

भारत सरकार ने दस बड़े सार्वजनिक क्षेत्र के बैंकों का विलय करते हुए उनकी संख्या चार तक ले आने का जो बड़ा फैसला किया है, उस पर चर्चाओं का दौर लगातार जारी है। उल्लेखनीय है कि ओरियंटल बैंक ऑफ कॉमर्स और यूनाइटेड बैंक का विलय (मर्जर) पंजाब नेशनल बैंक में किए जाने का निर्णय लिया गया है, जो पी.एन.बी. को स्टेट बैंक ऑफ इंडिया के बाद देश में दूसरे सबसे बड़े बैंक के रूप में स्थापित कर देगा, जिसका कि सम्मिलित बिजनेस 18 लाख करोड़ रुपए तक पहुँच जाएगा।

इसी प्रकार सिंडीकेट बैंक का एकीकरण केनेरा बैंक के साथ किए जाने का फैसला किया गया है, जो कि इस पुनर्गठन के बाद देश का चौथा सबसे बड़ा बैंक बन जाएगा। तीसरा, यूनियन बैंक, आंध्रा बैंक और कॉरपोरेशन बैंक का विलय करने पर इनका आकार इतना बढ़ जाएगा कि इनकी गिनती देश के टॉप पाँच बैंकों में की जा सकेगी। चौथा, इंडियन बैंक और इलाहाबाद बैंक का एकीकरण किए जाने के बाद वे भी देश में सातवें सबसे बड़े बैंक बन जाएँगे।

अब यदि पिछले वर्ष किए गए दो बड़े बैंकों के पुनर्गठन का संज्ञान भी ले लिया जाए तो भारत में बैंकों की संख्या सन् 2017 में 27 के मुकाबले अब महज 12 रह जाएगी।

वित्त मंत्री की मानें तो यह बदलते दौर के लिए उपर्युक्त 'नेक्स्ट जेनरेशन' बैंक बनाए जाने की कवायद है, जहाँ मजबूती से खड़े और ठीक तरह से पुनर्गठन किए गए, सक्रिय तौर पर कार्यरत बैंक सार्वजनिक क्षेत्र में नजर आएँगे और जिनमें पूँजी की पर्याप्तता के मानदंड ठीक से लागू किए जा सकेंगे। गौरतलब है कि केंद्रीय बजट में बैंकों के पुनर्पूंजीकरण के लिए प्रस्तावित 70,000 करोड़ रुपए में से 55,250 करोड़ रुपए फिलहाल सार्वजनिक बैंकों में वितरित करने का निर्णय भी लिया गया है।

अब जब इतना बड़ा निर्णय बैंकों के संदर्भ में लिया गया है तो जाहिर तौर पर प्रश्न उठता है कि आखिर इसका कितना फायदा सार्वजनिक क्षेत्र के बैंकों को मिलेगा और क्या वाकई भारतीय अर्थव्यवस्था इससे लाभान्वित होगी? दरअसल जिस प्रकार मौजूदा वित्तीय वर्ष की प्रथम तिमाही में भारत की सकल राष्ट्रीय आय महज 5 प्रतिशत की दर से बढ़ी है और खासकर विनिर्माण दर नगण्य स्तर पर जा पहुँची है, आम नागरिक और व्यवसायी से लेकर निवेशकों तक में चिंता का माहौल है। जाहिर तौर पर 21वीं सदी के भारत को अगले पाँच वर्षों में पाँच ट्रिलियन डॉलर की अर्थव्यवस्था बनाने का विजन लेकर चल रही सरकार ने भी इसे काफी गंभीरता से लिया है। इसी कड़ी में शायद सरकार ने बड़े आकार के सार्वजनिक बैंकों के विलय का निर्णय किया है।

बैंकों के विलय करने का पहला फायदा यह होगा कि वे अंतरराष्ट्रीय स्तर पर बेहतर प्रतिस्पर्धात्मक क्षमता के साथ कार्य कर सकेंगे। दूसरा, इस प्रकार से विलय या एकीकरण करने पर उनकी कार्यकुशलता तो बढ़ेगी ही, साथ ही बैंकिंग लागत भी कम होगी। बैंकों के कारोबार का आकार बढ़ने पर उसके सापेक्ष खराब ऋणों का अनुपात भी कम होगा और वे बेहतर जोखिम प्रबंधन करने में सक्षम होंगे।

बैंकिंग सेवाओं की लागत कम होने और कारोबार का दायरा बढ़ने पर एक ओर इन बैंकों की लाभप्रदता के अनुपात बढ़ेंगे तो दूसरी ओर ग्राहकों को भी त्वरित और बेहतर सेवाएँ मिलने के अवसर बढ़ेंगे। इतने लंबे समय से कार्यरत इन अलग-अलग बैंकों की अपनी विशिष्टताएँ हैं और इनके विशिष्ट कारोबारी कार्यक्षेत्र हैं, अगर सबकुछ ठीक-ठाक ढंग से चला तो इन बैंकों के कामकाज और कारोबार में बेहतर तकनीक के इस्तेमाल से अभूतपूर्व सुधार लाया जा सकता है। इसके अलावा अंतरराष्ट्रीय वित्तीय बाजारों में भारतीय बैंकों की रेटिंग को भी काफी बेहतर बनाया जा सकता है।

हालाँकि किन्हीं भी दो या उससे अधिक संगठनों का विलय इतना ही आसान नहीं होता। कई दफे बैंकों के ग्राहक भी अपने पसंदीदा बैंक में ही जाना पसंद करते हैं, क्योंकि वे उस बैंक की कार्यशैली आदि से भली-भाँति वाकिफ हैं। ऐसे में बैंकों के विलय की प्रक्रिया जितनी अधिक सहज बनाई जा सकेगी, उतना ही यह प्रभावित बैंकों के साथ-साथ भारतीय अर्थव्यवस्था के लिए भी लाभकारी सिद्ध होगा।

14-09-2019, 'हमारा महानगर'

□

90

तेल संकट से आहत होगी वैश्विक अर्थव्यवस्था

हाल ही में विश्व के टॉप तीन तेल उत्पादकों की लिस्ट में शामिल सउदी अरब के तेल उत्पादन क्षेत्रों पर अचानक हुए ड्रोन हमले से वैश्विक अर्थव्यवस्था के आहत होने की संभावना बन गई है। वहाँ के प्रमुख तेल उत्पादन क्षेत्र में लगी भीषण आग से वैश्विक अर्थव्यवस्था में भारी हलचल मची है, क्योंकि इसका सीधा असर तेल की कीमतों पर पड़नेवाला है।

हालाँकि फिलहाल सउदी अरब ने अपने यहाँ जमा तेल भंडारों से आपूर्ति करते रहने का आश्वासन दिया है, मगर जानकारों की मानें तो इतने बड़े हमले से हुए नुकसान से जल्द उबर पाना इतना भी आसान नहीं होगा। ऐसे में तेल की कीमतों में वृद्धि की आशंका भी जताई गई है और एक बार जो कीमतें बढ़ने का सिलसिला शुरू हुआ तो तेल की कीमतें कहाँ जाकर रुकेंगी, इसका अंदाजा लगाना मुश्किल है।

एक ऐसे वक्त जबकि भारत की अर्थव्यवस्था में विकास दर कमजोर पड़ती नजर आ रही है, सउदी तेल संकट वाकई एक बुरी खबर है। भारत अपनी जरूरतों का 83 प्रतिशत तेल आयात करता है और इनमें से ज्यादातर तेल सउदी अरब से आता है। गौरतलब है कि सउदी अरब विश्व भर में एक सुरक्षित तेल उत्पादक देश के तौर पर जाना जाता है और ऐसे में इतने बड़े पैमाने पर वहाँ पर हुए हमले का न सिर्फ आर्थिक, बल्कि राजनीतिक समीकरणों पर प्रभाव पड़ने की संभावना है।

फिलहाल सउदी अरब से होनेवाले तेल उत्पादन की मात्रा में 5.7 मिलियन बैरल प्रतिदिन की गिरावट देखी जा रही है, जो कि सउदी अरब के कुल उत्पादन का करीब 50 प्रतिशत है, हालाँकि वैश्विक स्तर पर देखें तो इससे कुल वैश्विक तेल कारोबार पर पाँच प्रतिशत का असर फिलहाल पड़ेगा। लेकिन भारत में चूँकि तेल का काफी बड़ी मात्रा में

आयात होता है, जाहिर तौर पर तेल की कीमतों में वृद्धि का बुरा असर न सिर्फ भारत के भुगतान संतुलन का गणित खराब कर सकता है, बल्कि राजकोषीय घाटा भी बढ़ा सकता है। कीमतें बढ़ने पर पहले से ही शिथिल पड़ती अर्थव्यवस्था में आर्थिक क्रियाओं का स्तर कमजोर पड़ सकता है।

चिंता की बात तो यह है कि तेल की कीमतें बढ़ने पर वैश्विक व्यापार आहत हो सकता है और वैश्विक विकास दर भी कमजोर पड़ सकती है, जिसका खामियाजा भारतीय अर्थव्यवस्था को भी भुगतना पड़ सकता है। इसके अलावा बात सिर्फ आर्थिक संकट की नहीं है, खाड़ी के देशों में बढ़ते तनाव से गंभीर भू-राजनीतिक तनाव पनप सकते हैं, क्योंकि यदि सउदी अरब ने इस हमले का प्रतिकार किया तो परिणाम और भी गंभीर हो सकते हैं।

ऐसे में रिजर्व बैंक भी तेल संकट से उत्पन्न इन हालातों पर नजर बनाए हुए है। उम्मीद की जानी चाहिए कि विश्व की प्रमुख ताकतें सभी संबंधित राजनीतिक मसलों के हल ढूँढ़ पाने में समर्थ होंगी और दोनों ओर से समूचे वैश्विक हित के मद्देनजर उचित निर्णय लिये जा सकेंगे।

20-09-2019, 'हमारा महानगर'

□□□